KB078624

니콜로 장편 소설

FUSION FANTASTIC STORY

ARENA

아레나
이계사냥기

아레나, 이계사냥기 8

니콜로 장편 소설

초판 1쇄 찍은 날 § 2015년 7월 27일
초판 1쇄 펴낸 날 § 2015년 8월 3일

지은이 § 니콜로
펴낸이 § 서경석

편집책임 § 박은정

펴낸곳 § 도서출판 청어람
등록번호 § 제387-1999-000006호
등록일자 § 1999. 5. 31
어람번호 § 제1-2186호

주소 § 경기도 부천시 원미구 부일로 483번길 40 서경B/D 3F (우) 420-822
전화 § 032-656-4452 팩스 § 032-656-4453
http://www.chungeoram.com
E-mail § chungeorambook@daum.net

ISBN 979-11-04-90331-1 04810
ISBN 979-11-04-90152-2 (세트)

FUSION FANTASTIC STORY

니콜로 장편 소설

ARENA
아레나
이계사냥기

8

[완결]

도서출판 청어람

ARENA

아레나
이계사냥기

CONTENTS

1장

이변

ARENA

　─뭐?

　스승 아프리트가 의아함을 금치 못할 바로 그때였다. 데이나는 본격적으로 행동에 나섰다. 일단은 흑마력을 미친 듯이 쏟아부어 다른 대사제들의 흑마력과 엉켜든 상황을 더욱 복잡하게 꼬아놓았다.

　"큭!"

　"이 무슨?"

　갑작스러운 이변에 당황한 대사제들.

　─네놈이, 미쳤느냐?

　아프리트의 노기 어린 텔레파시가 전달되었다. 종속의 인으로 언제든 데이나의 흑마력 서클을 없앨 수 있지만 지금은 예외였다. 지금 데이나의 흑마력 서클을 없애면 그렇지 않아도 서로의 흑마력이 엉켜든 상황이 얼마나 더 복잡해질지 알 수 없었기 때문이다.

이것이 데이나의 첫 번째 계산이었다. 그 상황에서 데이나는 그동안 숨겨왔던 자신의 또 다른 날개를 펼쳤다. 두 손을 모아 수인을 맺고 주문을 왼다. 서로 흑마력이 엉켜들어서 흑마법을 쓸 수 없는 상황인데, 그는 주문을 외고 있는 것이다. 심지어 그것은 흑마법이 아니었다.

"마나?!"

대사제들은, 특히나 그중에서도 스승 아프리트는 경악을 금치 못했다. 그동안 철저히 감시하에 두어왔던 제자가 일반 마법이라니. 있을 수 없는 일이었다. 어찌 사람의 몸에 두 가지 기운을 품을 수가 있단 말인가? 게다가 그걸 자신이 여태 몰랐다니? 마나의 기운을 철저히 숨겨왔다는 것. 이 자리에 있는 대사제들 누구도 그걸 눈치채지 못할 정도로 잘 감출 수 있었다는 것. 그것은 즉,

―말했지? 난 당신보다 훨씬 뛰어난 마법사라고.

회심의 한마디와 함께 데이나는 마법을 펼쳤다.

"어둠을 사르는 빛!"

흑마법의 상극 마법이 펼쳐졌다.

파아아앗!

흑마력의 움직임을 위축시키는 밝은 빛이 폭사되어 사방에 뻗어 나갔다.

"크윽!"

"으으윽!"

"빛이!"

의식 탓에 서로 꼬여 있던 흑마력이 데이나가 만든 빛으로 인하여 더욱 꼬여들었다.

"종속의 인!"

아프리트에게는 선택의 여지가 없었다. 일반 마법도 쓸 수 있는 데이나에게 흑마력까지 남겨줄 수는 없었다.

"크윽!"

이번에는 데이나가 주춤했다. 종속의 인이 발동되면서 흑마력 서클에 균열이 발생했다. 어쩔 수 없는 일. 데이나는 흑마력 서클을 포기했다. 서클의 파괴 여파로 내상을 입지 않도록 흑마력을 바깥으로 모두 배출해 버렸다.

그동안 모았던 데이나의 모든 흑마력이 바깥으로 빠져나갔다. 아쉬워도 미련을 가질 틈이 없었다. 어둠을 밝히는 빛 탓에 눈부셔서 모두가 앞을 볼 수 없는 상황!

데이나는 즉시 불덩어리를 만들어 아프리트에게 던졌다. 아프리트는 뜨거운 기운이 자신에게 향하자 깜짝 놀랐다. 다른 대사제들과 엉켜 있던 흑마력을 강제로 움직여 보호막을 펼쳤다.

콰르르릉!

"크으윽!"

폭발로 인해 급조한 보호막은 불덩어리와 함께 상쇄되었다.

억지로 흑마력을 운용한 대가로 내장이 꼬이는 듯한 고통이 엄습했다. 그리고…….

푸욱!

"컥!"

칼날이 뱃속을 파고들었다. 허를 찌른 기습이었다. 가까이 다가온 데이나가 품속에 숨겨온 단검으로 찔러 버린 것이다.

─안녕히 계십시오, 스승님.

"이…… 이놈이…… 어떻게 나를 속이고…… 두 가지 기운……!"

─시험자에게는 상식적으로 안 되는 게 가능하기도 합니다.

"시, 시험……!"

데이나는 단검을 비틀어 뽑았다. 철철 흐르는 피와 함께 아프리트는 바닥에 쓰러졌다. 데이나는 비행 마법을 써서 허공으로 솟구쳐 올랐다.

"막아!"

"어서 흑마력부터 수습해!"

"폐하를 보호해야 해!"

대사제들이 육각형 방의 문을 열며 소리쳤다. 리창위를 비롯한 몇몇 사내가 소란을 듣고 안으로 들어왔다. 핏빛의 마법진과 석관, 구슬들, 쓰러져 있는 대사제 아프리트. 그들은 방 안에 보이는 충격적인 풍경에 얼이 빠졌다. 대체 무엇을 하고 있었던 건지, 안에서 무슨 일이 벌어진 건지 감을 잡지 못했다.

"저놈을 막아라!"

대사제 한 명이 소리쳤다. 그러자 가장 기민하게 반응한 남자가 있었다. 바로 리창위였다. 삽시간에 오러를 끌어 올려 점프한 리창위는 단숨에 데이나의 비행 마법보다 훨씬 빠르게 솟구쳐 추월해 버렸다. 위를 점한 리창위가 오른손을 하늘로 뻗었다.

"무장."

오른손에 나타나는 검.

"마나의 보호, 5중첩."

데이나는 방어 마법을 다섯 겹으로 펼쳤다. 리창위가 오러 블레이드를 머금은 검을 힘껏 내려쳤다.

콰아아아아아앙!

쩌렁쩌렁한 폭음이 울려 퍼졌다. 충돌의 반동으로 데이나는 아래로, 리창위는 위로 밀려났다. 리창위는 그 와중에 측면의 벽을 박차고 아래로 방향을 틀었다. 서로의 거리가 가까워지자 리창위는 데이나의 모습을 볼 수 있었다. 하얀 가면은 방금 전의 충돌 때문에 사라진 상태였다.

"데이나 리트린?"

"반갑습니다, 중국의 리창위 씨."

"허……!"

리창위는 기가 막혀 했다. 여태껏 자신보다 시험의 근원에 가까이 접근한 사람은 없다고 생각했다. 그런데 미국의 시험자 하나가 떡하니 대사제 행세를 하고 있었던 것이다. 뒤통수를 한 대 맞은 기분이었다.

하지만 충격도 잠시, 리창위도 데이나도 민첩하게 행동했다. 오러 블레이드를 휘둘러오는 리창위에게, 데이나는 방어 마법과 속박 마법을 동시에 펼쳤다. 주문도 없이 두 가지 마법을 동시에. 랭킹 1위 시험자의 위엄을 유감없이 보여주는 데이나였다.

콰아앙!

휘리리릭—

방어 마법이 오러 블레이드를 한 번 제지했고, 이어서 마나로 이루어진 로프가 리창위를 휘감으려 했다. 리창위는 다시 측면의 벽을 차며 몸을 비틀었다. 마나 로프의 매듭 사이로 날렵하게 통과하는 데 성공했다. 즉흥적인 판단이었다고는 믿을 수가 없는 공중 곡예. 리창위 역시 보통내기가 아니었다.

데이나는 마나 로프를 펼치며 계속 추락했다. 그 상태에서 한 손은 계속 마나 로프를 조종하면서, 다른 손을 아래로 뻗었다. 바닥을 향한 다른 손에서도 마나 로프가 뻗어졌다.

"막아!"

"대사제님들을 노린다!"

사내들은 아직 흑마력을 추스르는 대사제들을 보호했다. 하지만 마나 로프는 그들을 노린 게 아니었다.

휘리릭!

마나 로프가 마법진에 떨어져 있는 가짜 영혼의 구슬을 쓸어 담아 데이나에게 가져다주었다.

"안 돼! 막아라!"

"저 배신자가!"

대사제들이 고래고래 소리를 질렀다. 마침내 흑마력을 추스른 그들이 흑마법을 준비했다. 위에서는 리창위가 오러 블레이드를 넘실넘실 뿜어대며 압박해 오고 있었다. 가짜 영혼 구슬들이 데이나의 손에 다다랐다.

쿠아아아!

대사제들의 흑마법이 시작됐다. 누군가는 게이트를 열어 그 안에 있던 비행형 언데드 괴물들을 쏟아내었다. 누군가는 지옥의 불꽃을 소환해 데이나를 불태우려 들었다.

심지어 한 대사제는 살해당한 아프리트를 언데드로 일으켜서 마법을 쓰게 했다. 언데드로 급조되었어도 원체 보유한 마력이 많았던 아프리트는 위력적이었다.

리창위는 일격필살로 데이나의 숨통을 노리고 있었다. 그는 이번 일로 공을 세워 대사제들에게 추가 보상을 받아낼 생각이었다. 무엇보다 데이나가 지금 하는 짓이 시험의 최종 목적과 연관 있는 게 분명한 이상 살려 보낼 수 없는 것이었다.

'죽음이니, 생존이니. 내가 택한 선택지는 무엇이니? 알려다오, 천사야.'

데이나는 마침내 도박을 실행에 옮겼다.

─듀얼 써클(특수스킬): 서로 융합되지 않는 두 가지 에너지를 동시에 보유할 수 있습니다. 대상 에너지를 체내로 흡수하면 보유할 에너지로 선택됩니다.

＊지금까지 선택한 에너지: 마나

　그가 지금껏 아프리트의 제자로, 대사제로 활동할 수 있었던 비결이었다. 아프리트의 종속의 인을 태연하게 받아들인 수 있었던 비결이기도 했다. 이제 종속의 인이 발동하여 흑마력을 잃었기 때문에, 현재 선택한 에너지는 마나밖에 없었다.
　'제발!'
　데이나는 가짜 영혼 구슬을 흡수했다. 그리고⋯⋯.

＊지금까지 선택한 에너지: 마나, 생명력

　'됐다!'
　이젠 이게 어떤 시너지를 발휘할지 시도해 볼 차례였다.
　사방에서 목숨을 위협해 오는 상황. 데이나는 한 손에는 마나를, 다른 손에는 생명력을 발휘했다. 그리고 그것을 하나로 뭉쳤다.
　파아아아아아앗!
　그러자 엄청난 빛이 육각형 방을 가득 채웠다.
　'이건!'
　데이나 스스로도 놀랐다. 생각보다 훨씬 큰 화학반응이었다.
　'이거라면!'
　자신감이 든 데이나는 두 가지 기운을 하나로 뭉쳐서 마법을 펼쳤다.

"어둠을 사르는 빛!"

마나와 생명력의 만남은 극강한 위력을 발휘했다. 강력한 빛이 대사제들의 흑마법을 모조리 무위로 돌려놓은 것이다. 언데드로 일으켜 세웠던 아프리트도 다시 시체로 돌아가 풀썩 쓰러졌다. 그뿐만이 아니었다.

쩌어어엉!

마법진과 석관에서 시뻘건 빛이 폭사되었다. 시뻘건 빛이 둥그런 막이 되어서 마법진과 석관을 보호했다.

"보, 보호 조치가 발동되다니!"

"그, 그 정도로 강력한……!"

네크로맨시의 시초, 술탄 카자드의 보호 장치가 발동되어 데이나가 만든 빛을 차단시켰다. 이를 보며 데이나는 확신이 들었다.

'이건 완벽한 흑마법의 상극이구나!'

마나와 생명력의 조합이 흑마력에게 치명적인 효능을 나타내고 있었다. 지난 백여 년간 발휘된 적이 없었다던 보호 장치가 발동될 정도! 대사제들의 공격이 순식간에 무력화되고, 이제 남은 문제는 리창위였다.

"죽어!"

리창위가 아래로 추락하며 오러 블레이드를 수직으로 휘둘렀다.

"워프."

팟!

사라진 데이나의 신형의 리창위의 머리 위에서 나타났다.

"쥐새끼 같은 놈!"

리창위는 반 바퀴 돌면서 오러 블레이드를 위로 휘둘러 올렸다. 하지만 데이나는 방어 마법과 비행 마법을 동시에 펼쳤다. 방어 마법만 남겨놓고서 데이나는 위로 상승했다.

콰아아앙!

오러 블레이드가 방어막을 후려쳤다. 쩌렁쩌렁한 굉음. 리창위의 얼굴에 경악이 어렸다. 한 겹밖에 없는 방어 마법인데도 그 단단하기가 좀 전과 전혀 달랐다. 데이나는 계속 비행했다.

50미터, 100미터, 150미터…….

"폐하!"

"최고사제시여!"

대사제들이 소리를 질렀다. 데이나는 계속 솟아오른 끝에 술탄 사록의 옥좌가 있는 200미터 지점에 이르렀다.

술탄 사록과 눈이 마주쳤다. 데이나는 품속에서 단검을 꺼내 집어 던졌다.

획—

단검은 그대로 술탄 사록의 몸을 통과해 벽에 튕겨 나갔다. 데이나는 웃음을 지었다.

"환영이군. 그럴 줄 알았지."

"무엄한 놈."

술탄 사록은 아무렇지 않은 얼굴로 꾸짖었다. 데이나의 웃는 얼굴은 변함이 없었다.

"겁쟁이."

"이놈이……!"

술탄 사록의 안색이 붉으락푸르락했다. 데이나는 술탄 사록의 환영을 남겨놓고 솟아올랐다.

콰아앙!

그대로 천장을 뚫고서 궁전의 돔(Dome) 밖으로 탈출했다. 목숨을 건 도박에 성공한 데이나 리트린이었다.

"크아아아아아—!!"

술탄 사록의 분노에 찬 고함이 쩌렁쩌렁하게 울려 퍼지고 있었다. 남겨진 세 사람의 대사제도, 사내들도 어쩔 줄을 몰라 했다.

"제길."

리창위도 쓰게 욕지거리를 내뱉을 뿐이었다. 같은 시험자가 대사제로 떡하니 암약하면서 자신을 농락했다니, 기분이 매우 더러웠다.

대업을 이루기 일보 작전에 벌어진 사태에 재래 결사대는 혼란에 휩싸였다. 그동안 한 번도 외부의 접촉을 허용하지 않았던 재래 결사대의 은밀한 심장부가 농락당했다. 그간 준비했던 가짜 영혼의 구슬은 상당수 잃었고, 5인의 대사제 중 2인을 잃었는데 그중 하나는 배신자였다.

"그는 데이나 리트린이라는 자로 저와 같은 시험자입니다."

"그 시험자 놈들이 벌써 이곳까지 마수를 뻗쳤단 말이냐?!"

리창위의 말에 술탄 사록은 대단히 진노하였다.

"놈이 우리 결사에 몸을 담은 지는 10년째고, 대사제 노릇까지 5년을 넘게 하였다! 그런데도 이 중에서 알아차린 사람이 아무도 없었다!"

3인의 대사제는 몸 둘 바를 몰라 고개를 숙였다.

"놈이 오늘 버젓이 일반 마법을 비롯해 기묘한 마법을 부렸는데, 어째서 여태껏 아무도 눈치채지 못한 것이냐? 대사제 아프리트는 무엇을 했기에 자기 제자가 순수한 흑마법사가 아니라는 것을 몰랐단 말이냐?"

"송구합니다, 최고사제시여."

"저희의 아둔함을 벌해주소서, 폐하."

대사제들이 무릎을 꿇었다. 같은 대사제로 있으면서 전혀 눈치채지 못했다는 것은 단 하나를 의미했다. 데이나 리트린의 마법적 경지가 그들보다 뛰어났다는 뜻이었다.

그때, 리창위가 입을 열었다.

"무리도 아닙니다."

"무슨 말을 하고 싶은 게냐?"

술탄 사록이 리창위를 내려다보았다.

"데이나 리트린은 모든 시험자를 통들어도 가히 최고라 할 만한 인물입니다. 그런 자가 작심하고 정체를 숨겨왔다면, 그 누구라도 눈치채기가 힘들었을 겁니다."

"그놈이 최고의 시험자라고?"

"예, 최고사제님."

"흐음, 확실히 오늘 보인 놈의 실력은 보통이 아니었지."

네 명의 대사제와 리창위를 비롯한 호위들까지 있었음에도 버젓이 의식을 망쳐놓고 탈출했다. 심지어 흑마법을 가르쳐 준 자신의 스승 아프리트까지 죽였다. 종속의 인으로 인해 그동안 닦아온 흑마력을 송두리째 잃었음에도 그 정도였다.

게다가 마지막에 보였던 그 이상한 마법은 무엇이란 말인가? 대사제들의 흑마법을 한순간에 무력화시켜 버렸다. 심지어는 위대한 3대 술탄 카자드 푼 아만이 안배해 놓은 안전장치까지 발동될 정도였다. 여태껏 그 안전장치가 발동된 사례는 딱 하나. 역대 술탄들 중 재래 결사대와 네크로맨시 자체를 탐탁지 않게 여긴 이가 폐기하려 들었을 때였다.

마법진도 석관도 결국 깨지 못했고, 그 술탄은 저주를 받았는지 병들어 시름시름 앓다가 세상을 떠나 버렸다. 그 뒤로는 한 번도 발동되지 않았는데, 데이나 리트린의 그 이상한 마법 한 방에 발동된 것이다. 그건 정령술보다도 더 위험한 흑마법의 천적이었다.

"그럼 넌 어떠냐?"

술탄 사록이 리창위에게 물었다.

"무엇을 말씀하시는 것인지요?"

"데이나 리트린이라는 그 사특한 배신자를 너라면 감당할 수 있겠냐는 것이다."

순간, 리창위의 눈빛이 빛났다. 마치 사냥감을 발견한 매처럼 말이다.

"글쎄요. 그건 술탄 폐하께서 얼마나 간절히 데이나 리트린의 목숨을 원하시느냐에 달렸지 않겠습니까?"

대가를 얼마나 지불할 것이냐는 우회적인 표현이었다.

"건방진 놈."

술탄 사록은 벌레 보듯이 리창위를 내려다보았다. 오러 마스터인 리창위는 오러로 향상된 시력으로 그 경멸 어린 눈빛이 보였지만, 아무런 상관도 하지 않았다.

술탄 사록이 말했다.

"하지만 역설적이게도, 그 노골적인 탐욕 때문에 네놈은 믿을 만하지. 진실로 원하는 바가 무엇인지 눈에 확연히 보이니까."

"알아주시니 감사할 따름입니다."

리창위는 뻔뻔스레 대답했다.

"배신자의 목을 들고 온다면 차고도 넘칠 정도의 마정과 금은보화를 내리겠다."

리창위는 회심의 미소를 지었다.

"명을 수행하는 건 구체적인 수량을 논의한 뒤가 좋겠군요."

*   *   *

헤인스 자작가.

이제는 나의 것이 된 저택에 도착했다. 저택은 성벽으로 둘러싸인 전형적인 영주의 성이었다. 오딘의 울펜부르크 백작가에 비하면 규모도 작고 시설도 낡아 보였지만, 아담하고 클래식한 맛이 있어 나름 마음에 들었다.

차지혜와 독수리를 타고 저택 상공을 한 바퀴 돈 나는 만족스러움을 느꼈다. 저게 내 것이라니, 정말로 높은 귀족이 된 것 같은 뿌듯함이 밀려온다.

생각해 봐라. 한때는 공무원 돼서 쥐꼬리만 한 월급을 받고 살겠다며 수년째 공부를 하던 내가 영주다! 한 지역과 사람들을 지배하는 군주란다! 이 얼마나 기상천외한 신분 상승이란 말인가.

"유지수랑 차진혁을 꺼내."

내 말에 가공간에서 유지수와 차진혁이 나타났다. 허공에 나타난 두 사람은 당연하게도 땅으로 추락했다.

"어? 어어?! 꺅!"

"무슨……!"

영문도 없이 가공간에서 꺼내진 두 사람은 공중에서 허우적거리며 기겁을 했다.

'뭐, 장난은 이쯤 해둘까.'

나는 가공간에서 셋째와 넷째를 꺼내 두 사람을 받게 했다. 독수리에 태워진 두 사람은 비로소 상황 파악을 했는지 나를 노려봤다.

"좀 더 매너 있게 꺼내줄 수는 없어?"

"이 새끼, 일부러 그랬지?"

으르렁거리는 두 사람을 깔끔하게 무시하고 나는 먼저 저택을 향해 하강했다. 세 사람을 태운 독수리들도 나를 따라 고도를 낮춰, 저택 성벽 정문에 착지했다.

"누, 누구십니까?"

갑옷과 창으로 무장한 병사들이 하늘에서 내려온 우리를 보며 놀라 물었다. 나는 품속에서 신분증을 꺼냈다.

"킴 백작이다. 폐하로부터 이 영지의 새로운 주인으로 임명된 사람이지."

"새, 새 영주님?!"

병사들이 놀라 서로를 보며 웅성거렸다.

"시, 실례하겠습니다."

고참으로 보이는 병사 하나가 내게 다가와 신분증을 건네받았다. 유심히 확인해 본 그는 다시 내게 주며 말했다.

"진품으로 보입니다만 더 구체적인 확인이 필요합니다. 송구하지만 수석 집무관을 불러올 때까지 기다려 주시겠습니까?"

"여기서 기다려야 하나?"

이에 고참 병사는 곤란한 얼굴이 되었다.

"죄, 죄송합니다. 백작 각하나 일행분들이나 모두 범상치가 않아 보여서 신분이 확인될 때까지 안으로 들이기가 조금……."

"아, 좋다. 기다리지."

확실히 쌍곡도를 허리춤에 매고 있는 차지혜나 마법사의 복장을 한 유지수, 건장한 체격의 차진혁 모두 범상하지는 않지. 병사들이 일을 똑바로 하고 있는 것 같아서 나는 마음에 들었다.

"영주가 오랫동안 부재했던 탓에 군기가 헤이해졌을 법도 한데 예상보다 절도가 있어 보입니다."

차지혜도 만족스러웠는지 긍정적인 평을 내린다.

잠시 후, 저택의 성문이 열리고서 일단의 무리가 나타났다. 앞장선 젊은 사내가 나에게 고개를 조아린다.

"백작 각하를 뵙습니다."

"수석 집무관?"

"예, 수석 집무관 에드워드 펠입니다. 헤인스 자작가 시절부터 수석 집무관을 맡고 있었고, 영지가 왕실로 귀속된 후에도 폐하의 어명으로 계속 영지 업무 전반을 맡고 있었습니다."

내가 회장이라면 이 사람은 고용된 CEO쯤 되는 모양이었다. 에드워드가 말을 이었다.

"왕실로부터 통보는 미리 받았습니다. 일단 이리로, 절 따라 오십시오."

"그러지."

우리는 에드워드의 뒤를 따라 안으로 들어섰다. 이 층의 집무실로 우리를 인도한 에드워드는 커다란 인장(印章)을 내게 내밀었다.

"헤인스 영지의 영주 직인입니다. 이곳에 신분증을 대어보시겠습니까?"

나는 신분증을 영주 직인에 갖다 댔다.

위이잉—

영주 직인이 작게 진동을 했다. 영주 직인을 살펴본 에드워드는 다시 한 번 나에게 허리를 굽혀 예를 갖췄다.

"확인되셨습니다. 영주님을 맞이하게 되어 기쁩니다."

"어어, 그래."

나는 신기해서 영주 직인을 쳐다봤다. 통신 기술도 없는 이곳에 이런 확인이 가능하다니. 마법인 건 알겠는데, 대체 어떤 메커니즘일까? 궁금증에 찬 내 표정을 봤는지 유지수가 말했다.

"저 직인은 왕실에서 직접 하사했을 거야. 이 지역 최초의 영주에게. 그 뒤로 누가 이 영지의 주인이 되었든 계속 이어져오다가 너한테로 전해진 거지. 네 신분증에도 왕실에서 작위와 영지를 수여한다는 내용의 마법이 이식되었을 테니 확인할 수 있는 거야."

"아……."

"일행분의 말씀대로입니다. 이제 이 직인은 영주님이 아니면 누구도 사용할 수 없습니다."

에드워드의 설명에 나는 멍하니 고개를 끄덕였다.

그런 마법까지 걸려 있었군. 현대에 비하면 참 사회 제반 시설이 허접해 보이는 세상인데도, 알고 보면 첨단 과학 못잖게 대단한 구석도 보인다.

그때, 에드워드가 다시 조심스럽게 내게 말문을 연다.

"그리고……."

"뭐지?"

"왕실로부터 받은 통보에 의하면, 영지 인계가 완료되면 향후 제 처우는 영주님의 의사에 위임한다고 되어 있습니다만……."

아하. 계속 CEO 자리에 앉혀 놓을지 해고할지 내 판단에 달렸다는 거군.

내가 물었다.

"달리 계획은 있고?"

"하하, 해고되면 새 일자리를 알아봐야 하는 처지입니다."

에드워드는 머리를 긁적이며 대꾸했다. 일단 성격은 싹싹해 보여서 마음에 들지만, 이 사람의 성품이나 일처리 능력은 검증되지 않았으므로 나는 처우를 당장 결정하기가 꺼려졌다. 난 고민 끝에 말했다.

"일단 그동안의 업무 내용을 내 부인에게 보고해 줘. 처우는 그 뒤에 다시 결정하지."

"알겠습니다. 그런데 부인이라고 하심은?"

나는 가만히 내 옆에 함께 서 있는 차지혜를 가리켰다.

"내 부인."

"아! 백작 부인을 뵙습니다."

"차지혜다."

"차…… 뭐라고요?"

"그냥 백작 부인이라고 불러라."

"아, 예, 예."

거침없는 차지혜의 박력에 압도된 에드워드는 계속 고개 숙여 예를 갖췄다. 하긴, 허리춤에 쌍곡도를 찬 백작 부인이라니, 박력이 안 넘치겠나!

"어머, 부인이래. 이쪽 세상에서는 신혼 부부 놀이를 하며 지냈나 봐. 눈꼴 시려."

덧없는 유지수의 질투는 덤이었다. 나는 차지혜로 하여금 에드워드의 업무를 인수인계 받으면서 그의 업무 능력과 성향을 파악하도록 맡겼다. 괜찮은 사람이면 계속 일하게 해야지.

첫 인상은 좋아 보이는데 웬만하면 골치 아픈 잡무는 차지혜를 고생시킬 것 없이 죄다 그에게 맡겨 버렸으면 좋겠다. 에드워드는 계속 우리를 이끌며 관광 가이드처럼 저택 곳곳을 안내해 주었다. 그렇게 저택 구조도 웬만큼 파악한 뒤였다. 유지수와 차진혁이 머물 방도 마련해 주고서 셋만 남았을 때, 에드워드가 나직이 일렀다.

"그런데 실은 얼마 전에 이상한 사람이 찾아왔었습니다."

"나를? 누가?"

"리트린이라는 남자였습니다. 이름만 말하면 아마 아실 거라고, 오실 때까지 인근에서 머물겠다고 했습니다."

"리트린?"

나는 깜짝 놀랐다. 데이나 리트린이 벌써 이곳에 나타나다니. 그럼 약속을 벌써 지켰단 말인가? 아직 시험이 시작된 지 얼마 되지도 않았는데? 대사제 둘을 없애겠다고 호언장담했던 것을 기억하는 나나 차지혜로서는 깜짝 놀랄 수밖에 없었다.

"사람을 보내서 그자를 내게 불러와라."

"알겠습니다."

수석 집무관 에드워드가 사라지자 나는 교신기를 꺼내 오딘에게 통신을 걸었다. 정말 데이나 리트린이 약속을 지켰는지 확인해 보기 위함이었다.

2장

영주의 행보

사람을 보낸 지 얼마 되지 않아 데이나 리트린이 찾아왔다.

"안녕하셨습니까."

이 흑발의 백인 미청년은 특유의 사람 좋은 미소를 짓고 있었다.

"반갑습니다. 어디에 계셨던 거죠?"

"가까운 곳에 비어 있는 민가가 있어서 그곳에서 지냈습니다."

"민가요? 이 세계의 민가라면 지내기가 꽤 불편하셨겠네요."

"그렇지 않습니다. 세상에서 가장 불편한 곳에서 10년을 지냈더니 어디든 쾌적합니다."

그 말에 영문을 모르는 우리에게 데이나가 자세한 이야기를 들려주었다.

데이나 리트린.

아레나에서의 그의 여정은 실로 놀라운 것이었다. 마법학회에서 마법을 익힌 후에 대사제 아프리트의 접촉을 받아 그의 제자로 들어가 그들의 조직에 잠입했다. 종속의 인이 새겨졌지만 듀얼 서클이라는 특수스킬로 마법과 흑마법을 병행했다. 의심 많은 스승 아프리트의 24시간 감시를 견뎌내며 암약. 끝내 대사제까지 되어 5년간 그들 조직의 최고위 간부로 지냈다.

"재래 결사대는 대륙 정복을 달성했던 수백 년 전의 술탄 카자드 푼 아만이 직접 만든 비밀 조직입니다."

"저희나 아렌드 왕실도 거기까지는 대충 추측하고 있었어요. 그런데 그 조직이 술탄 카자드 본인이 직접 만든 집단이었을 줄은 몰랐네요."

"아마 중국의 진시황 같은 경우를 상상하셨겠지요? 하지만 술탄 카자드는 조금 다릅니다. 말년에 불노불사를 위해 흑마법에 손댄 게 아니라, 처음부터 대단한 흑마법사였지요."

"그래서 대륙 정복이 가능했다는 거네요."

"그렇습니다. 술탄 카자드의 휘하에 수많은 마법사가 있었음에도, 아무도 그가 흑마법사였다는 것을 몰랐습니다."

데이나의 설명이 이어졌다.

"어떤 뛰어난 마법사도 감지 못할 정도로 자신의 흑마력을 잘 갈무리했다는 건, 누구보다도 뛰어났다는 뜻입니다. 역사에도 야사에도 흑마법과 관련된 어떤 기록도 없었지요."

그런데 그 이야기를 듣던 차지혜가 문득 말했다.

"그렇다면 정말로 죽을 뻔하셨군요."

"……?"

"만약 그날 의식으로 술탄 카자드가 부활했다면, 술탄 카자드가 리트린 씨가 숨기고 있던 마나를 감지하지 않았겠습니까?"

"……듣고 보니 그렇군요."

데이나는 미소를 지었다.

"제가 정말로 살 수 있는 길을 택한 거였어요. 천만다행입니다."

"아무튼 놀라운 이야기입니다만, 저희로서는 그게 사실인지 확인을 해야 합니다. 사실이라면 리트린 씨 본인과 아프리트까지 두 명의 대사제를 없애신 셈이니 약속이 지켜진 게 되는군요."

차지혜의 말에 데이나는 고개를 끄덕였다.

"완전한 증거는 없지만 최선을 다해 증명하도록 하겠습니다. 일단은, 무장!"

데이나는 뜬금없이 웬 단검을 소환했다. 카르마를 주고 산 아이템인 모양이었다. 흑요석처럼 검은 빛깔로 광택이 흐르는 고급스러운 단검이었다.

"이걸 선물로 드리지요. 대사제 아프리트를 죽였던 그 단검입니다."

"아, 감사합니다."

나는 데이나에게서 검정색 단검을 받았다. 하지만 단검의 칠흑 같은 칼날에는 피가 묻어 있지 않았다.

"석판 소환, 이 단검의 정보를 보여줘."

그러자 석판에 단검에 대한 설명이 나타났다.

─흑혈단검: 흑마법으로 특수 제작된 단검. 검신이 흑마력과 접촉하면 출혈을 유도하는 저주가 발동되기 때문에 흑마력을 지닌 사람에게 치명상을 입힐 수 있다.

"카르마 보상으로 받을 수 있는 아이템 중에 이런 것도 있었나요?"

"아니요. 제가 직접 만든 겁니다."

"리트린 씨가요?"

"예, 다 완성한 뒤에 언제든 소환하고 해제할 수 있도록 아이템화했지요. 그래야 스승에게 들키지 않고 말입니다."

나는 깜짝 놀랐다. 이런 걸 만들 정도로 흑마법에 정통했단 말인가? 마법을 익힌 시험자들도 결국은 본인이 마법에 대해 공부한 게 아니라, 카르마로 스킬을 구매했을 뿐이다.

그런데 놀랍게도 데이나는 정말로 마법과 흑마법 이론에 정통해 있었다. 아레나 세계의 일반적인 마법사들처럼 말이다.

'저래서 세계 랭킹 1위인 건가. 정말 대단하구나.'

어찌 보면 시험자이기 전부터 이미 뛰어난 무술가였던 리창위와 비슷한 케이스라고 할 수 있었다. 같은 레벨의 스킬을 익힌 시험자와 비교해도 우위에 있을 수밖에 없는 역량 말이다. 나는 흑혈단검을 보며 곰곰이 생각하다가 데이나에게 물었다.

"혹시 이 단검으로 몇 사람이나 죽이거나 상처를 입혔나요?"

"그걸로 죽은 사람은 아프리트뿐입니다. 그때 외에는 사용해 본 적이 없습니다."

"알겠어요."

나는 가공간에서 첫째를 꺼냈다.

"뺴액?"

"자, 냄새를 맡아봐."

첫째는 흑혈단검에 주둥이를 가까이 가져다 대며 킁킁거렸다.

"이 냄새의 주인을 추척해 볼 수 있겠니?"

첫째는 말없이 한쪽 날개로 데이나를 가리켰다.

나는 고개를 저었다.

"그 사람 말고, 칼날에 배인 피 냄새를 추적해 봐."

첫째는 다시금 칼날에 배인 피 냄새를 맡았다. 피는 닦았어도 누군가를 찔렀다면 분명 칼날에 피 냄새는 남아 있을 터였다. 첫째는 킁킁거리더니 고개를 저었다.

"피 냄새가 안 나니?"

첫째는 고개를 저었다. 그렇다면 피 냄새는 맡을 수 있는데, 그 피 냄새의 주인은 추적할 수가 없다는 뜻이었다. 동물추적

스킬이 적용 불가능하다면 이유는 한 가지. 냄새의 주인이 이 세상에 없을 때뿐이었다.

"확실히 말씀대로 이 단검에 찔린 사람은 죽었네요."

"방금 하신 건 스킬입니까?"

"예, 냄새의 주인이 세상에 존재하는 한 어디에 있어도 추적이 가능합니다. 추적 못 하는 걸 보니 죽었네요."

"당연합니다. 말씀드렸다시피 아프리트는 죽었으니까요."

"하지만 그 단검에 죽은 사람이 대사제 아프리트라는 증거는 없습니다."

차지혜의 지적이었다. 데이나는 어깨를 으쓱했다.

"그렇겠지요. 하지만 아만 제국 내부 동정을 살펴보면 제 말이 사실이라는 정황 증거가 여러 가지로 나타날 겁니다. 예를 들면, 궁전 돔을 뚫고 탈출한 침입자가 있다는 소문도 접할 수 있으실 테고……."

"그리고요?"

"제가 그곳에서 싸움을 벌이고 탈출하는 과정에서 가짜 영혼을 일부 흡수했습니다. 그 탓에 부활 의식을 치르는 데 필요한 생명력이 부족해졌습니다."

"그럼 다시 부족한 생명력을 보충하려 하겠네요."

"바로 그겁니다. 빠른 시일에 영혼의 파편을 모으는 방법이 무엇이겠습니까?"

그 물음에 나는 반사적으로 해적단을 떠올릴 수밖에 없었다. 흑마법사들이 해적단과 손잡았던 이유는 단 하나였다.

"학살?"

"그겁니다. 정확하게는 전쟁을 벌이겠지요. 일반적인 학살보다 전쟁이 훨씬 영혼의 파편을 모으기 유리합니다. 적군은 물론 아군 전사자의 영혼의 파편까지도 모을 수 있으니까요. 게다가 전쟁 중이라면 민간인 학살이 빈번하게 벌어져도 이상하지 않습니다."

인권 같은 개념이 존재하지 않는 아레나. 전쟁으로 흥분한 군인들이 민간인을 학살하고 약탈을 자행하는 일은 그리 드문 광경이 아닐 터였다. 어쩐지 퍼즐 조각이 맞아 떨어지는 기분이 들었다.

—시험(Mission): 제한 시간 동안 아만 제국의 침공에 대비하라.

아만 제국의 침공에 대비해야 하는 시험과 2년의 제한 시간이 내게 주어진 이유. 그것은 데이나 리트린의 이번 시험과 맞물린다. 어찌 보면 데이나가 시험을 클리어했기 때문에 아만 제국이 전쟁을 일으킬 수밖에 없는 것이었다.

"아만 제국은 오래전부터 군비를 비축해 왔는데, 본래는 술탄 카자드를 부활시키고 나서야 비로소 대륙 정복에 나설 계획이었을 겁니다."

데이나가 계속 말했다.

"하지만 이제는 상황이 달라졌습니다. 술탄 카자드의 부활을 위해 전쟁을 일으켜야 하는 상황이 됐습니다. 분명히 주변의 이웃 국가를 침공할 텐데, 국력이 약한 나라부터 타깃이 될 겁니다."

"이곳 아렌드 왕국은 어떤가요?"

"아렌드 왕국은 최강국인 아만 제국도 얕보지 못하는 강국입니다. 아마 당장은 침공하지 않겠지만, 그래도 방심해서는 안 됩니다."

"갈색산맥에도 주의를 시켜야 하지 않겠습니까?"

차지혜가 내게 말했다.

"아, 그러네요. 엘프들의 생명의 나무가 가장 좋은 타깃일 테니."

데이나 때문에 잃은 가짜 영혼을 만회하기 위해서라도 생명의 나무를 노릴 터였다.

데이나가 말했다.

"갈색산맥의 이야기는 들었습니다. 현재 갈색산맥의 엘프들이 생명의 나무를 세 그루나 보유했다는 사실을 재래 결사대도 알고 있습니다. 엘프들이 꽤 강성하지만 반드시 노릴 겁니다. 보통 일이 아니니, 아마 대사제가 직접 움직이겠군요."

"그러고 보니 대사제들의 인상착의와 이름을 모두 아시겠네요?"

"당연합니다. 5년간이나 대사제 노릇을 했는데요."

데이나는 미소를 지어 보였다.

"갈색산맥은 염려하지 않으셔도 좋습니다. 대사제들이나 재래 결사대의 주요 인물들의 움직임은 제가 지금도 매일 체크하고 있습니다."

"매일 어떻게 말이죠?"

"길잡이 스킬을 중급 1레벨까지 올렸습니다. 방향뿐만 아니라 거리도 대략적으로 알 수 있습니다. 아침에 일어나자마자 제가 가장 먼저 하는 일이 그들의 움직임을 체크하는 것입니다."

보통 초급 1레벨에서 더 올리지 않는 게 정석인 길잡이 스킬을 중급까지 올렸다니. 재래 결사대에서 10년간 암약했다는 이야기까지, 그가 얼마나 용의주도한 인물인지 알 수 있었다.

데이나가 계속 말했다.

"이번 회차 시험 기간 동안은 이곳에 머물면서 여러분께 도움을 드리겠습니다."

"도와주신다고요?"

"예, 아직 여러분의 신뢰도 완전히 얻지 못했으니 여러 가지로 도움을 드리면서 믿음을 드리겠습니다. 제가 알고 있는 정보도 상당하니 시험에 많은 도움이 될 겁니다."

그야 당연했다. 적의 심장부에서 10년이나 활동했던 사람인데 알고 있는 귀중한 정보가 한두 가지겠는가? 게다가 세계 랭킹 1위 시험자의 원조였다.

차지혜가 나에게 가까이 다가와 속삭였다.

"유지수 씨 팀의 시험에 대해 물어보면 어떻겠습니까?"

"어라? 정말 그러네요."

생각난 김에 나는 유지수와 차진혁을 불렀다. 내 부름을 받고 온 두 사람은 내가 데이나를 소개해 주자 화들짝 놀랐다.

"데이나 리트린? 그 세계 1위?"

"진짜야? 실물로는 처음 본다!"

그런 두 사람에게 데이나는 특유의 해맑은 미소를 지어 보였다.

"반갑습니다."

"에헤헤, 반가워요. 너무 잘생기셨다."

유지수는 잘생긴 데이나에게 꼬리를 살랑거리기 시작했다.

아무튼 나는 두 사람의 시험에 대해 설명하며 아는 게 없는지 물어보았다.

"루마드 집정관의 배후를 조사하는 시험이라고요? 루마드 집정관이라……."

"그자는 라만시의 집정관이에요."

"라만시? 아, 그럼 대충 짐작은 가는군요."

데이나가 말했다.

"라만시는 아렌드 왕국 북부 지역과 국경을 맞대고 있어서 유사시 군사적 충돌이 가장 먼저 일어나는 지역입니다. 아렌드 왕국 내부에 우리와 내통하던 거물 귀족이 두 명 있었는데, 루마드 집정관은 그 둘 중 한 사람과 밀서를 주고받았을 겁니다."

"그, 그게 누군데요?"

"현 아렌드의 국왕 알세르폰 3세의 이복동생인 콘윌 공작과 아렌드 북부 지역의 변경백 센델스 백작입니다. 아마 센델스 백작이겠군요."

어째 유지수 팀의 시험이 생각보다 훨씬 간단하게 해결될 것 같았다. 이거 내 도움이 필요 없겠는데.

"콘월 공작은 현 아렌드 국왕 알세르폰 3세의 이복동생으로 야심이 많아 아직도 형의 자리를 넘보고 있습니다. 그리고 센델스 백작은 아렌드 왕국 북부 변경을 지키는 군벌인데, 자신의 인생이 변경에서 끝나는 걸 극히 꺼리는 눈치였지요."

아이템 백팩을 소환한 데이나는 그 안에서 지도를 꺼냈다.

"여기가 라만시, 그리고 센델스 백작이 관할하는 변경은 이쪽. 서로 가깝지요? 제 생각에는 루마드 집정관과 밀서를 주고받은 사람은 센델스 백작 같습니다."

과연 재래 결사대의 대사제 출신. 데이나는 그 자리에서 어느 나라의 누구인지를 지목해 냈다.

"어머나, 그럼 그 자식만 조사하면 시험 클리어겠네요."

유지수가 손뼉을 치며 기뻐했다.

"일단은 거의 확신을 하고 있습니다만, 혹시 모르니 100% 파고들지 마시고 사전 조사를 해보십시오."

"그 정도야 충분히 할 수 있죠. 고마워요!"

반색을 한 유지수는 날 돌아보며 계속 따발따발 말했다.

"야, 네 도움까지는 안 받아도 되겠다. 아만 제국도 아닌데 우리끼리 가도 충분할 것 같아."

"괜찮겠어요?"

"아만 제국만큼 험하지는 않아. 지들이 켕기는 게 있는데 남들 눈에 띄게 대놓고 행동하지는 못하거든."

아무튼 두 사람의 시험 문제는 그렇게 대충 해결이 된 것 같았다. 두 사람은 잠시 이곳에 머물다가 출발하겠다고 했다.

"도움이 되어서 다행이군요."

사람 좋은 웃음을 짓고 있는 데이나.

"그러게요. 정말로 대사제이셨던 모양이에요."

"거짓말이 아니니까요."

"아무튼 이곳에 머물면서 도와주신다니 정말 감사드립니다."

"별말씀을. 이미 시험 클리어 조건을 달성해서 이곳에서 시간을 때울 뿐입니다. 여러분을 도우면서 제게 추가 카르마 보상이 더 주어질 수도 있겠군요. 제 시험은 아프리트를 사살하는 것과 놈들의 부활 의식을 방해하는 것 두 가지니까요."

데이나는 나름 합리적인 판단을 내리고 있었다. 그의 시험은 대사제 아프리트 사살, 그리고 부활의 의식 늦추기. 나를 돕는 것이 부활의 의식을 늦추는 길이 될 수도 있었다. 게다가 충분히 신뢰를 쌓아서 맥런 가문이 원하는 거래를 성사시킬 수도 있고 말이다.

"그런데 한 가지 이상한 게 있습니다."

차지혜가 이의를 제기했다.

"재래 결사대의 목적이 달성되어서 3대 술탄 카자드 푼 아만이 부활했다고 가정해 봅시다. 흑마법이라는 부자연적인 수단으로 부활한 수백 년 전의 술탄이 집권이 가능하겠습니까?"

"아무리 위대한 지배자라도 수백 년이나 흐른 뒤인데 군주로 인정받을 수 있겠냐는 것이겠지요?"

"그렇습니다."

데이나는 미소를 지으며 답했다.

"그럼 저도 묻겠습니다. 이 영지를 인수받아 영주가 되었을 때, 어떻게 인정을 받았습니까? 이 영지 사람들로서는 갑자기 모르는 사람이 나타나 신분증 하나만 가지고 와서 영주라고 말하는데 그걸 인정해 주던가요?"

이에 내가 말했다.

"그야 신분증과 영주 직인에 걸린 마법으로 인식되어서 증명이 가능했는…… 아!"

대답하다 말고 깨달은 나였다.

데이나가 설명했다.

"중국의 진시황은 천하를 통일하고서 도량형을 통일해서 중국 대륙에 통일 국가가 탄생할 수 있는 기반을 마련했지요. 술탄 카자드도 비슷합니다. 마법적 장치로 안정적인 통치 기반을 마련했지요."

바로 내가 이 영지에 와서 영주 직인에 인증을 한 마법 장치도 카자드 푼 아만이 처음 도입했다는 설명이었다.

"통일한 그 넓은 영토를 다스리려면 그런 체계적인 시스템이 필요했겠지요. 그 덕에 귀족을 사칭하는 경우도 없어졌고, 통치 체계가 탄탄해졌습니다. 하지만 과연 그런 이유만 있었을까요?"

"설마……."

"전부 계산한 겁니다. 본인이 수백 년이나 되는 긴 세월이 흐른 뒤에야 부활할 수 있을 거라는 점까지 예측을 했던 겁니다. 그때쯤 자신의 정치적 기반이 남아 있지 않아도 다시 제위에 오를 수 있도록 시스템을 마련했지요."

"……."

수백 년 앞을 내다본 포석이라니. 자신이 부활했을 때, 그 마법적 장치로 인하여 저절로 군주로 복귀할 수 있는 시스템이라니! 정말 소름 끼치는 인간이었다.

"더 무서운 게 뭔지 아십니까?"

데이나가 말했다.

"아만 제국이 아닌 다른 나라의 시스템도 술탄 카자드가 남긴 술식을 베낀 겁니다. 통일된 대륙에 시스템을 심어놓았으니, 당연히 이미 구축된 체계를 그대로 갖다 썼겠지요."

"그게 무슨 문제라도 있나요?"

"아만 제국의 마법 시스템에 부활한 술탄 카자드가 다시 권좌에 오를 수 있는 술식이 숨겨져 있다고는 누구도 눈치채지 못했습니다. 그걸 그대로 갖다 쓴 다른 나라는 어떨까요?"

"설마, 다른 나라 시스템까지 자동으로 술탄 카자드를 군주로 인식한다는 건가요?"

"그렇게 허술하지는 않겠지만, 일단 점령한 지역은 아주 손쉽게 통치 체계를 손에 넣을 수 있게 됩니다. 점령지를 쉽게 안정화시킬 수 있다는 건 실로 무서운 이점이지요."

그건 마치 해킹에 의해 한 나라 전산체계가 송두리째 넘어간 거나 다름없었다. 모골이 송연해지는 안배였다. 과연 시험의 최종 목적이라고 할 수 있는 인물이었다.

데이나를 식객으로 받아들인 채, 본격적인 영지의 업무가 시작되었다.

……라고 하지만 내가 당장 뭘 하는 건 없었다.

차지혜는 수석 집무관 에드워드에게 업무 보고를 받으면서 영지 업무에 대해 파악하고 있는 눈치였다. 가만히 보고만 들으면서 배우기만 하던 그녀는 서서히 이것저것 물어보기 시작하더니, 어느새 지시까지 내리게 되었다. 어쩜 저렇게 일을 잘하는 건지 신기할 따름이었다. 군대에서 보면 가끔 자대배치를 받자마자 웬만한 선임자보다 일을 더 잘하는 타입이 있는데, 바로 딱 그런 타입이었다.

아무튼 차지혜가 일을 도맡아서 하다 보니, 계획대로 되었음에도 나는 어쩐지 잉여가 된 기분을 느꼈다. 달리 할 일이 없어서 이곳저곳 기웃거리기나 하다가 가공간에서 노트북을 꺼내서 게임도 하고…….

참 오랜만에 느껴보는 이 기분! 공무원 시험 준비를 하던 시절의 무기력함이었다. 이래서는 안 되겠다 싶을 때였다. 때마침 차지혜가 십여 장의 서류를 가져와 나에게 내밀었다.

"직인을 찍어주십시오."

영주 직인은 오로지 나만이 사용할 수 있었기 때문에 일부러 요청하는 것이었다.

"이게 어떤 내용인데요?"

평소와 달리 나는 서류 내용에 대해 물었다. 설명을 듣고 나름대로 의견도 내면서 같이 일이라는 걸 해볼 참이었다.

"제가 다 검토한 사항이라 그냥 찍기만 하시면 됩니다."

"아…… 그, 그래요?"

"내용은 있다가 밤에 천천히 알려드릴 테니 일단은 결재를 서둘러 주십시오."

"아, 알겠어요."

나는 시키는 대로 서류 하단에 직인을 척척 찍어주었다. 신기하게도 직인을 찍을 때마다 서류에서 동그란 문장이 빛났다. 영주 직인을 찍었을 때만이 나타나는 마법적 효과였다.

"제가 무언가 도와드릴 일은 없을까요?"

차지혜는 아이를 달래듯이 말했다.

"곧 현호 씨가 나서야 할 일이 많아질 겁니다. 그때까지 이런 일쯤은 제게 맡기십시오."

"예, 알겠어요."

결국 나는 영지 업무에서 신경을 끄고 나름대로 할 일을 찾기 시작했다. 가장 먼저 떠올린 것은 시험 전에 구상했던, 갈큇발 독수리들에게 사냥을 시키는 일이었다. 일단은 사람을 시켜서 대장장이를 불러오게 했다.

"부르셨습니까, 영주님."

마른 체구의 대장장이 노인이 고개를 조아리며 인사했다.

나는 갈큇발 독수리 첫째를 대장장이 노인에게 보여주었다.

"이 독수리의 몸에 맞는 갑옷을 만들 수 있나?"

"어이쿠! 크기도 하군요."

눈이 휘둥그레진 대장장이 노인은 주춤주춤 첫째에게 조심스럽게 접근했다. 빙 둘러보며 첫째의 체구를 살핀 대장장이 노인은 한숨을 쉬며 말했다.

"만들 수 없는 건 아니지만 돈과 시간이 너무 많이 듭니다, 영주님. 차라리 기사 한 분을 완전 무장시키는 비용이 쌀 겁니다."

"그렇게 비싸?"

"물론입죠. 태어나서 이렇게 큰 새는 처음 보는데, 이 엄청난 몸집에 맞는 갑옷을 지으려면, 들어가는 철만 어마어마할 겁니다."

"으음, 그럼 갑옷까지는 아니더라도, 투구는 어때? 어쨌든 멀리서 봐도 이 독수리들이 위험한 야생 맹금이 아니라 내가 키우는 동물임을 알아봤으면 좋겠는데."

"그 정도는 가능합니다, 영주님. 가볍고 화려하게 모양을 내서 멀리서도 알아보도록 할 수 있습죠."

"그럼 그렇게 10개만 제작해 줘. 시간은 얼마나 걸릴까?"

"이미 있는 투구들을 개량해서 독수리들에게 맞게 개조하면 빨리 완성할 수 있습니다."

"좋아, 그렇게 해오도록."

주문을 받은 대장장이 노인은 끈 달린 투구 10개를 제작해

왔다. 투구의 이마에 영주 직인으로 찍자 헤인스 영지의 직인 문양이 동그랗게 나타났다. 마법이 걸린 영주 직인은 어디에 찍어도 잘 찍히며 빛이 나서 멀리서도 알아보기 쉬웠다. 미리 구매해 두었던 100카르마짜리 아이템 백 2개를 첫째와 둘째의 목에 걸어주었다.

"자, 이 주변을 돌면서 괴물들을 사냥하도록 해. 절대로 사람이나 사람이 키우는 가축을 해쳐서는 안 돼. 그리고 마정은 이 가방에 담아서 내게 가져오는 거야. 알았지?"

"삐이익!"

"삐익!"

내 말을 알아들은 독수리들이 요란하게 울며 고개를 끄덕였다.

"좋아, 출발! 되도록 사람들 놀라게 하지 말고 높게 날아."

"삐애애액ㅡ!"

10마리나 되는 거대한 갈큇발 독수리들이 일제히 날아오르는 장면은 일대 장관이었다. 혹시 몰라서 10마리씩 무리 지어 다니는 갈큇발 독수리들은 내가 키우는 동물들이니 놀라거나 공격하지 말라고 영지에 알리게 했다.

수석 집무관 에드워드는 내 지시를 받자마자 공문을 영지 마을 곳곳에 보냈다. 갈큇발 독수리들이 사냥을 시작하자 영지 사람들의 반응이 좋아졌다.

"괴물들의 출현 빈도가 부쩍 줄었다고 합니다. 영지민들이 영주님을 찬양하고 있습니다."

수석 집무관 에드워드가 보고했다.

"그래? 효과가 있긴 있나 보네."

독수리들이 워낙 먹성이 좋은 탓에 여기저기서 사냥을 하며 괴물들을 잡아먹은 모양이었다.

"그렇지 않아도 영지가 왕실에 귀속된 후로 괴물 토벌을 거의 하지 않았던 탓에 괴물들의 번식이 많아졌던 참이었습니다. 시기적절하게 영주님께서 조치를 취하셔서 민심이 좋습니다."

"왜 그동안 하지 않았지? 왕실에 귀속된 동안 영지를 관리한 건 수석 집무관 아닌가?"

"영지 업무는 담당해도 군사적인 부분까지는 통제가 잘 되지 않아서 어쩔 수 없었습니다. 일개 집무관에게 그런 군사적 권한이 주어질 리 없습니다."

"그도 그렇군. 아무튼 영지에 도움이 되고 있다니 다행이야."

일석이조로군. 갈큇발 독수리들이 며칠에 한 번씩 돌아와서 가져와 주는 마정의 수량이 상당하거든. 그렇지 않아도 차지혜가 영지 업무를 돌보면서 필요한 자금이 너무 많다고 했었는데. 마정을 팔아서 돈을 보태면 좋을 것 같았다.

갈큇발 독수리들이 가져다주는 마정의 양이 상당했다. 맹금류라서 그런지 활동 반경이 굉장히 드넓었다. 우리 영지는 물론이고 인근 지역까지 이곳저곳 괴물들 서식지를 찾아다니며 닥치는 대로 사냥을 했다. 마치 생태계에 천적 없는 포식자를 풀어놓은 것처럼 독수리들은 괴물들을 싹쓸이했다.

덕분에 뜬금없이 찾아온 영지의 평화. 아레나에서 인간이 겪는 가장 큰 문제인 괴물들의 습격이 없어져 버린 것이다. 뿐만 아니라 차지혜가 영지 업무와 군대까지 관리하기 시작하면서 통치 또한 중심이 확실히 잡혔다.

당연히 나에 대한 영지의 여론은 상당히 좋은 편이었다. 나로서는 달리 할 일이 없어 노트북으로 게임하고 가끔씩 독수리들이 물어다준 마정이나 헤아리고 있다가 이미지가 좋아진 격이었다.

"저도 몰랐는데 제가 꽤 좋은 영주라면서요?"

늦은 시각에 함께 잠자리에 들자 내가 장난스럽게 물었다. 옆에 누워 있던 차지혜가 고개를 끄덕였다.

"예, 새로운 영주로 집권하자마자 독수리들이 활약해 주었으니 시작부터 좋은 흐름을 탄 겁니다."

"그래야죠. 이래나 저래나 우리에게 주어진 시간은 2년밖에 없잖아요."

"계속 흐름을 이어갈 수 있는 좋은 사건을 또 만들어야겠습니다."

"그게 어떤 사건인데요?"

"이 일대 지역은 얼마 전까지만 해도 전쟁이 있었습니다."

"예, 오딘 씨의 울펜부르크 백작가와 바스티앙 자작가의 전쟁이 있었죠."

어찌 잊겠는가? 바스티앙 자작가는 라이칸스로프 실버 씨족, 갈색산맥의 엘프들을 노리던 흑마법사와 연대를 맺고서 전쟁을 일으켰다. 결국 오딘이 이끄는 울펜부르크 백작가에게 패배하여 몰락하였다.

이 영지의 본래 주인이었던 헤인스 자작가는 그 바스티앙 자작가와 친밀한 관계였다. 이 일대에 사는 사람이라면 누구나 알고 있을 정도로 연관이 깊은 사이였다고 한다. 그런데 그런 바스티앙 자작가를 몰락시켜버린 울펜부르크 백작가와 떡하니 서로 영지를 맞대고 있는 이웃이 되어버렸다.

그 때문에 헤인스 자작가가 떠나 버린 지금도 이곳 영지는 전쟁의 후유증으로 불안감을 느끼고 있다고 한다.

"뒤숭숭한 분위기를 타파하려면 일단 영지의 안보 측면에서 영지민에게 믿음을 심어주어야 합니다. 그래야 경직된 경제 활동이 다시 활발해지고 그만큼 세수도 증대됩니다."

"그건 어려운 일이 아니죠. 울펜부르크 백작가와 친하게 지내는 모습을 보여주면 되는 거잖아요."

오딘과 친한 사이인데 그깟 문제야 일도 아니었다. 그러다가 나는 문득 좋은 생각이 떠올랐다.

'아예 이참에 엘프들도 한데 엮어서 삼각동맹을 맺자.'

동맹에 엘프들도 끼워 넣으면 그만큼 대외적으로 영지가 안전해지는 것이다. 갈색산맥에서 번성 중인 엘프들이 한편인데 누가 우리를 건드릴까?

생각 난 김에 나는 다음 날 곧바로 교신기록 연락을 취했다.

─좋소.

─그래, 킴 네가 원하는 대로 하겠다.

오딘도 갈색산맥의 어머니들도 찬성을 했다.

*　　　*　　　*

"오랜만이군, 킴."

멋진 중저음을 가진 이 엘프는 바로 데릭이었다.

"이곳까지 오시느라 수고 많으셨어요, 데릭."

"수고는. 네가 보낸 독수리를 타고 금방 왔는데. 그나저나 언젠가는 갈색산맥으로 돌아올 줄 알았는데, 아예 이곳에 정착한 것이냐?"

"어쩌다 보니 그렇게 됐네요."

"내 아내가 아주 섭섭해한다."

"하하하, 죄송하다고 전해주세요. 어차피 가까운 거리라 언제든 만나러 갈 수 있는데요, 뭘."

"그도 그렇군. 모두들 널 보고 싶어 하니 자주 놀러오도록 해라."

"네, 하지만 늘 저만 찾아갈 게 아니라, 여러분도 좀 이곳에 놀러 오셨으면 좋겠어요."

"우리가 이곳에?"

데릭이 의문을 표했다. 아무래도 엘프인 그로서는 그들의 영역인 갈색산맥을 떠나 이곳에 오는 게 어색한 모양이었다.

내가 말했다.

"울펜부르크 영지나 이곳이나 이제 여러분과 한편이 되었잖아요. 엘프에게 해코지를 하려는 무리가 이곳에서 함부로 활동하지는 못할 거예요."

"그래도 우리의 영역 바깥을 함부로 돌아다니기에는 위험이 많지. 일부러 내가 대표로 온 것도 혹시라도 내 아내가 위험해 처할까 봐서다."

"그 마음 알죠. 하지만 오히려 엘프들의 안전과 권익을 위해서라도 엘프들의 대외 활동이 활발해야 하지 않을까요?"

"······?"

내가 데릭에게 설명했다.

"지금까지처럼 갈색산맥에만 틀어박힌 채 배타적인 태도를 유지하면, 끝내 엘프에 대한 인간들의 인식을 바꾸지 못해요."

"인식이라······."

"예, 인식이요. 인간 또한 엘프를 함께 어울려 살 수 없는 다른 종족이라고 생각하고 있죠. 이유가 왜일 것 같나요?"

"인간이 우리에게 이로웠던 적은 손꼽을 정도다. 킴 너를 제외하면 대부분 우리에게 해코지를 하려 들었을 뿐이지."

생명의 나무를 노렸던 재래 결사대나 엘프를 노예로 팔려는 사냥꾼들······. 엘프가 인간을 적대하는 건 당연했다.

"그건 엘프가 우리를 경계하고 배타적이고 폐쇄적인 태도를 취하고 있기 때문이에요."

"우리가 어째서 그런 태도를 취해야 했는지 모르지 않지 않으냐."

"당연히 알죠. 하지만 결국 그렇게 서로 공감할 수 있는 기회는 사라져 갑니다."

"그도 그렇지."

"차라리 이번 동맹을 계기로, 저희들 인간 사회에 진출하심은 어떠신가요? 사냥한 짐승이나 열매나 약초를 팔고 필요한 물건을 사기도 하면서 교류를 해보면 어떨까요? 서로 만날 기회가 늘수록 편견도 사라질 거예요."

내가 계속 설명했다.

"아시다시피 인간들 중에서도 나쁜 사람이 있는가 하면 착한 사람도 있어요. 여러분이 보다 열심히 교류를 나누면서 착한 인간을 한편으로 만들어 나가는 거죠."

내 말에 곰곰이 생각해 본 데릭은 이윽고 고개를 끄덕였다.

"옳은 말이다. 이 세상은 인간의 것이 아닌데, 우리는 너무 우리 영역에만 갇혀 지내는 것 같군."

"그래요. 조금 우악스러운 비유이긴 하지만, 짐승들도 영역이 넓어야 그만큼 먹이도 많아지고 생존에 유리해지잖아요. 여러분도 밖으로 나와 보다 많은 것을 접하면, 엘프를 보호할 수 있는 수단이 점점 많아지게 될 거예요. 오늘의 이 동맹처럼 말이죠."

"돌이켜보면 우리들이 지금껏 많은 위기를 타파할 수 있었던 것도 결국은 킴 너라는 인간을 만난 덕분이지. 네 말이 옳다."

"하하, 바로 그거예요."

"알겠다. 돌아가 아내에게 말해보도록 하겠다. 여자들이 어떤 결정을 내릴지 모르겠지만, 아마 네 말에 찬성하지 않을까 싶다."

때마침 울펜부르크 백작가 쪽에서도 오딘이 내가 보낸 갈큇발 독수리를 타고 도착했다. 우리는 서로 인사를 나눈 뒤 동맹협약을 맺었다. 영주 직인과 엘프들의 경우 데릭의 서명이 적힌 협정서를 나눠 갖고서, 이 동맹 사실을 영지에 널리 선포했다.

이로써 아렌드 왕국 남부 지역의 강자인 울펜부르크 백작가와 갈색산맥을 지배하는 엘프들이 우리의 편이 된 것이다. 이는 이 일대에서 헤인스 영지를 위협할 세력이 사라졌다는 뜻이나 다름없었다.

영지의 평화! 대외관계도, 괴물 출몰 등의 치안 문제도 해결되자 우리 영지는 차지혜의 예견대로 활발해졌다. 두려움의 요소들이 해결되자 영지민들의 표정이 한층 밝아졌다. 여행자와 상인들이 통행이 대폭 늘어나면서 통행세의 세입도 껑충 뛰었다. 그리고 갈색산맥의 엘프들 측에서도 연락이 왔는데, 연장자 어머니는 내 의견에 찬성을 나타내셨다.

—아직까지 자유롭게 인간의 영역을 돌아다니는 건 꺼려지지만, 적어도 네가 말한 대로 서로 필요한 것을 주고받는 거래는 시도해 볼 만하구나.

이 사실을 차지혜에게 말하자 그녀는 아이디어를 냈다.

"엘프들과 거래를 할 수 있는 교역소를 설치하면 좋을 것 같습니다."

"교역소요?"

"갈색산맥에 괴물이나 짐승의 가죽이나 각종 약초 등 고가에 거래될 수 있는 특산물이 풍부합니다. 교역소를 설치하면 엘프들과 거래하려는 상인이 많이 모여들 겁니다."

"우린 그 상인들에게 교역소를 이용하는 대가를 받으면 되겠네요."

"예, 더불어 물정에 어두운 엘프들이 불리한 거래를 하지 않도록 관리해야 합니다."

"괜찮네요. 교역소 그거 한번 추진해 보죠."

"알겠습니다."

차지혜는 수석 집무관 에드워드에게 교역소 설치 건을 전담케 했다. 에드워드는 갈색산맥과 인접한 지역에 교역소를 건설하는 한편, 대형 상단과 접촉하여서 교역소에 대한 이야기를 알렸다.

갈색산맥을 꽉 쥐고 있는 엘프들과 거래할 수 있다는 말에 크게 관심을 보이는 굵직한 대형 상단이 여럿 되었다.

"문의가 쇄도하고 있습니다. 엘프들로부터 어떤 물건을 구매할 수 있는 거냐고 여러 상단에서 궁금해합니다."

에드워드가 나를 찾아와 말했다.

내가 답했다.

"갈색산맥에서 구할 수 있는 거라면 뭐든 가능하지. 그럼 상단들이 구매하고 싶어 하는 물건들을 조사하도록 해. 내가 그것을 엘프들에게 가르쳐 주어 교역소에 많이 준비케 하겠다."

"알겠습니다."

그렇게 시작된 교역소.

갈색산맥 측에서는 남성 엘프들이 준비한 물건을 잔뜩 가지고 교역소에 나타났다. 대형 상단의 직원들과 일반 상인들이 잔뜩 모여서 교역소는 곧 인산인해가 되었다. 에드워드가 직접 교역소 관리를 총지휘하며 엘프들이 사기를 당하지 않게 감독하였다.

교역소 프로젝트는 성공을 거두었다. 각지에서 모여든 상인들로 인하여 세수(稅收)가 대폭 늘어난 것이다. 외부에서 사람이 많이 모여들자 우리 영지의 상공업자들도 덩달아 호황을 맞이했다.

다만 문제는 엘프들이 그렇게 물건 팔아 돈을 벌어봤자 딱히 쓸데가 없다는 사실이었다. 괴물이 많고 험한 갈색산맥이다 보니 철제 무기류는 많이들 샀지만, 그래도 필요한 무기를 전부 사고도 돈이 왕창 남았다고 한다.

―돈을 어디에 써야 좋겠니? 우리는 인간과 달리 이게 딱히 필요하지 않는데.

연장자 어머니가 교신기로 통신을 걸어 물어본 말이었다. 지금껏 자급자족을 해온 엘프들로서는 무기류를 제외하고 딱히 필요한 게 없었다.

나는 곰곰이 생각해 보다가 좋은 생각을 떠올렸다.

"그 돈으로 노예가 된 엘프들을 구하세요!"

내 아이디어는 이러했다. 힘있는 대형 상단에게 의뢰해 귀족가문들이 데리고 있던 엘프 노예를 사서 데려오게 하는 것이었다. 내 의견을 듣자마자 연장자 어머니는 그 즉시 실행에 옮겼다.

여러 귀족 가문과 끈이 닿아 있는 대형 상단이 엘프들의 의뢰를 받아들였다. 최근 아렌드 왕국은 국왕 알세르폰 3세의 명에 의해서 엘프 노예 매매 단속이 엄격해진 분위기였다. 괜스레 왕실의 미움을 사고 싶지 않은 가문들이 엘프 노예를 내놓기 시작했다. 그렇게 노예로 붙잡혀 있었던 노예들이 하나둘 해방되어 갈색산맥의 품에 안겨졌다.

덕분에 교역소가 활성화되고서 갈색산맥의 엘프들 숫자는 나날이 늘어났다. 물론 우리 영지의 세수 증대는 말할 필요도 없었다. 시험은 아주 순조롭게 진행되고 있었다.

3장

부활

　시험이 시작한 지 1년이 흘렀다. 불과 1년밖에 안 지났음에
도 우리 영지는 놀라우리만치 발전했다. 영지의 치안이 좋아
지고 대외 관계도 안정화되고, 교역소까지 성공을 거두면서
유입되는 인구가 꾸준히 늘었다.

　특히 교역소는 처음에 일확천금을 노리고 몰려든 상인들로
형성된 거품이 빠졌지만, 꾸준히 엘프들과 거래하는 상단이
있어 영지 재정에 큰 축이 되었다.

　하지만 우리 영지가 누리는 호황에는 또 다른 이유가 더 있
었다. 바로 대륙 북부에서 촉발된 전운(戰雲)이었다. 반년 전,
아만 제국은 데이나 리트린의 예견대로 전쟁에 나섰다.

　아만 제국의 현 술탄 사록이 첫 타깃으로 결정한 것은 북쪽으로 국경을 맞대고 있던 세이란 왕국이었다. 아무런 징후도 없이 갑자기 벌어진 아만 제국군의 침공에 세이란 왕국은 제대로 대응도 못하고 무너져 버렸다.

아만 제국이 내건 명분은 반역도들을 진압하고 잃은 영토를 수복한다는 것이었다. 사실상 명분이 없는 것이나 다름없었다. 현존하는 아레나의 모든 국가는 대륙을 통일했던 아만 제국의 통치에 반기를 들고 건국한 것이기 때문이다.

그렇게 따지면 아만 제국의 입장에서 이 세상 모든 나라가 반역도들인 셈이었다. 게다가 아만 제국군은 점령한 세이란 왕국에 엄청난 만행을 저질렀다. 그들이 지나간 자리마다 엄청난 살육이 자행되었다.

반역도들을 용서하지 않겠다는 명분이었는데, 사실상 남의 나라를 선전포고도 없이 침공해서 국민들을 학살한 셈이었다. 2차 세계 대전을 일으켰던 히틀러처럼 광기에 차 있는 술탄 사록이었다. 아렌드 왕국을 필두로 각국의 맹비난이 쏟아졌다.

특히 아렌드 왕국의 국왕 알세르폰 3세는 작심하고서 술탄 사록을 비난했고, 사특한 흑마법사 무리와의 연계 의혹을 폭로해 화제를 모았다. 세이란 왕국에서의 무자비한 학살도 사악한 흑마법을 위함이라고 주장하며 아만 제국에 대항하는 대동맹의 결성을 제안했다.

술탄 사록은 말도 안 되는 헛소리라고 일축시켰지만 이미 다른 국가에서도 흑마법사들의 암약에 대해 약간이나마 감지하고 있었기 때문에 불안감은 점점 커져만 갔다.

아무튼 현재 세이란 왕국 영토에 주둔 중인 아만 제국군의 진군이 어디로 이어질지 귀추가 주목되면서, 대륙 북부는 혼돈 상태였다.

전화(戰火)를 입은 세이란 왕국의 유민이나, 아만 제국군의 침략과 살육이 두려워 피난에 나선 사람들이 남쪽으로 내려왔다. 그리고 남쪽에서도 최근 살기 좋다고 소문이 난 우리 영지로 유입되었다. 갑작스러운 난민 유입으로 치안에 문제가 생겼지만, 차지혜는 기다렸다는 듯이 행동에 나섰다.

"마침 일자리 없는 사람이 많아졌으니 병사를 모집해야겠습니다."

그동안 모아놓았던 풍부한 자금으로 마침내 군대를 조직하기로 한 것이다. 현재 우리 영지 군대의 상태는 정말 엉망이라고 할 수밖에 없었다.

정규군과 경비대를 합쳐서 병력은 5백여 명쯤 되는데, 그중무기와 갑옷을 제대로 갖춘 무장 병력은 1백여 명밖에 되지 않았다.

그 1백 명도 괴수 토벌에 동원되는 탓에 제대로 무장을 갖출수밖에 없는 전력이었다. 그나마도 천을 덧대어 만든 클로즈아머와 창, 활로 무장했을 뿐이었다.

나머지 병력은 창조차 쇠붙이 창날이 아닌, 나무를 뾰족하게 깎아 만든 조악한 것을 사용했다. 더 웃긴 건 활도 부족해서 새총이나 슬링 따위를 가진 병사가 더 많다는 사실이었다.

전쟁이 발생하면 영지의 백성들을 모두 징집해서 싸우는데, 무기와 방어구 등을 각자 알아서 지참해야 한단다.

당연히 몽둥이나 농기구를 들고 나온다고 했다. 무기가 없는 징집병은 싸울 때 돌멩이를 던진다나? 아무튼 엉망진창이었다. 정교한 진형과 전술 따윈 도저히 기대할 수가 없는 군대.

'생각보다 훨씬 심각했구나.'

차지혜는 이것을 뜯어고치기로 작정을 하였다. 하지만 그녀가 아무리 군인 출신이라지만 아레나 사람이 아니라서 전문가가 따로 필요했다.

'뭐, 전문가 구하는 거야 간단하지.'

마침 잘 아는 사람이 얼마 전에 크게 전쟁을 치러봤거든.

"오딘 씨?"

—반갑소. 영자는 잘 번영하고 있다고 들었소.

"하하, 오딘 씨 덕분이죠."

—별말씀을. 그런데 무슨 일이시오?

"혹시 군대를 잘 다루는 전문가를 구할 수 없을까요?"

—군대를 재편성하는 문제 때문이시오?

"예, 시험자가 아닌 현지인 전문가로 구하고 싶어요."

—흐음, 그야 어렵지 않지. 마침 생각나는 사람이 있으니 보내주겠소. 전쟁 경험이 풍부한 베테랑이라 도움이 될 거요.

"감사합니다."

—레이먼 준남작이라는 사람인데, 전장에서 잔뼈가 굵은 노

장으로 젊은 후임들에게 자기 보직(補職)을 물려주고 쉬고 있
소. 슬슬 은퇴를 고려하는 중이던데 내 한번 설득해 보겠소.
대신 능력만큼 자부심도 강한 사람이니 직책이나 대우에 소홀
함이 있어서는 안 되오.

"물론이죠. 사실상 저희 영지 군대의 총괄 책임자가 될 거예
요. 아예 기존 군대를 전부 무너뜨리고 처음부터 뜯어 고쳐야
합니다. 정예군대로 새롭게 키우고 싶거든요."

—좋소. 또 연락 주겠소.

그리고 며칠 후에 오딘이 통신을 걸어왔다.

—레이먼 준남작이 승낙했소. 새롭게 정예군대를 편성하
는 일을 도맡아야 한다는 점이 마음에 들어 했소. 아무래도
본인의 군인 철학에 딱 맞는 군대를 만들어보고 싶은 모양이
오.

"잘됐네요. 그럼 언제 오겠대요?"

—언제라도 출발 가능하다고 했소.

"그래요? 그럼 제가 당장 독수리를 보낼게요."

—도, 독수리를 말이오?

"네, 일은 빨리 추진할수록 좋으니까요."

—레이먼 준남작이 나이도 있는데 비행을 견딜 수 있을지
모르겠소. 한번 의향을 물어보고 연락하리다.

*　　　*　　　*

빼애애액—

갈큇발 독수리의 우렁찬 포효. 울펜부르크 백작가로 보냈던 첫째가 도착한 모양이었다. 바지 영주답게 열심히 게임을 하던 나는 그 소리에 노트북을 가공간에 집어넣고 침실에 딸려 있는 테라스로 나왔다.

첫째가 나를 알아보고 이쪽으로 하강했다. 그리고 테라스의 난간에 멋지게 착지했다. 다만 그 첫째의 등 위에 타고 있던 사내는 어찌할 바를 모르고 당황했다.

"이놈의 독수리는 매번 배려심이 없어. 여기서 어떻게 내리라고……."

"내려드릴 테니 잠시만 기다리세요. 실프!"

—냐앙!

실프는 소환되자마자 내 마음을 읽고는 바람으로 사내를 번쩍 들어 올렸다.

"엇?"

사내는 바람의 손길에 의하여 테라스에 사뿐히 착지했다.

50대 초중반쯤 된 사내였다. 거친 턱수염과 그을린 피부, 당당한 체격이 상당히 터프한 인상을 준다. 사내는 갑옷을 입고 등에 배틀 액스를 매고, 손에는 짐이 든 가방을 들고 있었다.

"듣던 대로 정령사이셨군요."

나이 든 사내는 바로 오딘이 보내준 전쟁 전문가, 레이먼 준 남작이었다.

"오시는 길은 어땠나요?"

"핫핫, 좀 빡세긴 했습니다만 나름 신선한 경험이었습니다. 무엇보다 빨리 도착해서 좋군요."

"그렇죠?"

"예, 백작 각하. 어쨌든 인사드리겠습니다. 울펜부르크 백작 각하를 모시는 기사, 레이먼 준남작입니다."

"킴 백작입니다. 환영하죠. 제 요청을 받아주셔서 감사합니다."

"천만의 말씀을. 그런 기회를 주셔서 제가 감사하지요."

이제 막 도착해서 피곤할 테니 일 이야기는 다음에 하기로 했다. 하녀를 시켜 미리 준비해 둔 집으로 레이먼 준남작을 안내해 주었다.

그리고 다음 날, 차지혜도 함께하는 자리에서 본격적으로 협의에 들어갔다.

"앞으로 모든 병력이 제대로 무장을 갖추게 할 생각입니다."

"지금 무기 보유 현황으로 봐서는 자금이 상당히 들겠습니다만⋯⋯."

레이먼 준남작이 영지군의 현황이 적힌 서류를 검토하며 우려했다.

내가 말했다.

"돈은 충분하니 걱정 안 하셔도 돼요. 그보다는 병장기를 구매하기 전에 병력들의 병과부터 다시 세분화해야 할 것 같은데요."

"현재 영지의 전력을 살펴보면, 궁병의 비율이 너무 낮습니다. 새총과 슬링 따위는 버리고 활, 돈이 충분하다면 석궁으로 무장시킨 궁병이 150명은 되어야 합니다. 그리고 기병도 있어야 정찰이라도 시킬 수 있지요."

레이먼 준남작은 자신의 의견을 펼치기 시작했다. 수성을 위해서 궁병을 150명까지 늘리고, 정찰과 기동전을 위해 경기병 50명을 육성시켜야 한다고 주장했다.

남은 병력은 창병과 보급병인데, 차지혜는 군수품을 수송 및 관리하는 보급병의 숫자를 100명 이내로 제한했다.

"그렇게 적어도 됩니까? 보급부대가 제대로 갖춰지지 않으면 원활한 보급이 불가능할 것 같습니다만."

놀라 묻는 레이먼 준남작에게 나는 갈큇발 독수리 10마리를 군수품 수송에 이용할 수 있다고 말해주었다. 그리고 어차피 공격보다는 영지 방어를 위해 육성하는 군대라 원정을 떠날 일도 없을 터였다.

"그렇다면 다행이군요. 앞서 제가 말씀드린 조건들이 모두 충족되고도 자금에 여유가 있다면 체인메일로 무장한 중장보병도 있으면 좋을 것 같습니다."

"무기를 마련하는 일이야 어렵지 않지만, 문제는 훈련이죠. 석궁을 쓰는 궁병과 경기병을 제대로 육성할 수 있을까요?"

현재 우리 영지에는 석궁을 다루는 병사도, 말을 타고 싸울 줄 아는 병사도 없었다. 다행히 레이먼 준남작이 방안을 내놓왔다.

"울펜부르크 백작가에 군사훈련 지원을 요청하시면 해결될 겁니다. 울펜부르크 백작가는 경험 많은 베테랑 병사가 많아서 훈련교관으로 파견할 인원이 충분합니다."

그런 방법이 있었구나. 이거 오딘에게 신세를 많이 지는군. 머리를 맞대고 고심하면서 군대의 개편 계획이 수립되자 우리는 즉각 행동에 나섰다.

군수품 거래를 전문으로 하는 대형 상단과 접촉해서 필요한 무기를 주문했다. 다행히 엘프들과 정기적으로 거래하는 상단이었기 때문에 우리에게 협조적이었다.

교역소를 이용하며 내야 하는 세금에 특혜를 주는 조건으로 가격을 많이 깎을 수 있었다. 하지만 역시 경기병 육성 때문에 말 50필을 구매해야 했고, 창과 체인메일 등도 구매해야 했기에 자금이 부족했다.

부족한 부분은 마정을 팔아서 충당했다. 독수리들이 열심히 사냥 다니며 모아준 마정이 쌓이고 쌓여 가공간에 다 들어가지도 않을 정도였기에 여유가 있었다.

석궁으로 무장한 궁병이 150명.

주로 정찰에 쓸 경기병 50명.

중무장하여 백병전에 앞장설 중장보병이 1백 명.

창병 400명.

보급병 100명.

신병 300명을 새롭게 모집해서, 총병력 800여 규모의 영지

정규군이 탄생했다.

마정을 상당수 처분해서 자금을 확보한 덕에 군대 개편이 원활해졌다. 레이먼 준남작은 울펜부르크 백작가에서 훈련 지원으로 보내준 교관들과 함께 엉망진창인 군대를 훈련시키기 시작했다.

그때쯤 대륙 북쪽에서 새로운 소식이 전해졌다. 산발적인 저항을 하고 있던 세이란 왕국이 멸망했다는 소식이었다. 포로로 사로잡힌 병사나 점령지의 백성이나 가리지 않고 학살당해, 현재 세이란 왕국령에 살아 있는 사람은 아만 제국군 병사밖에 없다는 끔찍한 소문도 함께였다.

최대한 많은 사람을 죽여서 영혼의 파편을 모을 의도가 뚜렷했다. 저런 행보로 보면 카자드 푼 아만의 부활이 생각보다 빠를지도 몰랐다.

*   *   *

세이란 왕국 학살 사태.

일국의 군대와 국민을 닥치는 대로 학살해 버린 이 사건은 대륙을 공포로 몰아넣었다. 술탄 사록은 이번 학살 사태로 야만적인 잔인성을 드러내면서 모든 국가를 긴장시켰다.

하지만 하늘을 찌를 듯이 높아진 아만 제국군의 사기와 달리, 이 전쟁의 결과는 결코 아만 제국에게 국익이 되었다고 말할 수 없었다.

일단 비인간적인 살육에 궁지에 몰린 세이란 왕국은 뒤가 없다는 것을 깨닫고 끝까지 항전하여 아만 제국군에 적잖은 인적·물적 손실을 입혔다. 게다가 모든 국가가 술탄 사록의 야심을 깨닫고는 아만 제국을 경계하고 적대하게 되었다.

특히나 아렌드 왕실이 작심하고 술탄 사록에 대한 원색적인 비난을 쏟아내고 있어, 반 아만 제국 세력을 주도하는 분위기였다.

이대로 모든 국가가 아만 제국에 대항하는 연합을 맺게 된다면, 제아무리 군사강국인 아만 제국이라 해도 국제사회에서 고립되어 대륙 정복은커녕 국력 약화로 이어질 수 있었다. 그래서 아만 제국 내부에서도 식견이 있는 인사들은 승전에 도취되지 않고 우려를 표했다. 물론 술탄 사록의 잔인성을 알게 되었기에, 대놓고 반대를 하는 용감한 이는 없었다.

'그래도 어쩔 수 없는 일이었다. 우리에게는 시간이 없었어.'

최악의 악명을 떨치게 된 술탄 사록도 이런 결과쯤은 예상하고 있었다. 하지만 그 점을 감수해서라도 영혼의 파편을 최대한 빨리 대량으로 모아야 했다. 천사들의 사주를 받은 시험자들이 시시각각 숨통을 조여 오는 상황.

특히나 한 번도 적의 침범을 받은 바가 없었던 성지, 지하궁전에서 대사제가 살해당하고 의식을 방해 받은 것을 눈앞에서 목격한 술탄 사록이었다.

불안감이 전보다 더욱 술탄 사록을 압박했고, 결국은 어떻게든 선조 카자드 푼 아만의 부활을 서둘러야 한다는 강박감이 심해졌다. 설령 세상 모든 나라를 적으로 돌리게 되더라도, 위대한 카자드 푼 아만을 부활시킨다면 문제없다고 여겼다.

'그분만 돌아오신다면 모든 곤경을 해치고 다시 한 번 하나된 세계를 이룰 수 있을 것이다.'

이 또한 종교화된 재래 결사대의 부작용이라 할 수 있었다. 긴 세월이 걸리더라도 변질되지 않고 목적을 이루도록 종교화한 술탄 카자드의 조치가 이런 맹신적인 판단을 낳게 된 것이었다.

꼭 그런 안배가 아니더라도, 대륙을 정복해 전 인류를 발아래에 두었던 술탄 카자드는 전설을 넘어, 신화로 기억되고 있었다.

술탄 카자드에 대한 민간의 신앙이 아만 제국 내부에 상당히 많다는 점을 감안하면, 술탄 사록이 이 같은 맹신을 하는 것도 무리는 아니었다.

아무튼 술탄 사록의 의도대로 부활의 의식 준비는 일사천리로 진행되었다. 세이란 왕국에서 벌어진 무자비한 살육으로 수많은 인명이 살상되었고, 넘쳐흐르는 죽음은 대량의 영혼의 파편을 남겼다. 재래 결사대의 흑마법사들은 학살 현장을 바쁘게 다니며 영혼의 파편을 모아왔다.

그렇게 영혼의 파편을 뭉쳐 만든 가짜 영혼이 지하궁전의 마법진에 쌓이게 되었다. 과감하게 무리수를 둔 보람이 있어서, 순식간에 코앞에서 배신자에게 약탈당한 가짜 영혼을 충당하고도 남게 되었다. 모인 영혼력이 최소치를 넘기게 되자 술탄이자 최고사제인 사록은 당장 의식을 진행케 했다.

석관과 마법진이 있는 육각형 방.

예의 그 200미터 위의 옥좌에 앉은 술탄 사록이 아래를 내려다보았다. 다섯 명의 대사제가 모여 있었다. 본래는 배신자의 만행으로 세 사람밖에 남지 않았지만, 흑마법사 둘을 새롭게 대사제로 승격시켜 자릿수를 채워 넣은 것이다.

굳이 머릿수 다섯을 채운 이유는 부활의 의식을 치르는 데 필요한 최소 인원이 바로 다섯이었기 때문이었다.

"대사제 이브랄, 대사제 젠키."

"예, 폐하."

"예, 최고사제시여."

이브랄과 젠키 두 사람이 대답했다. 두 사람 다 새롭게 대사제로 임명된 이들로, 기존의 대사제들만큼은 아니지만 상당히 수준 높은 흑마도사였다.

"의식에 사용되는 주문의 술식은 모두 습득하였느냐?"

"예, 폐하!"

"언제든 의식에 참여할 준비가 되어 있나이다. 최고사제시여."

"좋다. 그럼 지금 당장 의식을 시작하도록 하겠다. 이번에는 결코 방해를 받지 않을 것이다!"

"옛!"

그리고 의식이 시작되었다.

오온—

오온—

오온—

대사제들이 입을 모아 소리 내는 기이한 울림이 육각형 방을 가득 채웠다. 그리고 5인의 대사제에게서 뿜어져 나오는 시커먼 흑마력의 줄기가 서로 얽혀서 밧줄 꼬듯이 꼬아졌다. 꼬아진 흑마력의 밧줄이 핏빛 마법진으로 향했다.

파아앗!

시뻘건 광채가 마법진에서 뿜어져 나왔다.

'드디어……!'

술탄 사록은 설레는 가슴을 주체할 수 없었다. 감격으로 벅차올랐다. 오랫동안 대를 이어 매달린 사명이 마침내 자신의 손에서 이루어지게 되는 것이었다. 인류 사상 가장 위대한 지배자가 돌아오려 하고 있었다.

카자드 푼 아만.

그가 돌아와 아만 제국에 다시 한 번 영광을 가져다주리라. 영원히 부흥케 하리라. 이 세상 만물을 발아래에 놓고 불멸토록 군림하리라! 결국 인류는 하나 되어 다시는 분열되어 서로 다투지 않을 것이다.

파아아아앗—!

마법진의 붉은 광채가 점점 진하게 폭사되었다. 의식이 끝에 이르자 석관에서 기하학적인 문양이 황금빛 무늬로 나타났다. 그 문양에는 까마득히 수준 높은 술식이 수없이 담겨져 있었다. 아마 저걸 본 마법사는 누구나 기절할 정도로 경악할 터였다.

의식이 끝났다. 할 일을 마친 대사제들은 아직도 붉은 광채를 쏟아내는 마법진을 초조한 표정으로 바라보았다.

이번에는 성공해야 했다. 수백 년에 걸쳐 매달린 대업. 절대로 잘못되어서는 안 된다. 무언가 술식에 오류가 발생해 부활의 의식이 실패로 돌아가는 최악의 사태는 일어나서는 안 되었다. 만약에 술탄 카자드가 남긴 술식에 실수가 있었다면 그간의 노력이 전부 수포로 돌아가는 것이었다.

그때였다.

덜컹!

석관의 뚜껑이 반으로 갈라졌다.

"오오오!"

"마, 마침내!"

대사제들이 흥분에 차 소리를 질렀다. 술탄 사록도 온몸을 부들부들 떨었다.

드르르륵.

마침내 절반으로 갈라진 석관이 양쪽으로 열렸다. 술탄 사록은 200미터 상공의 옥좌에서 뛰어내렸다. 비행 마법으로 천천히 활강하여 바닥에 착지했다. 위대한 절대자가 돌아오는 순간인데 감히 높은 옥좌에서 내려다보며 맞이할 수는 없는 것이었다. 모두가 열린 석관 내부에 주목하며 촉각을 곤두세웠다.

성공인가? 실패인가? 가늠할 수가 없었다. 석관 안에 오랜 세월 잠들어 있던 장본인은 아직 일어서지 않고 있었기 때문이다. 마법진의 붉은 광채가 멎었다. 석관의 황금빛 문양도 사라져 버렸다. 무거운 정적 속에서 술탄 사록과 대사제들은 마른침을 삼키며 기다렸다. 그리고 마침내…….

"321년이 지났구나."

석관 안에서 울려 퍼지는 목소리! 나직한 중저음의 굵직한, 만인의 머릿속에 파고드는 카리스마 넘치는 음성이었다.

"예, 예! 선조님. 말씀대로 정확히 321년이 흘렀습니다."

술탄 사록은 놀란 가슴을 애써 진정시키려 하며 대답했다.

"너는 사록 푼 아만이더냐?"

"예, 선조님."

놀랍게도 카자드는 까마득한 세월 간 잠들었다가 막 깨어났음에도 그를 알아보았다. 뿐만 아니라 자신이 죽은 지 세월이 얼마나 흘렀는지도 정확하게 파악하고 있었다.

"통치 시스템에 저장된 기록이 너무 많구나. 전부 훑어볼 때까지 아무 말도 하지 말고 기다려라."

"……!"

모두가 놀랐다.

통치 시스템! 대륙을 정복한 카자드 푼 아만이 드넓은 영토를 통치하기 위해 고안한 마법적 사회체계였다. 왕족 및 귀족을 증명하는 신분증의 인증 마법 또한 이 통치 시스템과 연결된 것이었다.

놀랍게도 카자드는 그 통치 시스템의 지난 기록을 전부 열람할 수 있었다. 한마디로 자신이 죽은 뒤에 어떤 일이 있었는지, 수백 년의 지난 역사를 읽을 수 있는 것이었다.

그런 엄청난 마법적 장치가 숨겨져 있었다니, 흑마법을 익힌 그들로서는 경악스러울 따름이었다. 정말로 눈앞의 저 존재가 신처럼 보였다.

"이럴 줄 알았지. 내가 죽은 지 15년도 되지 않아 통치 시스템이 미치는 범위가 크게 줄었군."

"송구합니다. 선조님께서 잠드신 후에 각지에서 역도들이 들고 일어나……."

"아무 말도 하지 말고 기다리라 했다."

"헉, 예!"

술탄 사록은 송구스러워하며 고개를 숙였다. 카자드는 통치 시스템의 기록을 계속 훑었다. 아만 제국의 영토가 줄어들면서 통치 시스템에 기록된 정보의 양도 크게 줄었다.

누가 언제 영지를 인수받았고 작위를 받았는지 등 시시콜콜한 데이터들이 까마득했다. 하지만 그 범람하는 정보 속에서 카자드는 핵심만 추려 읽으며 전체적인 흐름을 파악했다.

그 기나긴 작업이 끝나고서야 카자드는 술탄 사록을 바라보았다.

"사록 푼 아만."

"예, 선조님!"

"나를 깨우느라 고생이 많았구나."

"크흑, 예!"

술탄 사록은 울컥 밀려오는 감격의 눈물을 참았다. 하지만 감격을 만끽할 새도 없이, 카자드의 말이 이어졌다.

"그런데 무언가 이상하구나."

"예……?"

"정말 내가 남긴 유지대로 부활의 의식을 치른 것이냐?"

"무, 물론입니다."

"하지만 이상하군. 무언가가 잘못된 느낌이야."

카자드는 부활한 자신의 몸을 이리저리 움직여보고 만지작 거렸다.

'설마?'

술탄 사록은 스멀스멀 피어오르는 불안감을 느꼈다. 짚이는 게 있었기 때문이었다.

"시, 실은 선조님……."

"말해라."

"실은 완전히 선조님께서 남기신 유지 그대로 실행한 것은 아닙니다."

"그게 무슨 소리냐?"

"남겨놓으셨던 석관과 마법진의 술식을 연구하여서 부활의 의식에 필요한 영혼력의 최소치를 발견……."

"설마, 부활에 필요한 최소치만 채웠단 말이냐?"

카자드는 딱딱하게 굳은 안색으로 물었다. 술탄 사록은 고개를 조아렸다.

"예, 선조님."

"이런 멍청한—!!"

그의 고함이 쩌렁쩌렁하게 울려 퍼졌다. 술탄 사록과 대사제들이 공포에 질려 납작 엎드렸다. 카자드는 분노로 시뻘게진 얼굴로 소리쳤다.

"부활에 필요한 영혼력의 최소치 따위를 내가 몰라서 말을 안 한 줄 아느냐!"

"서, 선조님?!"

"많은 영혼력이 필요했던 이유는 내가 완전한 존재로 부활하기 위함이었단 말이다!"

"그, 그게 무슨 말씀이신지 저희는……!"

"이 육신에 얼마나 많은 술식이 새겨져 있다고 생각하는 것이냐? 부활, 불노, 불사, 불욕(不慾), 강화! 그 모든 술식으로 완전한 존재로 탈바꿈된 육체의 그릇을 채우는 데 필요한 영혼력이었다. 그런데 그 수치를 모두 채우지 않은 채로 날 깨워버렸어!"

"채, 다 채우지 못하면 어떻게 되는 겁니까?"

"굶주린 자는 필연 식(食)을 탐한다. 영혼력이 부족한 채 영원히 채워지지 않으면 어찌 될 것 같으냐?!"

"그, 그것이……."

"난 남의 영혼을 끝없이 탐하는 괴물이 되어버리는 것이다! 이 어리석고 또 어리석은 놈아!"

술탄 사록의 안색이 창백하게 질렸다. 영혼을 탐하는 괴물이라니! 그제야 자신이 얼마나 큰 잘못을 저질렀는지 알게 되었다.

"허허, 멸하지 않는 것은 없다더니, 이 또한 운명이로구나."

쓸쓸하게 중얼거린 카자드는 한동안 눈을 감고 침묵했다.

술탄 사록은 오열했다. 자신이 대체 무슨 죄를 지은 것인지 감이 안 잡혔다.

카자드가 말했다.

"어서 날 죽여라. 돌이킬 수 없어지기 전에."

그 말에 술탄 사록도 5인의 대사제도 당혹감을 감추지 못했다. 그들이 평생을 바친 사명이었다. 수백 년에 걸친 아만 제국의 숙명이었다.

"그, 그럴 수는 없습니다! 선조이시여, 다른 방도는 없는 것입니까?!"

술탄 사록이 절규했다. 자신의 조급함이 대사를 그르쳤다는 죄책감에 피를 토할 것 같은 심정이었다.

"나는 완전해야 했다."

카자드는 모든 걸 내려놓은 허망한 얼굴로 말했다.

"영원히 늙지 않고 죽지 않으며 욕망조차 하지 않은 채 오직 지성으로서 군림하는 영원불멸한 지배자여야 했다. 인간의 전쟁과 분란을 영원히 종식시키고 평화를 이끌려 하였다."

"아, 알고 있습니다, 선조님! 저희는 오직 그것만을 믿고 여기까지 왔습니다."

"선대 폐하!"

"선대 폐하!"

대사제들이 엎드려 소리치며 울었다.

카자드가 말했다.

"하지만 지금 나에겐 너무나 치명적인 것이 부족하구나. 너무나 위험한 욕망이 남겨졌구나. 이래서야 내가 부활한 의미가 없다. 어서 날 죽여라. 아니다, 내 손으로 직접 해야겠다."

그러면서 카자드가 오른손을 들어 올렸다.

파아앗ㅡ

흑마력이 손에 모여들었다.

"아, 안 돼!"

술탄 사록이 절규했다. 대사제들도 어찌할 바를 모르고 애간장을 태웠다. 카자드는 그 손을 자신의 머리로 가져가려 했다. 하지만 그때였다.

멈칫.

손이 도중에 멈췄다. 정적이 흘렀다. 절규를 하던 술탄 사록도 대사제들도 어안이 벙벙해져서 카자드를 바라보았다.

"아니지⋯⋯."

카자드의 나직한 독백. 카자드는 떨리는 눈으로 흑마력이 고밀도로 밀집된 자신의 손을 바라보았다. 흑마력을 거두고 자신의 손을 빤히 응시했다.

"이 손의 온기…… 손 안에 흐르는 따듯한 피……."

"서, 선조시여……?"

술탄 사록이 멍한 얼굴로 자신의 수백 년 전 선조를 바라보았다.

"살아 있다는 건 얼마나 존귀하단 말이냐? 내가 살아생전에 모든 것을 누렸어도 가질 수 없었던 딱 하나인데! 이 아까운 것을 어찌 쉽게 버릴 수가 있단 말이냐?"

"서, 선대 폐하?!"

대사제들은 당혹했다. 그제야 모두들 일이 심각하게 잘못되었다는 것을 깨달았다.

카자드는 클클거리며 웃었다.

"그래, 살아 있으니까 살아야지. 완벽하지 않은들 어떠하냐? 이 세상에 완전한 것이 뭐가 있단 말이냐."

"선조 폐하, 하지만 방금 전에 하신 말씀은……."

그러자 카자드는 흠칫했다. 최면에서 깨어난 것처럼 눈빛이 맑게 돌아온 카자드가 웃음 짓던 표정을 딱딱하게 굳혔다.

"빌어먹을, 벌써 욕망에 빠지고 있구나! 어서 날 죽여라! 어서!"

"제, 제 무례를 용서하소서!"

일의 심각성을 가장 잘 파악한 나이 든 대사제가 흑마력을 있는 힘껏 끌어 올리며 주문을 외기 시작했다.

"불꽃의 영광, 춤추는 폭염에 타오른 잿더미의 잔해!"

화르르르르륵─!

나이 든 대사제의 두 손에서 지옥에서 새어 나온 듯한 시커먼 불꽃이 쏟아졌다.

"무, 무슨!"

아직도 대업에 미련이 남은 술탄 사록이 놀라 소리를 질렀다. 대사제는 더 볼 필요도 없다는 듯, 이를 악물고 양손을 카자드에게 뻗었다.

"용서하소서─!!"

화르르르르르!!

검은 불꽃이 파도처럼 카자드를 덮쳤다. 카자드는 무방비 상태로 담담히 검은 불꽃을 맞이했다. 하지만…….

검은 불꽃이 지척까지 다가와 그의 육신을 잿더미로 만들려는 순간이었다.

"크하악!"

카자드가 입을 쩌억 벌렸다. 놀랍게도 검은 불꽃이 그의 입속으로 빨려 들어갔다. 검은 불꽃을 전부 빨아 먹어버린 카자드는 불같은 눈으로 대사제를 노려보았다.

"네놈이 감히 나를 죽이려 해?!"

"서, 선대 폐하……!"

"돌려주마. 크하아악!!"

화르르르!

카자드의 입에서 검은 불꽃이 튀어나와 대사제를 향했다.

"허억!"

대사제는 다급히 방어 마법을 펼쳤다. 검은 불꽃은 방어 마법에 막혔다. 하지만 검은 불꽃은 점점 강해졌다. 점점 거세게 타오르더니 끝내 방어를 깨뜨리고 대사제를 덮쳤다.

"끄아아아아……!"

단말마의 비명과 함께 나이 든 대사제는 잿더미가 되어버렸다. 그뿐만이 아니었다. 카자드는 재밖에 남지 않은 대사제의 잔해를 향해 손을 뻗었다.

잔해에서 빛의 입자처럼 반짝이는 것들이 스르륵 나타나 카자드가 뻗은 손으로 모여들었다. 죽은 대사제의 영혼이 남긴, 영혼의 파편이었다. 대사제가 남긴 영혼의 파편은 그 양이 얼마 되지 않았다.

카자드는 손에 있는 영혼의 파편 가루를 날름날름 핥아 먹었다.

"크흐흐흐, 맛있구나. 이 얼마나 달콤한지!"

술탄 사록은 공포로 얼어붙은 채 그 광경을 바라보았다. 마치 피 맛을 본 굶주린 맹수처럼, 카자드는 다른 대사제들을 응시했다.

"서, 선대 폐하께서……!"

"실성을 하셨다!"

"막아야 돼!"

대사제들은 저마다 흑마법을 펼쳤다.

그때, 카자드의 신형이 빠르게 움직였다.

퍼어억!

눈 깜짝할 사이에 한 대사제의 지척에 나타난 카자드가 주먹을 휘둘렀다. 펀치에 맞고, 놀랍게도 대사제의 얼굴이 통째로 터져 버렸다. 단숨에 대사제 한 명을 즉사시킨 그의 주먹에 붉은 피와 함께 흑마력이 넘실거렸다.

"크하하하하하!"

카자드는 계속해서 주먹을 휘둘렀다. 한 대사제가 아공간을 열고 그 안에서 언데드 괴물들을 잔뜩 꺼냈다. 하지만 카자드는 억센 두 팔로 괴물들을 우악스럽게 잡아 뜯고 뿌리치며 다가와 대사제의 목까지 잡아 뜯어버렸다.

"에잇, 귀찮구나. 한꺼번에 죽어라!"

카자드가 호통과 함께 흑마력을 일으켰다. 넘실넘실 뿜어져 나온 흑마력이 세 줄기의 로프처럼 변해서 3인밖에 남지 않은 대사제들을 덮쳤다.

"끄어억!"

"커헉!"

"카아악!"

흑마력 로프가 세 대사제의 입속으로 들어갔다. 꿀렁꿀렁, 흑마력 로프와 연결된 대사제들이 입 밖으로 자신의 흑마력을 꾸역꾸역 토해냈다. 아무리 버둥거려 보아도 소용없었다.

"아으으……."

"내, 내 흑마력이……."

"선대……."

흑마력을 모조리 빨려 버리자 앙상한 육체만 남겨진 대사제들은 풀썩 쓰러졌다.

"그간 수고들 많았다. 은총을 내려주겠다."

그리 말하며 다가간 카자드가 그들의 목을 하나씩 짓밟았다.

우드득! 빠직! 콰지직!

목뼈가 분질러져 죽은 대사제들. 카자드는 또다시 영혼을 파편을 빨아들여 게걸스럽게 핥아먹었다.

"맛있구나. 정말 맛있어. 생명이란 역시 존귀한 것이야."

카자드는 홀로 살아남은 술탄 사록을 바라보았다.

눈이 마주친 술탄 사록은 흠칫했다.

"호호호, 나의 후손 사록 푼 아만. 너만 남았구나."

"서, 선조시여……."

"염려 말아라. 설마 내가 너를 죽이겠느냐?"

"그, 그럼……."

"이제 해야 할 일을 시작해야지!"

"대, 대업을 말씀하시는 겁니까?"

술탄 사록의 얼굴이 밝아졌다. 부족한 영혼력을 탐하는 부작용이 생겼어도, 본래의 목표는 잊지 않았다고 생각했다.

"암, 대업! 이루어야지! 세상 모든 살아 있는 것을 내 지배하에 놓겠다."

그러면서 광기 어린 웃음을 짓는 카자드 푼 아만.

술탄 사록은 일말의 불길함을 느꼈지만, 지금은 돌이킬 수가 없었다. 두 사람이 육각형 방에서 나왔다. 방 바깥을 지키고 있던 사내들은 한 번도 보지 못했던 두 사람이 나오자 영문을 몰라 했다.

그런데 그때였다.

문득 카자드가 손을 왼쪽으로 뻗었다. 술탄 사록은 설마 카자드가 이 자리에 있는 사내들까지 죄다 죽이고 영혼의 파편을 먹으려는 걸까 봐 가슴이 철렁했다.

이 자리에 있는 사내들은 모두 타락한 시험자들. 쉽게 죽여 없애기에는 아직 쓸모가 많았다. 다행히 카자드의 손은 사내들을 향한 게 아니었다.

파직!

손에서 흑마력 한 줄기가 화살처럼 쏘아져 나가 천장 구석에 숨겨져 있던 어떤 동그란 구슬을 맞혔다. 구슬이 바닥에 추락해 균열이 갔다.

"서, 선조시여, 저건……?"

"심연의 구슬이다. 심연의 눈동자의 일반 마법 버전이지."

심연의 눈동자는 어둠 속에서도 시야를 확보할 수 있는 흑마법. 심연의 구슬은 바로 그 심연의 눈동자를 일반 마법으로 변형시킨 마법이었다.

심연의 눈동자와 달리 마법을 펼치는 데 구슬이 필요하지만, 대신 시전자의 수준에 따라 먼 거리에서도 유지할 수 있다는 장점이 있었다.

"이곳을 일반 마법사가 감시하고 있었단 말씀이십니까?"

"그렇다."

카자드는 그쪽으로 다가가 반으로 쪼개진 심연의 구슬을 주워 들었다. 쪼개진 구슬을 빤히 들여다보며, 카자드는 피식 웃었다.

"호오, 내가 잠들어 있을 때 석관과 마법진을 위협한 그놈이로군."

통치 시스템 마법에 얽혀 있는 기록을 전부 읽은 카자드는 불과 얼마 전에 의식 도중 습격 받은 사실까지 알고 있었다.

"그, 그 배신자 말씀이십니까?!"

"그렇다."

술탄 사록은 데이나 리트린을 떠올리며 오싹함을 느꼈다.

설마 그 뒤로 줄곧 이곳을 감시하고 있었을 줄은 생각지도 못했다.

"아직 마법은 끊어지지 않았다. 지금도 우리를 보고 있지."

"그, 그럼……!"

놀란 술탄 사록을 무시하고 카자드는 구슬에 대고 말했다.

"안녕하신가."

구슬은 반응이 없었다.

카자드가 다시 말했다.

"내가 카자드 푼 아만이다. 내가 보일 테지? 내가 부활했다는 사실을 알아냈으니 감시한 성과가 꽤나 크시겠군."

카자드는 히죽 웃으며 말을 이었다.

"그런데 이걸 어쩌나? 나도 지금 이걸 통해 너를 보고 있거든. 이제는 좀 당황했나? 갈색산맥 인근 지역이군. 내 기억에 거긴 엘프들이 사는 곳 근처인데, 아직도 엘프들이 거기 있겠지? 그래, 엘프들이 생명의 나무를 키우는데 그게 참 탐나는……."

파직!

구슬이 스스로 깨져 산산조각이 나 버렸다. 심연의 구슬 시전자가 마법을 끊어버린 것이다. 깨진 구슬 조각을 휙 버리며 카자드가 말했다.

"많이 당황했나 보군. 아무튼 그 쥐새끼 덕분에 좋은 생각이 났다."

"어떤 생각이신지요?"

술탄 사록이 물었다.

"엘프들이다. 그놈들이 생명의 나무를 키우지. 참 맛있는 생명력을 듬뿍 품고 있는 그것 말이다. 그걸 전부 내가 먹어 치워야겠어."

술탄 사록은 화들짝 놀랐다. 엘프들을 공격하겠다는 의지 때문이 아니었다. 마치 미친 사람처럼, 카자드의 입에서 군침이 질질 흘렀던 것이었다. 욕망에 대한 절제를 전혀 하지 못하는 모습. 어째서 카자드 푼 아만이 아직 제정신이었을 때 자신을 죽이라고 했었는지, 알 것 같은 기분이 들었다.

"선포해라. 이제부터 엘프는 인간의 노예다. 같은 동등한 인격체일 수 없다. 전부 잡아다 노예로 쓰고, 생명의 나무는 내가 차지할 것이다."

"하, 하지만 선조시여. 지금은 전쟁 문제로 대륙 모든 국가와 대립 중인데, 굳이 이런 시점에서 엘프들을 적으로 만들 필요는……."

"닥쳐라."

"……!"

"나는 인류 사상 가장 위대한 지배자다. 넌 잠자코 내 말에 따르기만 하면 되는 거다. 알아들었느냐?"

"네, 네……."

탐욕으로 이성까지 마비된 모습. 부활한 카자드 푼 아만은 본인이 제정신일 때 했던 말처럼 괴물이 되어버렸다.

4장

마지막 휴식

"정말 죄송합니다."

데이나가 우리를 불러놓고 사과를 했다. 대충 사정을 들을 수 있었다. 데이나는 지하궁전을 탈출하기 전에 심연의 구슬을 남겨두었다. 그리고 지금까지 줄곧 감시를 해오다가 카자드 푼 아만의 부활을 감지했다.

"거기서 멈췄어야 했습니다. 부활했다는 사실만 확인한 뒤에 심연의 구슬 교신을 끊었어야 했습니다."

어쩔 수 없는 호기심이었으리라. 데이나 리트린은 시험의 최종 목적인 카자드 푼 아만에게 궁금증이 들었던 것이다.

재래 결사대에 잠입하여 5년간 대사제 노릇까지 할 정도로 배짱 두둑한 남자이니 말이다. 그런데 그만 카자드 푼 아만도 그 구슬을 통해 데이나를 보고 말았다.

"말도 안 되는 괴물이었습니다. 심연의 구슬을 본 순간, 술식을 순식간에 역산해서 제 위치를 알아냈습니다. 그게 얼마나 터무니없는 일인지 상상이 가십니까?"

"잘 모르겠지만 엄청난 수학 문제를 암산으로 풀어버리는 것 같은 건가요?"

"비슷합니다. 아무튼 갈색산맥이라는 말이 언급된 후에, 카자드의 생각이 엘프로 미쳤습니다. 생명의 나무를 몹시 탐내는 눈치였던 걸 보면, 머지않아 이곳을 노릴 테지요."

"니체의 명언 같네요."

괴물의 심연을 들여다보면 심연도 너를 본다, 뭐 그런 말. 하필이면 마법 이름도 심연의 구슬 아닌가.

내 가벼운 농담에 데이나는 한숨을 쉬었다. 늘 싱그럽게 웃고 있던 그에게서 처음 보는 우울한 표정이었다.

"니체의 '선악의 저편'에 나오는 말이로군요. 정말로 제가 괴물의 심연을 봐 버렸습니다. 아무튼 폐를 끼쳐서 죄송하게 됐습니다."

나는 어깨를 으쓱했다. 딱히 운명론자가 아니지만, 시험을 하도 겪다 보니 이제 이런 상황조차도 율법의 안배라는 생각을 하게 되었다. 그래서 딱히 데이나 리트린에게 원망이 들지는 않았다. 어차피 이렇게 될 일이었으니까.

"너무 신경 쓰지 마세요. 어차피 카자드가 생명의 나무를 탐내고 있었다면 리트린 씨가 아니더라도 결국 이쪽을 타깃으로 정할 수밖에 없었어요."

갈색산맥은 이 아레나 세계에서 가장 엘프들이 번성한 곳이었다. 뭐, 내 덕분이라고 할 수 있지. 왜냐면 내가 생명의 나무를 세 그루나 잘 자라게 만들어줬으니까.

그때, 잠자코 있던 차지혜가 입을 열었다.

"누구의 실책인지는 중요치 않습니다. 그보다는 왜 카자드 푼 아만이 생명의 나무를 탐내는지를 알아야 합니다."

"그야 영혼의 파편을 얻고 싶어 하니까 가장 풍부한 생명력을 품은 생명의 나무를……."

말하다 말고 나는 말끝을 흐렸다.

"영혼의 파편을 모으던 목적이었던 카자드 푼 아만의 부활은 이미 이루어졌습니다. 그런데 왜 그가 영혼의 파편을 탐내는 건지 모르겠습니다."

"듣고 보니 그러네요. 리트린 씨는 뭔가 짐작 가는 게 없으세요?"

내가 물었다. 데이나는 곰곰이 생각해 보다가 말했다.

"확실히 말씀드릴 수는 없었지만, 심연의 구슬을 통해 마주했던 카자드 푼 아만은 어쩐지 정신적으로 멀쩡한 상태 같지가 않았습니다."

그 말에 나는 가짜 영혼을 주입받아 부활했던 헤이싱 등이 떠올랐다.

"혹시 가짜 영혼으로 부활한 언데드들처럼?"

"아닙니다. 이성과 판단력은 확고했습니다. 하지만 재래 결사대에서 전해졌던 완전한 통치자의 모습은 아니었습니다."

"완전한 통치자요?"

"늙지도 죽지도 않고 인간의 모든 욕망으로부터도 자유로워져 오직 이성으로서 세상을 다스리는 군주입니다. 유지에 따르면 카자드는 부활하여 그런 군주가 되고자 했습니다."

소름 끼치는군. 생각하는 스케일이 엄청나다.

"하지만 심연의 구슬을 통해 본 그는 무엇보다 큰 욕망에 휩싸여 있었습니다. 말투며 눈빛이며, 재래 결사대가 생각한 그런 사람이 전혀 아니었지요."

"뭔가 문제가 생긴 걸까요?"

"그렇겠지요. 육각형 방에서 나온 사람은 술탄 사록과 카자드 두 명뿐. 대사제들은 뭔가 잘못된 모양이었습니다. 카자드의 두 손은 피투성이였고요. 그 점만 봐도 큰 문제가 생겼다고 봐야겠지요."

부활하자마자 대사제들을 살해한 건가. 마치 악마가 봉인에서 깨어난 것처럼 말이다.

"짐작 가는 구석은 있습니다. 부활의 의식은 카자드가 생전에 남긴 유지대로 치러지지 않았을 겁니다. 보다 적은 양의 영혼력으로 치러지는 바람에 그 부작용으로 생명력을 탐하는 게 아닐까 추측됩니다."

"생명력을 탐한다면……"

나는 불길한 예감이 들었다. 데이나가 말했다.

"살아 있는 생명체를 전부 탐하겠지요. 굶주린 짐승이 다른 짐승을 잡아먹는 것처럼 말입니다."

그 말에 분위기가 싸늘하게 가라앉았다.

"그건 말 그대로 악마잖아요."

"그래서 이 시험이 생긴 것인지도 모르지요. 어쨌든 이 사실을 최대한 빨리 모든 시험자에게 알려야 하지 않겠습니까?"

"그래야겠네요. 일단 오딘 씨에게 먼저 연락해 볼게요."

나는 가공간에서 교신기를 꺼냈다. 교신기를 처음 본 데이나는 놀란 얼굴이 되었다.

"그게 뭡니까?"

"교신기요."

"그건 전자기기가 아닙니까?"

"맞아요. 제 가공간 스킬의 또 다른 기능이죠. 대륙 곳곳에 전파송수신기를 설치해 놔서 어디서든 서로 연락할 수 있죠."

이제 시험도 거의 끝에 다다랐다. 끝판왕 격인 카자드 푼 아만이 부활한 마당에 더 이상 숨길 필요가 없었다.

"그런 스킬을 숨기고 계셨군요. 그럼 다른 전자기기도 가져오셨습니까?"

"노트북이나 스마트폰도 가져왔죠. 아, MSM−2도 가져왔죠. 그거 맥런 연구소에서 개발한 자동차죠?"

"하하, 정말 놀랍군요. 미국에서는 수많은 시도를 했는데도 실패했는데 말입니다."

놀란 얼굴의 데이나를 뒤로하고 나는 오딘에게 교신을 걸었다.

─그렇지 않아도 연락하려 했소.

오딘은 받자마자 그렇게 말했다. 그도 어느 정도 입수한 정보가 있었던 모양이었다. 하지만 내가 먼저 선수를 쳤다.

"카자드 푼 아만이 부활했어요."

─뭐라고?! 그게 정말이오?

"어라? 모르셨나 봐요?"

─내가 말하려 했던 건 아만 제국군의 동향이었소. 세이란 왕국을 점령한 아만 제국군이 일제히 서쪽으로 진군을 시작해 모두가 긴장하고 있소.

"서쪽이면 우리를 향하는 것 맞죠?"

─그렇소. 지금 전쟁이 벌어지기 일촉즉발이오. 그런데 카자드 푼 아만이 부활했다니 그게 무슨 말이오?

나는 데이나의 이야기를 요약해서 들려주었다.

─일이 심각하군. 그럼 시험의 끝이 머지않았다는 뜻이구려.

"그러게요."

─어째서 아만 제국군이 이상 행동을 하는지 이제야 설명이 되는군. 아무래도 카자드는 생명의 나무를 얻기 위해 무리한 전쟁을 다시 벌일 것 같소.

"어쩌면 다음 시험이 마지막일 수도 있겠어요. 카자드가 직접 이곳에 들이닥친다면 말이죠."

최종 보스인 카자드 푼 아만을 처치한다면 모든 시험이 끝나지 않을까 추측이 들었다.

─그럴 수도 있겠소. 아무튼 그건 나중에 생각해 봅시다. 일
단 이번 시험은 곧 종료되니 말이오.

"예."

─아무튼 좋은 정보 고맙소. 노르딕 시험단의 모두에게 알
려야겠소.

그렇게 교신이 종료되었다. 나는 또한 갈색산맥의 엘프들에
게도 연락을 취해 위험을 알렸다. 시험의 제한 시간이 20일 남
았을 때 벌어진 일이었다.

*   *   *

유지수와 차진혁도 시험을 클리어했다는 소식이 전해졌다.

오딘의 소식통에 의하면, 아렌드 왕국 중앙 정계는 북부 국
경을 지키던 변경백 센델스 백작이 아만 제국과 내통한 사실
이 드러나 난리도 아니라고 했다.

대대적인 조사에 착수되면서 센델스 백작은 물론이고 국왕
알세르폰 3세의 이복동생 콘월 공작까지 반역 모의를 한 사실
이 드러나 숙청을 당했다. 유지수 팀이 시험을 클리어하면서
이어진 결과였다.

그러한 일들이 벌어지면서 아만 제국의 침공에 대한 경계가
고조되었다. 그렇게 남은 제한 시간 2년이 모두 흐르고, 우리
는 시험의 문을 통과했다.

"어서 오세요!"

아기 천사가 우리를 반겼다.

"좀 귀엽게 생긴 놈이 반겨주면 얼마나 좋을까."

내가 그렇게 투덜거리자 아기 천사가 낄낄거렸다.

"에이, 그런 말씀 마세요. 이제 이렇게 만나는 날도 얼마 안 남았는데."

"뭐?"

역시나 아기 천사는 시험이 끝에 거의 다다랐음을 시사하고 있었다.

'남은 시험은 어림잡아도 두세 차례밖에 안 남았구나.'

"두세 차례가 아닌데요?"

아기 천사가 내 생각을 읽고서 불쑥 말했다.

"무슨 뜻이야?"

"그렇게 많이 남았다고 생각하세요?"

그러면서 빙글빙글 웃는 아기 천사. 두세 차례가 '그렇게 많이' 라니. 그렇다면……!

"현호 씨, 석판을 확인해 보십시오."

"예, 석판 소환!"

석판이 눈앞에 나타났다.

—성명(Name): 김현호
—클래스(Class): 46
—카르마(Karma): +15,750
—시험(Mission): 마지막 휴식을 취하라.

—제한 시간(Time limit): ㅁㅁ일

짧고 강렬한 글귀. 나는 내 눈을 의심했다. 하지만 분명히 '마지막 휴식'이라고 쓰여 있었다.

"마, 마지막?"

"예, 마지막이에요."

"다음 시험에서 모든 게 끝난다고?"

"네."

"만약 내가 클리어 못하고 돌아온다면?"

"제가 전에도 말씀드렸을 텐데요. 원하는 대로 해주겠다고요."

그러자 아기 천사가 전에 했던 말이 떠올랐다.

"시험자로 선택받은 인간은 시험을 끝까지 완수할 의지가 없는 것으로 간주할 거예요. 마정을 계속 얻을 수 있기를 원하고, 아레나와 단절되지 않기를 원하는 것으로 판단할 거예요."

"계속 마정을 얻을 수 있고, 아레나와 단절되지 않게 해준다고?"

"그래요."

"그 말만 갖고는 무슨 뜻인지 알 수가 없잖아!"

내가 버럭 화를 냈다. 내게는 아주 절실한 문제인데 속 시원하게 설명해 주지 않는 태도가 열 받는다.

"말 그대로인데."

아기 천사는 어깨를 으쓱했다.

"아레나에서 지내면서 궁금한 게 많지 않던가요?"

"뭐가?"

"어째서 여러분이 살던 세계와 천체(天體)의 위치가 똑같을까요? 어째서 중력도 지구와 똑같을까요?"

"……"

"여러분의 세계와 아레나, 두 개를 한 데 포개면 데칼코마니처럼 딱 맞아 떨어질 것 같지 않나요?"

"뭐, 뭐라고?!"

가슴이 철렁 내려앉았다. 두 세계를 하나로 포개?

"물론 사소한 차이점도 있긴 하겠죠. 예를 들면 지구에는 없는 종족이라든지, 난폭한 괴물이라든지, 사회체제와 문명이 전혀 다른 사람들이라든지, 마법과 흑마법이라든지……"

심장이 쿵쾅거리며 요동쳤다.

"좀 혼란이 일긴 하겠네요. 하지만 괜찮을 거예요. 그게 여러분이 원한 거잖아요? 그걸 선택했으니 선택대로 이루어질 뿐이죠."

"그 선택의 기준은……"

"예, 시험자 김현호, 당신이에요."

나는 그만 멍해져서 아무런 생각도 들지 않았다. 아레나에 서식하는 괴물들이 내 가족들이 사는 지구에 나타난다고 생각하니 아찔할 따름이었다. 심지어는 카자드 푼 아만 같은 놈도 현실세계에 나타나는 것이다.

"이 이야기는 모든 시험자에게 통보될 거예요."

그리고 시험의 문이 나타났다.

현실로 돌아오니 한국아레나연구소 본부 지하층이었다.

방에서 나오니 우리와 같이 시험을 치른 시험자들이 모여 웅성거리고 있었다. 다들 무언가 충격에 빠진 표정들이었다.

"현호 씨."

방에서 나온 차지혜가 나에게 다가왔다.

"배 안 고프세요?"

"고픕니다."

솔직해서 좋다.

"좋은 데 가서 먹을까요?"

"집에서 먹죠. 시험 전에 장 봐놨습니다."

"그것도 좋네요. 그런데 그보다 다른 시험자들도 그 얘기 때문에 충격받은 것 같죠?"

"모든 시험자에게 통보된다고 했으니 당연합니다."

그때, 유지수와 차진혁이 다른 시험자들과 이야기를 나누다가 우리를 발견했다. 유지수가 반갑게 손을 흔들며 소리쳤다. 오랫동안 해결 못했던 시험을 클리어해서인지 매우 밝은 표정이었다.

"김현호!"

목소리가 너무 크잖아, 이 여자야.

그 바람에 다른 시험자들도 웅성거리며 나를 주목했다.

"김현호?"

"그 랭킹 7위?"

"그게 저 사람이었어?"

"우리 연구소 소속이었던가?"

그러고 보니 한국아레나연구소에 소속되어 있는 다른 시험자들을 이렇게 많이 본 적은 이번이 처음이었다.

아무튼 달려온 유지수가 내게 물었다.

"너희도 천사한테 얘기 들었어?!"

"예, 모든 시험자에게 통보되었다던데요."

"그런가 봐. 다른 팀도 다들 이야기 들었대. 세상에, 두 세계가 하나로 통합된다니 그게 말이 돼?!"

"아주 난리가 나겠죠."

서울 한복판에 괴물들 서식지가 떡하니 나타나면 어떻게 될까? 북한산 꼭대기에 와이번의 둥지가 나타난다면? 카자드 푼아만과 아만 제국군이 중국 대륙 한복판에 나타나면?

아레나 세계의 수많은 인간과 엘프 등이 지구 곳곳에 출현한다면, 그 혼란은 얼마나 클까? 그런 엄청난 상황이 벌어졌을 때, 사회질서가 붕괴되지 않고 유지할 수 있는 나라가 몇 개국이나 될까?

"사태가 이쯤 됐으면 각국도 서로 의견을 모아 연합하지 않을 수 없을 겁니다. 아레나 관련 사업에 많은 투자를 했다 해도, 결국 그렇게 해서 번 돈은 사회가 유지되었을 때에나 가치가 있는 겁니다."

차지혜의 말이 옳았다. 제아무리 돈 좋아하고 마정에 혈안이 된 자본가들도 두 세계가 하나로 통합되는 사태는 바라지 않을 터였다. 세상을 지배하고 있는 최상위 계층이 자기 기득권을 유지시켜 주는 사회질서가 박살 나는 걸 원하겠는가?

하지만 반대로 그걸 원하는 무리도 틀림없이 있을 거라는 점이 문제였다. 그 무리는 바로…….

"타락한 시험자들은 그것을 반길지도 모르겠습니다."

차지혜의 지적대로였다.

나도 바로 그 점이 우려되었다. 사회질서가 붕괴되고 괴물들이 지천에 나타난 세상에서는 힘을 가진 시험자들이 새로운 지배계층으로 도약할 가능성이 높았다. 그렇지 않아도 힘으로 중국 시험단을 장악해 버린 리창위 같은 인물은 그런 약육강식의 세상을 반길지도 모른다.

'그놈은 애당초 이제 시험자로서의 힘이 없으면 살아남을 수 없는 지경까지 갔으니까.'

현재 중국 당국이 손도 못 대고 있는 리창위. 하지만 시험자의 힘을 잃으면 결코 리창위를 가만 놔두지 않을 터.

리창위로서는 끝까지 아만 제국과 한패가 되어서 싸울 가능성이 높았다. 부활한 괴물 술탄 카자드가 지구까지 장악해 버리면, 아만 제국의 앞잡이 노릇을 해왔던 리창위 일파는 입지가 탄탄해진다.

리창위와 마찬가지로 사회 혼란을 틈타 자신의 힘으로 왕처럼 군림하고 싶어 하는 시험자들이 있을 것이다. 비단 타락한 시험자들뿐만이 아니었다. 그냥 평범한 시험자들 또한 마찬가지로 잠재적 위험이 있다.

왜냐고? 생각해 보라. 스킬을 통해 평범한 사람과 달리 강력한 힘을 가진 시험자. 그런데 시험의 최종 목적이 완수되고서 시험과 함께 그 능력들이 전부 사라진다면?

다시 평범한 사람으로 되돌아왔을 때, 그 상실감을 두려워할 시험자는 얼마든지 있는 법이었다. 나 역시 그런 두려움을 품고 있었으니까. 차지혜가 곁에서 미래에 대한 믿음을 심어 주기 전까지는 말이다. 한 번 죽음을 맞이한 경험이 있었던 시험자들이니, 남달리 특별한 존재이고 싶은 욕망이 강할 터였다.

'이건 정말로 문제인데.'

그런 걱정을 하고 있을 때였다. 시험자들이 모여 웅성거리는 지하층에 일단의 무리가 엘리베이터를 타고 나타났다. 바로 임철호 소장을 비롯한 연구소의 관계자들이었다. 연구원들이 각자 담당한 시험자들과 만나 이야기를 하는 동안, 임철호 소장은 내게 다가왔다.

"김현호 씨, 시험은 어떠셨습니까?"

"잘 클리어했어요. 그보다 들었어요?"

"예, 방금 보고받자마자 내려온 겁니다. 잠시 조용히 얘기를 나누실 수 있겠습니까?"

"물론이죠."

나는 유지수, 차진혁과 작별하고 차지혜와 함께 임철호 소장을 따라갔다. 임철호 소장의 사무실에서 우리는 조용히 대화를 나눴다.

"일단 첫째로, 맥런 회장이 직접 연락을 해왔는데 약속한 것은 어찌 되었냐고 묻더군요."

"챙겨왔어요. 맥런 연구소와 노르딕 시험단에 줄 가축을 한 쌍씩 챙겨왔죠. 데이나 리트린이 약속을 지킨 것도 확인했고요."

"이제 맥런 회장은 시험이 모두 클리어되어야 한다는 쪽으로 완전히 가닥을 잡았습니다. 다음 시험을 위해 최대한 협조하겠다고 했습니다."

"당연히 그러겠죠. 두 세계가 통합된다니, 그따위 미친 사태가 벌어지는 걸 누가 좋아하겠어요."

"리창위 같은 타락한 시험자들은 반기겠지요."

임철호 소장은 한숨을 쉬며 말했다. 내 우려와 정확히 일치했다.

"아무튼 이제는 국제적인 문제가 되었습니다. 어떤 국가기관도 더 이상 시험 클리어를 망설이지 않을 겁니다."

"그건 고무적인 일이네요. 하지만 문제는 아무리 국제사회가 힘을 합친다 해도, 결국 시험을 클리어하는 것은 시험자들이라는 점이죠."

"힘과 신분을 유지하고 싶어 하는 시험자들이 어떤 마음을 품을지는 아무도 모릅니다."

차지혜가 거들었다. 임철호 소장의 얼굴에 근심이 한 가득이었다.

내가 말했다.

"딴마음이 생기지 않도록 국가 차원에서 시험자들에게 충분한 보상을 챙겨주어야 해요."

"그건 그렇습니다만 과연 현 정부에서 얼마나 보상을 약속해 줄 수 있을지는……."

"지금 문제가 얼마나 심각한지는 아시죠?"

"물론 알지요."

"그럼 지금 찬밥 더운밥 가릴 때인가요? 국가 존속이 시험자들에게 달렸다 해도 과언이 아닌데요?!"

내가 조금 화를 내자 임철호 소장은 고개를 끄덕였다.

"알겠습니다. 그 부분에 대해서는 제가 강력하게 건의해 보겠습니다."

"아니, 차라리 이렇게 말하세요. 보상을 약속하지 않으면 제가 마정 사업에 더 이상 협조하지 않는 수가 있다고요."

"예?! 아니, 그건……."

"그렇게 정부에 보고하세요. 그럼 할 말이 끝났으면 저희는 이만 가볼게요."

우리는 사무실에서 나왔다.

어찌 되었든 시험을 무사히 마치고 돌아왔으니 기뻐할 일이었다. 차지혜와 함께 집에 돌아와 소파에 앉으니 안도감이 밀려왔다.

"석판 소환."

— 성명(Name): 김현호
— 클래스(Class): 46
— 카르마(Karma): +15,750
— 시험(Mission): 마지막 휴식을 취하라.
— 제한 시간(Time limit): 89일 24시간

'89일이라…….'

이제 저 시간이 지나면 무슨 일이 벌어질지 아무도 모른다.

"식사 준비하겠습니다."

그러면서 부엌으로 가려는 차지혜를 나는 붙잡아 옆에 앉혔다.

"여기 있어 봐요."

"……?"

"조금만 옆에 있어요."

"원하는 만큼 옆에 있겠습니다."

무뚝뚝한 말투로 답하는 그녀의 말이 나는 너무나도 아름답게 들렸다.

"그럼 영원히 곁에 있어줄래요?"

"그러겠습니다."

아, 대답이 너무 빨라서 무드 조성이 안 되는구나. 나는 피식피식 웃으며 그녀에게 말했다.

"우리 결혼할래요?"

"청혼이라면 전에도 결혼하겠다고 의사를 밝힌 바 있었습니다만."

"그게 아니고, 결혼 날짜 잡자고요."

"예, 다음 시험이 끝나대는 잡으십시오."

"지금 부모님께 인사드리고 예약해 놔요. 92일 뒤로요."

"……좋습니다."

"고마워요."

"저야말로."

나는 그녀에게 입을 맞췄다. 그녀는 가만히 내 입술을 받아들였다. 그날, 나는 엄마한테 연락했다.

[엄마, 나 결혼할 거임.]

위잉, 위잉, 윙, 위잉!

그 즉시 스마트폰이 어서 전화받으라고 성화를 부렸다.

—아들! 그게 사실이야? 그 여자랑 결혼할 거야?! 엄마 정말 할머니 될 수 있는 거야?

"할머니까지는 너무 갔고, 적어도 올해 이내로 며느리를 볼 수는 있을 거야. 괜찮지?"

—괜찮고말고! 일단 그 여자랑 같이 엄마 보러 와!

"응, 오늘 괜찮아?"

—아휴, 속전속결이라 좋네. 응, 오늘 당장 와, 아들. 엄마가 저녁 차려놓을게.

역시나 엄마는 대찬성이었다. 그렇게 저녁 식사 시간에 맞춰 온 식구가 다 모이기로 했다.

그날 저녁, 천안의 집에서 온 가족이 회동했다.

식탁 맞은편에는 누나, 엄마, 현지. 그리고 이쪽은 나와 차지혜가 앉았다. 나는 물론 차지혜도 별반 긴장한 기색이 전혀 없었다.

"호호, 전에도 느꼈지만 우리 새아기는 참 당차기도 하지."

결혼 허락을 받으러 온 여자치고는 매우 평온한 터라 엄마가 웃으며 말했다.

"감사합니다, 어머님."

"호호, 말투도 여전하고."

"죄송합니다. 거슬리시면 고치도록 노력해 보겠습니다."

"아냐, 아냐. 편할 대로 말하렴. 참, 나 새아기한테 말 편히 해도 되지?"

"이미 편히 하고 계십니다."

"호호, 그, 그렇지?"

"앞으로도 편히 해주십시오."

"고, 고마워."

난 터지려는 웃음을 참았다. 그때, 왠지 심통이 난 현지가 식탁을 탕 내려치며 말했다.

"난 이 결혼 허락 못해!"

"다물고 앉아."

"응, 언니."

현지는 누나의 말에 즉시 입을 다물었다. 쟤는 아직도 민정이 때문에 차지혜가 아니꼬운 모양이었다.

누나는 특유의 얼음장 같은 눈매로 차지혜를 응시했다. 나이가 꽉 찬 지 오래인 자신보다 먼저 결혼하는 나와 차지혜에 대한 질시가 서린 눈빛이구나. 그런 누나의 얼음장 눈빛에도 조금의 동요가 없는 차지혜는 과연 우리 집안의 며느릿감이었다.

"참 의심스러운 구석이 많아요. 덴마크 여권을 가지고 있으면서 덴마크어도 독일어도 모르는 것부터 시작해서요."

"전 한국 태생이고 군인이었습니다. 국가 임무를 수행하는 과정에서 덴마크 시민권을 얻었지만 곧 결혼과 함께 은퇴하고 평범한 삶을 살 예정입니다."

음, 아주 틀린 말이 아니니 거짓말은 아니었다.

"이제야 좀 솔직한 말을 듣는군요. 어떤 일인지 들을 수 있나요?"

누나의 분노가 조금 수그러들었다.

"기밀이라 말씀드릴 수 없습니다. 죄송합니다."

"그럼 어쩔 수 없네요. 하지만 위험한 일은 아니겠지요?"

"예, 곧 은퇴 예정입니다."

"우와, 그럼 언니 국정원 비밀요원 뭐 그런 거예요?"

현지가 언제 뿔이 났냐는 듯 눈이 휘둥그레져서 물었다.

"비슷하다."

뭔가 좀 대화가 이상해져 가고 있지만, 아무튼 분위기는 나쁘지 않으니 신경 쓰지 말자.

"일 때문에 만났다고 들었는데, 그럼 현호 너도 설마 그런 쪽 일을 하고 있는 거 아니야? 그리고 보면 너도 갑자기 많은 게 달라져서 이상했었는데."

누나의 지적은 날카로웠다.

"히익? 설마 덴마크에 뻔질나게 드나들었던 것도?!"

"아, 아들, 이게 무슨 소리야?"

현지와 엄마도 놀라 뒤집어졌다. ……역시 대화가 좀 이상해져 가고 있긴 했다.

"이렇게 된 이상 어쩔 수 없네."

한숨을 쉰 나는 하는 수 없다는 듯이 말했다.

"누나 말이 맞아. 사실 공무원 시험을 준비하면서 허송세월을 보냈던 것은 모두 내 정체를 숨기기 위한 위장이었어. 그때 나는……."

"뻥치시네."

"거짓말."

"아들, 그건 아니야."

거의 동시에 일어난 세 식구의 지적에 나는 얼굴을 붉혔다. 아, 역시 이건 안 통하네. 하는 수 없이 나는 등산로에서 구해 준 진성그룹 이사의 눈에 들어 일을 소개받았고, 어쩌다 보니 정부와 진성그룹, 덴마크 정부가 얽힌 국책 사업에 관련된 일을 하게 되었다고 설명했다. 자세한 건 기밀이라 말할 수 없다고 둘러댈 수 있어서 납득시키기가 편했다.

"아무튼 너희 결혼하기로 했다니까 엄마가 한시름 놨어, 얘."

엄마는 누나와 현지를 슥 번갈아 보더니 한숨을 푹 쉬었다.

"이제 얘들 문제만 좀 해결되면 좋을 텐데……."

누나와 현지가 면목 없다는 듯이 고개를 숙였다. 참고로 현지가 하겠다고 설치던 인터넷 쇼핑몰 사업은 적자 행진이었다.

"현지야, 내가 소개시켜 줄 테니까 진성그룹에 취직할래?"

"진짜?"

내 말에 현지의 두 눈이 휘둥그레졌다.

"내가 말 좀 잘해놓으면 계열사 어디에 꽂아주겠지."

박진성 회장이 설마 그 정도 사소한 부탁도 안 들어줄까.

"할래, 할래!"

"쇼핑몰은 미련 버렸냐?"

"응, 다시는 내 돈 내고 사업하지 않을 거야. 난 머리가 돌이라 안 될 것 같아."

창고에 쌓인 재고를 보더니 얘가 겸손을 좀 배운 것 같다. 말이 나온 김에 박진성 회장에게 전화를 걸었다.

─무슨 일이야? 아레나에서 최근 난리 났다는 얘긴 들었어.

"들으셨네요. 조만간 그 문제로 중요한 결정을 내려야 하지 않을까 싶어요. 근데 지금은 그거 말고 좀 사소한 부탁을 좀 드리고 싶어서요."

─뭔데?

"제 여동생 취직 좀……."

―…….

"애가 좀 멍청하고 게으르긴 한데 눈치는 빨라요. 괜찮죠?"

―이놈아, 네 눈엔 내가 옆집 할아버지로 보여? 고작 그 얘기하려고 나한테 전화한 거야?

"그럼요. 한 사람의 인생이 결정되는 중요한 문제인데."

―이 실장한테 말해놓을 테니까 그렇게 알아.

"네, 돈 적당히 받고 일은 많지 않은 자리로 부탁해요. 애가 일 많은 것도 좀 싫어해서요."

―끊어!

전화가 끊겼다. 난 고개를 끄덕이며 현지에게 말했다.

"해결됐다. 조만간 면접 보러 오라고 할 거야."

"우와! 진짜? 나 진성그룹 다니는 거야?"

"그래, 적당히 한가한 자리로 달라고 해놨으니까 그렇게 해줄 거야."

"나이스! 오빠 완전 땡큐!"

현지는 희희낙락해서 음악 없이 클럽 댄스를 출 기세였다.

"아들, 현지 취직된 거야?"

"응, 엄마."

"어머머, 아들 정말로 대단한 사람 됐나 봐. 그런 대기업에 동생도 꽂아주고. 다른 멀쩡한 애도 아니고 우리 현지인데."

"나도 그것 때문에 좀 걸렸는데, 내 부탁이니까 쟤가 술 먹고 면접 보러 가지 않는 이상 들어줄 거야."

"어머, 잘됐다. 그럼 이제 현주 시집가는 일만 남았네."

"가, 갈 거야, 조만간. 아니, 언젠간……."

누나답지 않게 기가 죽은 목소리였다. 아무래도 내가 결혼한다는 게 적잖은 데미지였던 모양이다. 가슴이 쩡하다. 박진성 회장한테 전화해서 어디 남자 없냐고 물어보고 싶지만, 쌍욕을 먹을 것 같아서 못하겠다. 재미있을 것 같긴 하지만.

그런데 그때, 잠자코 우리 가족들의 코미디를 구경하고 있던 차지혜가 입을 열었다.

"직업 군인도 괜찮습니까?"

"에엑?!"

"아는 사람이 있었어요?"

현지와 내가 화들짝 놀랐다.

"별로 연락하고 지내는 사이는 아니지만 군인이었던 시절에 알고 지냈던 부하가 많이 있습니다."

차지혜는 누나에게 말을 이었다.

"여자들이 직업 군인을 별로 안 좋아해서 장가 못 간 남자가 많습니다."

"전 군인 좋아요."

냉큼 대답하는 누나.

"박봉에 시간도 많이 못 내는 문제가 있는데……."

"아무 상관없어요. 남자답기만 하면 돼요."

"특수부대 엘리트들입니다. 그것만은 장담할 수 있습니다."

그래, 남자가 그쯤 되어야 우리 누나를 감당하지. 차지혜도 말이 나온 김에 즉석에서 전화를 걸었다.

"그래, 오랜만이다. 인사는 됐고 본론만 말하지. 혹시 여자 소개받을 생각이…… 있군. 알았다. 휴가 나올 수 있는 날짜를 문자로 보내라."

전화를 끊은 차지혜는 누나에게 말했다.

"무조건 하겠답니다."

"저에 대해서는 아무것도 못 들었을 텐데요?"

"그런 거 필요 없습니다."

어쩌다 보니 이 자리에서 우리 삼남매의 문제가 모조리 해결될 분위기였다. 엄마는 무척 행복해했고, 누나의 울화도 한층 가라앉았다. 현지는 벌써부터 자기가 대기업 다니는 여자라고 친구들에게 자랑 문자를 보내고 있었다.

그렇게 우리는 가족들의 축복 속에서 결혼 허락을 받았다. 흥이 난 김에 우리는 새벽까지 술을 마시며 놀았다. 중간중간 차지혜는 예전에 부하였던 군인들로부터 항의 전화를 받아야 했다. 자기는 여자 소개 안 시켜주냐는 불만 폭주한 것. 평소 연락하는 사람이 전혀 없던 차지혜는 졸지에 수많은 사람과 연락을 주고받게 되었다.

그녀의 외로움도 해결이 된 것 같은 분위기였다. 그날 나는 더욱 확신을 가질 수 있었다. 시험을 끝내고 싶다고. 일상으로 돌아가 가족들과 행복하게 평범한 인생을 보내고 싶다고.

돌아와서는 사이좋게 카르마 보상에 들어갔다.

—성명(Name): 김현호
—클래스(Class): 46
—카르마(Karma): +15,750
—시험(Mission): 마지막 휴식을 취하라.
—제한 시간(Time limit): 88일 11시간

지난 시험은 딱히 힘든 일이 없었는데도 카르마 보상이 많은 편이었다. 내가 아만 제국과 싸울 준비를 잘해놓았다는 증거였다. 뭐, 영지를 사실상 통치한 건 차지혜지만 오딘이나 엘프들을 동맹으로 끌어들인 역할이 내 공로이다 보니 성적이 높았다.

그래도 차지혜도 무려 9,500카르마를 획득했다고 하니 다행이었다. 아무튼 이번에는 마지막 카르마 보상이 될 가능성이 컸다. 마지막 시험을 앞두고 있으니 특히나 신중하게 생각해서 최선의 보상을 받아야 했다.

"내가 가진 모든 스킬을 보여줘."

—시험자 김현호가 습득한 모든 스킬을 보여드립니다.

—메인스킬: 정령술(상급 5레벨).
—보조스킬: 체력보정(중급 5레벨), 길잡이(초급 1레벨), 순간이동(중급 1레벨), 시력보정(초급 1레벨), 동물조련(마스터).

―특수스킬: 스킬합성.

―합성스킬: 바람의 가호(마스터), 불꽃의 가호(마스터), 운동신경(마스터), 생명의 불꽃(중급 4레벨), 투과(마스터), 가공간(마스터), 사격(초급 1레벨), 탄약보정(마스터), 리로드, 동체시력(마스터), 투시(초급 1레벨), 궤도감지, 성장촉진(마스터), 동물추적, 콜, 갈퀴바람(초급 5레벨), 발톱강화(중급 1레벨).

―잔여 카르마: +15,750

참고로 상급 4레벨이었던 정령술은 지난번 시험 도중에 레벨이 하나 올랐다. 실프와 카사에게 매일 하나씩 생명의 불꽃을 먹였는데, 그게 이제야 효과를 본 것이다.

바로 전 시험 때 2년간 아레나에서 보내는 동안 꼬박꼬박 먹인 보람이 있었다. 상급 4레벨에서 5레벨로 올리려면 4,800카르마가 필요한데, 그건 거의 웬만한 시험 하나를 클리어한 보상이나 다름없었다.

15,750카르마라······.

뭔가 좀 애매한 수치였다. 메인스킬인 정령술에 전부 투자한다고 해도 레벨을 두 단계까지밖에 못 올린다. 상급 6레벨로 올릴 때 5,100카르마, 7레벨 5,400카르마, 8레벨 5,700카르마. 즉, 8레벨까지 16,200카르마가 필요한데 아슬아슬하게 모자란다.

이제 와서 레벨 두 단계 올린다고 극적인 효과가 발휘되지

는 않을 것 같았다. 그보다는 올리다 말았던 갈퀴바람과 발톱
강화에 더 시선이 갔다.

　ㅡ갈퀴바람(합성스킬): 발톱으로 날카로운 바람을 일으켜 적을 공
격합니다. 동물조련(보조스킬)으로 복종시킨 조류 애완동물에게만
적용됩니다.
　＊초급 5레벨: 쿨타임 1분

　ㅡ발톱강화(합성스킬): 발톱이 강화되어 단단하고 예리해집니다.
동물조련(보조스킬)으로 복종시킨 애완동물에게만 적용됩니다.
　＊중급 1레벨: 발톱이 다이아몬드처럼 단단해집니다.

　이 두 스킬을 아예 마스터까지 올려 버려서 갈큇발 독수리
들의 전투력을 강화하는 게 어떨까 하는 생각이었다.
　나는 석판에 대고 말했다.
　"갈퀴바람과 발톱강화를 마스터했을 때를 보여줘."
　그러자 석판의 글씨가 꾸물꾸물 변했다.

　ㅡ갈퀴바람(합성스킬)과 발톱강화(합성스킬)를 마스터했을 때를
보여줍니다.
　ㅡ갈퀴바람(합성스킬)
　＊마스터: 무제한 (ㅡ45㎜)
　ㅡ발톱강화(합성스킬)

＊마스터: 발톱이 오러처럼 단단해집니다. (—4100)

—잔여 카르마: +15,7500

'이건 정말 좋은데?

갈퀴바람을 무제한으로 쓸 수 있다니! 갈큇발 독수리 10마리가 편대비행을 하며 무제한으로 갈퀴바람을 난사한다면, 거의 폭격기 수준이었다. 아만 제국군과의 전쟁에서 엄청난 효과를 거둘 수 있을 것 같았다.

발톱강화도 마찬가지였다. 오러와 동등한 강도라니! 오러 엑스퍼트급의 기사 10명을 둔 것과 같은 꼴이었다. 물론 날아다니며 갈퀴바람까지 난사할 수 있으니 가치는 그 수십 배다.

'좋아, 결심했다.'

나는 두 스킬을 마스터까지 올려 버렸다.

—잔여 카르마: +7,1500

이제 이 카르마는 어디다가 쓴다?

'정령술 레벨이나 하나 올릴까?'

하지만 고개를 갸웃거리게 된다. 좀 더 확실한 효과를 발휘하게 할 수는 없을까? 그러다가 나는 문득 차지혜의 카르마 보상이 궁금해졌다.

"카르마 보상은 어떻게 받으실 생각이에요?"

"오러 컨트롤을 올릴 생각입니다."

"얼마나 올릴 수 있는데요?"

"지금 가진 카르마라면 중급 10레벨까지 올릴 수 있습니다."

아쉽구나. 레벨을 하나만 더 올리면 상급 1레벨, 즉 오러 마스터의 경지인데. 나는 혹시나 싶어서 물었다.

"상급 1레벨까지 카르마가 얼마나 부족한데요?"

차지혜는 잠시 계산을 하더니 말했다.

"3,400카르마가 부족합니다."

"아!"

그제야 나는 내 남은 카르마를 어디다가 써야 가장 큰 효과를 발휘할 수 있을지 알아냈다.

"제가 3,500카르마를 줄 수 있어요. 그걸로 오러 마스터가 되세요."

"제게 카르마를 양도하는 것은 너무 비효율적이지 않습니까?"

"전 딱히 레벨을 올릴 만한 스킬이 없어요. 그보다 지혜 씨가 오러 마스터가 되는 편이 확실히 다음 시험의 결전에 도움이 될 거예요."

"……"

차지혜는 대답을 망설였다. 나한테 손해가 가는 게 싫은 모양이었다. 난 웃으며 그녀의 머리를 쓰다듬었다.

"어차피 시험은 다음 한 번으로 모두 끝나요. 스킬이든 카르마든 남겨서 뭐하겠어요?"

"현호 씨 말씀이 옳은 것 같습니다. 그런데 갑자기 제 머리를 왜 쓰다듬습니까?"

"습관이 돼서요."

"이제 그만하십시오."

"습관이 돼서 멈추지를 못하겠어요. 습관은 참 무섭네요."

"……."

차지혜를 대하는 나의 뻔뻔함은 나날이 레벨이 높아지고 있었다. 어쨌거나 난 1,000카르마짜리 아이템 백팩을 7개 사서 차지혜에게 양도했다. 그녀는 그것을 반값에 환불받아 3500카르마를 추가로 손에 넣었다. 그걸로 오러 컨트롤을 상급 1레벨까지 올렸다.

그녀 역시 오러 마스터가 된 것이었다. 내 기억에 따르면 한 번도 시험 클리어를 실패한 적 없었다던 오딘보다도 빠른 성장 속도였다.

5장

시험자들

한국아레나연구소의 임철호 소장에게서 연락이 왔다.

―시험자들에 대한 보상 문제에 대하여 정부가 결정을 내렸습니다.

"어떻게 말이죠?"

―일단 모든 세금 면제와 국가유공자 1급, 그 밖에 여러 가지 사회적인 혜택이 주어질 겁니다. 이 점은 다음 시험에 임하기 전에 모든 시험자에게 주어질 겁니다.

"그것뿐인가요?"

―다음 시험을 클리어할 시 포상금을 공헌도에 따라 1억에서 10억까지 지급하기로 했습니다.

"마지막 시험을 클리어하는 데 공헌할 수 있을 정도로 실력 있는 시험자들에게 그 정도 상금이 의미가 있나 모르겠네요."

─하지만 이 정도가 정부에서 할 수 있는 최선입니다. 한국 아레나연구소에 투자한 몇몇 대기업의 후원까지 받아서 간신히 재정을 마련한 보상입니다.

임철호 소장은 한숨을 쉬며 말을 이었다.

─나라가 무너지면 이 정도의 혜택마저도 더는 누릴 수 없게 될 겁니다. 현대의 사회적 인프라가 전부 무너진 세상은 시험자들에게도 좋은 일이 아니지 않습니까.

그 말에 나는 곰곰이 생각해 보았다. 사실 난 국가의 보상에 대해 관심이 없었다. 이미 이루어놓은 자산도 어마어마하니 말이다. 다만 다른 시험자들이 딴생각하지 않고 시험 클리어에 임할 수 있도록 조치가 필요하다는 의견이 들었을 뿐이었다.

일단 정부가 약속한 보상이라면 적어도 시험자들이 일반인으로 돌아간 뒤에도 장래를 걱정하지 않아도 될 것 같았다.

'실력 있는 시험자들은 이미 가진 재산도 많을 테고, 실력 없는 시험자들은 저만한 혜택에도 감지덕지겠지?'

게다가 한 가지 더 짚고 넘어가야 할 사실. 설령 시험을 클리어하지 못한다 해도, 시험은 종료된다. 그때에도 시험자로서 주어진 스킬들이 계속 남아 있을 거라는 보장은 없다. 아기천사는 그런 말을 한 적이 없었다. 아레나와 하나로 합쳐진 그 세계가 시험자들에게 유리하다고 장담할 수는 없는 일이었다.

─추가적으로 이전까지의 모든 범죄 혐의를 경중을 가리지

않고 면책하기로 했습니다. 이는 형사범죄를 저질렀던 행실 나쁜 시험자와 일부 한국인 타락한 시험자를 끌어안기 위한 조치입니다.

"그 정도면 제 생각에는 나쁘지 않을 것 같네요. 다만 저도 한 사람의 시험자로서 말씀드린 거지 모든 시험자를 대변한 건 아니니까요."

—예, 알고 있습니다. 아무튼 저희도 최선을 다하고 있으니 모쪼록 다음 시험을 꼭 클리어해 주십시오.

"최선을 다할게요."

—그리고 다음 시험에 대해서 말씀드리는 건데…….

"……?"

또 뭐지? 임철호 소장은 다른 용건을 꺼냈다.

—전 세계 아레나 관련 조직들이 회합을 열어 대책 회의를 하기로 했습니다.

"세계 아레나 기구인가요?"

—아니요, 비공식적인 회합입니다. 세계 일부 기관은 제외 했는데, 대표적으로 중국 시험단처럼 타락한 시험자들이 주도 하는 곳은 제외했습니다.

요컨대, 노르딕 시험단처럼 확실하게 시험을 공략할 의지와 당위성이 뚜렷한 국가 기관만 모이기로 했다는 것이군.

"그런데요?"

—시험자들이 없이는 결국 탁상공론밖에 되지 않는 회의가 됩니다. 그래서 각 기관에서 대표 격인 시험자들을 한두 명씩

참석시키기로 했는데, 저희 측에서는 역시……

내가 한국 아레나 시험단의 대표라는 것이군. 하긴 세계 랭킹 7위인 내가 아니면 누가 한국 시험자를 대표하겠나.

"지혜 씨도 같이 참석해도 되겠죠?"

―물론입니다. 차지혜 씨도 현호 씨의 팀원이고 연구소 관계자 출신이니 자격이 충분합니다.

그리고 말은 안 했지만 그녀도 얼마 전에 오러 마스터가 되었다. 내로라하는 시험자들을 전부 모아놓고 봐도 꿀릴 게 없다.

"알겠습니다. 언제 참석해야 하죠?"

―사흘 뒤에 코펜하겐입니다.

"덴마크요?"

―예, 아무래도 노르딕 시험단이 가장 신뢰성 있는 공략파 집단이고, 현재 다음 시험 클리어의 핵심 인물은 오딘이라고 파악되고 있습니다. 그래서 그가 있는 코펜하겐이 회합 장소가 되었지요.

"좋습니다. 그때 같이 가죠."

*　　　*　　　*

약속대로 사흘 뒤 우리는 덴마크로 향했다. 한국아레나연구소에서 집 앞까지 차량이 데리러 왔기 때문에 여행은 매우 간편했다. 공항에서도 절차 없이 출국하여 박진성 회장이 빌려

준 전용기를 탔다.

살짝 곤란한 점도 있었다. 스튜어디스 이수현 때문이었다.

나를 본 그녀는 내 옆에 있는 차지혜를 흘깃 보더니 눈웃음을 짓는 것이었다. 명백하게 내가 느끼는 어색함을 즐기는 눈치였다.

코펜하겐 국제공항에서 입국수속을 밟고, 택시를 타고 호텔로 향했다. 사람이 거의 보이지 않는 텅 빈 호텔. 회합을 위하여 아예 호텔 하나를 통째로 빌렸다고 했다. 데스크에서 이름을 밝히고 키를 받았다.

"그럼 저녁에 뵙겠습니다."

임철호 소장은 다른 방 키를 들고 사라졌다. 호텔 방에 도착하자마자 짐을 푼 차지혜는 홀로 자리에 앉고 명상에 잠겼다. 상급 1레벨이 된 오러 컨트롤에 적응하는 훈련이었다. 덕분에 심심해진 나는 실프와 카사를 불러다놓고 노닥거렸다.

그때였다.

위잉, 위잉.

로밍된 스마트폰이 진동을 했다. 전화한 장본인은 오딘이었다.

—오셨소?

"예, 호텔이에요."

—잘됐군. 우리도 코펜하겐이오.

"마리랑 함께 있나요?"

—벨라도 함께 있소.

오오, 벨라! 굉장히 귀엽고 사랑스러웠던 오딘의 딸이 생각
났다. 나는 차지혜를 명상에서 깨우고는 함께 놀러 나갔다.

"현호!"

마리가 먼저 비호처럼 덤벼들어 내 품에 안겼다. 이를 보고
금발의 자그마한 소녀가 눈을 빛냈다.

"히노!"

벨라도 달려와 내게 안겼다. 키가 안 돼서 내 다리에 매달린
것을 한 손으로 번쩍 들어 안아주었다. 벨라는 깔깔거리며 좋
아했다.

나는 오딘에게 물었다.

"이제 괜찮아진 건가요?"

"정기적으로 검진을 받는데 아직 증상이 나타나지 않는 걸
보니 완쾌된 것 같소. 물론 아직 방심할 수 없지만 말이오."

"다행이네요."

"다 현호 씨 덕분이오."

그렇게 오딘과 인사를 주고받는 동안, 차지혜는 옆에서 물
끄러미 나를 바라보고 있었다. 정확히는 내가 안아주고 있는
벨라를 보는 것이겠지. 내가 귀여운 것을 좋아하는 그녀의 취
향을 잘 알거든. 나는 벨라를 번쩍 들어 차지혜의 품에 안겨주
었다.

"자, 여긴 벨라예요. 벨라, 이쪽은 차지혜야. 지혜."

"지에?"

"지혜."

"지에?"

"음, 그냥 지에 하자."

얼떨결에 차지혜에게 안겨진 벨라는 배시시 사랑스럽게 웃으며 고개를 숙여 보였다. 차지혜는 심장을 직격당한 것처럼 멍하니 벨라를 보았다. 아, 반했구나, 반했어.

"자, 식사나 하러 갑시다. 벨라가 맛있는 걸 먹고 싶다고 성화였거든."

그렇게 말하는 오딘의 목소리는 밝아 보였다. 배고프다고 보채는 건 그만큼 딸이 건강하다는 의미였으니까.

"그렇죠."

그렇게 우리는 걸음을 옮기는데, 얼마 안 가 내가 어색한 목소리로 차지혜에게 한마디 지적을 하지 않을 수 없었다.

"저기, 벨라는 내려놔야죠?"

"아, 그렇군요."

그제야 허둥지둥 벨라를 내려놓는 차지혜였다. 그녀의 행동거지에 '허둥지둥' 이라는 표현을 붙이게 되다니.

'시험 끝나면 결혼하고 얼른 애 낳아야지.'

"결혼하면 애를 갖고 싶습니다."

"헉!"

아, 깜짝이야. 차지혜의 입에서 나와 똑같은 생각이 튀어나와서 화들짝 놀랐다. 순간 아기 천사처럼 내 생각을 읽은 줄 알았다.

"그렇죠. 지혜 씨 닮은 딸이면 좋겠어요."

"현호 씨 닮은 아들도 귀여울 것 같습니다만."

"안 돼요. 나 닮아서 공부 못하면 큰일인데."

"잘하게 만들면 됩니다."

순간 오싹해졌다. 직업 군인 출신인 차지혜라면 충분히 나 닮을 아들을 성실하게 만들 수 있을 것 같았다 우리 엄마가 그녀 같았으면 큰일 날 뻔했다.

"무슨 이야기를 그렇게 재미있게 하시오?"

우리의 대화가 한국어라 알아듣지 못한 오딘이 물었다. 나는 우리가 곧 결혼할 예정이라고 밝혔다. 오딘은 놀라워하면서도 축하해 주었다.

"축하하오. 부디 귀여운 자식을 낳기를 바라겠소. 그래 봤자 벨라만큼 사랑스럽지는 않을 테지만 말이오."

오랜만에 나타난 오딘의 팔불출기였다.

"현호, 축하해."

다행히 마리는 우리의 결혼 사실을 듣고서도 난리법석을 피우지 않았다. 그저 환히 웃으며 그렇게 말할 뿐이었다.

나는 울컥 하는 기분이 들었다. 내 곁에 매달려서 갖은 애교를 부리고 말썽 피우던 지난 일들이 떠올랐다. 나의 아내라고 내 가족들에게 소리쳐서 곤란하게 만들었던 일들도 뇌리를 스쳐 지나갔다.

이제 어린아이 같았던 그녀의 정신도 어른스럽게 성숙해 있었다. 나는 그녀도 무사히 시험을 치르기를, 그리고 좋은 남자를 만나 행복하기를 기원했다.

함께 식사를 하고 어울려 놀다가 사람들이 나타나 벨라를 데려갔다. 오딘이 고용한 사람들인 모양인데, 벨라는 익숙한 듯 우리에게 손을 흔들고는 떠났다.

　"이제 갑시다."

　"예."

　우리는 호텔로 돌아갔다. 통째로 빌려서 사람 없이 한산해야 했을 호텔 로비에 사람들이 바글거렸다. 각국 아레나 관련 기관의 관계자들이었다. 그들은 로비에 들어선 우리를 보더니 수군거렸다. 중간중간에 우리도 알아들을 수 있는 아레나어도 들을 수 있었다.

　"오딘과 마리 요한나군."

　"함께 온 동양인 커플은 누구지?"

　"남자는 한국의 김현호다. 오딘과 절친하다는 정보가 있었어."

　"호오, 저게 뜬금없이 랭킹 7위로 나타난 김현호라고?"

　"맥런 가문, 데이나 리트린 등과도 긴밀한 관계에 있다는 정보도 있지."

　"의외로 다음 시험의 핵심 인물은 오딘이 아니라 저자일지도 몰라."

　다른 시험자들이 정황만으로 나를 알아보다니 놀라운 따름이었다. 이게 바로 유명인이 된 기분이구나 싶었다.

　오딘은 그런 내 어깨에 손을 툭 치고는 나직이 말했다.

"그럼 먼저 실례하겠소. 있다가 봅시다."

"예."

오딘은 그렇게 먼저 떠났다.

잠시 후, 노르딕 시험단의 소속으로 낯이 익은 관계자들이 우리를 커다란 강당으로 안내했다. 강당은 영화에서 흔히 보았던 파티처럼 호사스럽게 준비가 되어 있었다.

와인과 샴페인 등이 담긴 잔을 들고 돌아다니는 종업원들, 술잔을 기울이며 서로 담화를 나누는 각국의 사람들. 나로서는 처음 접한 그 신기한 풍경을 정신없이 구경했다. 때마침 임철호 소장이 우리를 발견하고는 이쪽으로 왔다.

"오셨군요."

"예."

"곧 시작될 모양입니다."

잠시 후, 강당의 단상에 턱시도 차림의 오딘이 나타났다. 저래서 먼저 사라진 거였군. 마이크를 든 오딘이 입을 열었다.

"신사숙녀 여러분, 모두 안녕하십니까. 노르딕 시험단의 오딘이 인사드립니다."

정중히 예를 갖춰 인사하는 오딘. 사람들이 박수를 쳤다. 여기저기서 수군거리는 소리들은 이쪽 세계에서 그의 인지도를 실감케 했다.

"이 자리에 계신 모든 분은 상식적으로 받아들이기 힘든 신비한 일을 겪었습니다. 누군가에게는 괴로운 나날이었고, 또 누군가에게는 새로운 기회이기도 했습니다. 그리고……."

오딘이 말을 이었다.

"이제 그것을 끝마치고자 우리는 이 자리에 모였습니다. 예, 우리는 신이 내린 마지막 시험을 반드시 클리어해야 합니다. 우리가 사는 세계, 우리의 소중한 가족들을 지키기 위해서 말입니다. 이제 그 일을 논의하고자 합니다."

사람들은 또다시 박수를 쳤다. 그 말을 비장하게 듣고 있는 이들은 나와 같은 시험자들이리라.

"이 자리에 계시는 분들 중에는 그렇지 않은 분들도 있지만, 대부분은 부귀영화를 좇아왔으리라 생각합니다."

시험을 돈벌이로 여겨온 자본가들과 시험자들을 겨냥한 말이었다.

"나쁜 일은 아닙니다. 인간은 보다 나은 삶을 살고자 노력하는 법입니다. 하지만 그보다 나은 삶, 보다 행복한 인생은 세계의 평화가 기반이 됩니다."

오딘이 계속 말했다.

"저는 아레나 세계에서 매우 높은 신분에 있습니다. 아렌드 왕국의 백작, 드넓은 영지와 군대와 권력을 지니고 있습니다. 국왕 알세르폰 3세도 중요한 문제를 저와 상의합니다."

모두가 그가 이룬 것들에 감탄한다.

"제게 물어보십시오. 그것들이 좋으냐고 말입니다. 그럼 저는 답할 겁니다. 하나도 좋지 않다고. 신분과 성에 대한 차별과 살인적인 빈부격차와 전쟁이 있는 세상에서, 저는 제 자신의 존재가 남들에게 대단하게 보이는 것이 그리 행복하지 않습니다."

그는 자기 가슴을 가리켰다.

"제가 가장 행복한 시간은 현실로 돌아와 내 딸을 다시 보았을 때뿐입니다. 같이 식사를 하고 나들이를 가고 재미있는 영화도 보고, 그런 소박한 시간들이 행복합니다."

그가 마지막으로 말했다.

"지킵시다. 소중한 이 세계를 지켜냅시다. 제가 장담합니다. 우리가 지금 있는 이 세상이 그곳보다 살기 좋습니다."

다시 한 번 박수가 우레처럼 쏟아졌다. 나는 눈시울이 붉어졌다. 뻔한 이야기였지만, 오딘의 진심 어린 행복론은 아레나에서 수많은 일을 겪은 내 가슴에 뜨겁게 와 닿았다. 이 모든 일을 끝마치고 평범한 일상으로 돌아가고 싶었다. 더 이상 나는 혼자가 아니니 말이다.

오딘이 말했다.

"그러면 이번 일에 대해 매우 중요한 사실을 알고 있는 한 시험자를 소개해 드리겠습니다. 아마 여러분 모두가 잘 아는 인물일 겁니다."

그러자 단상 위에 한 사람이 나타났다. 흑발의 미남자. 바로 데이나 리트린이었다. 그는 특유의 싱긋한 미소를 지으며 마이크를 건네받았다.

"데이나 리트린입니다."

"오오!"

"리트린!"

"랭킹 1위!"

모두가 놀랐다. 데이나는 모두에게 자신이 재래 결사대에 잠입하고서 알게 된 모든 사실을 들려주기 시작했다. 이제 막 부활한 카자드 푼 아만이 어떤 인물이며, 부활의 의식의 부작용으로 그가 어떤 괴물이 되었는지도 설명했다. 사람들은 그 이야기를 들으면서 사태의 심각성을 점점 느끼기 시작하는 눈치였다.

"그들이 말하는 위대한 제국이란 백성들이 살기 좋은 국가와는 거리가 멉니다. 아레나는 인권과 민권에 대한 개념이 없으니까요. 그들이 생각하는 위대함이란 흔들림 없이 영구히 존속되는 권력을 뜻합니다. 아마 그의 성격상 리창위 같은 협력자도 모든 일이 끝나고 나면 살려둘 생각이 없을 겁니다. 술탄도 대사제들도 그들을 그저 쓰고 버릴 하수인으로 여기고 있었으니까요."

다시 한 번 시험자들에게 경고를 보내고 있었다.

하나도 통합된 세계. 이세계의 사람과 괴물이 쏟아진 그 혼돈은 시험자들에게도 결코 이득이 되지 않음을 다시 한 번 주지시키는 것이었다. 중요한 것은 다음 시험을 클리어하고자 하는 시험자들의 의지이니 말이다.

이어서 파워포인트 자료 화면을 보여주며 브리핑에 들어갔다. 아만 제국군의 전력과 동향에 대한 리포트였다. 아마도 아렌드 왕국의 중추인 오딘과 재래 결사대의 대사제로 있었던 데이나가 제공한 정보들이 총정리된 것이리라. 총병력 50만.

그 밖에도 수없이 포진된 기사단과 마법사들.

"저걸 어떻게 이기라는 거야?"

"다른 나라들 다 합치면 저 정도가 나올까?"

"병력만 갖고 전쟁하는 게 아니야."

"재정적인 차원에서 본다면 아만 제국은 이미 세이란 왕국을 멸망시켰을 때도 충분히 낭비했어."

"맞아, 지금 놈들은 무리를 하고 있는 거라고."

수군거리는 시험자들. 모두를 질리게 만드는 아만 제국군의 전력이 나온 후에 데이나가 덧붙였다.

"하지만 아만 제국군의 어마어마한 전력에 시선이 팔려서는 안 됩니다. 키포인트는 따로 있습니다."

이윽고 자료 화면에 한 사람의 초상화가 나타났다.

"카자드 푼 아만입니다."

바로 데이나가 심연의 구슬을 통해 본 카자드 푼 아만의 몽타주였다. 모두들 숨을 죽였다. 모든 일의 근원이 된 문제의 인물이 화면에 있었다.

"마지막 휴식이라는 통보는 그가 부활한 직후에 주어졌습니다. 즉, 다음 시험은 아만 제국군에 맞서는 게 아니라, 카자드 푼 아만을 처치하는 것일 가능성이 높다는 것입니다."

그때, 한 시험자가 손을 들어 발언권을 요청했다.

"말씀하십시오."

"고맙습니다. 저는 일본의 시험자 나카이 슈헤이입니다."

"나카이 슈헤이?"

"일본 아레나의?"

몇몇 시험자가 수군거렸다.

옆에서 차지혜가 나직이 알려주었다.

"공식 세계 랭킹 11위의 시험자입니다."

"아……."

나는 고개를 끄덕였다. 역시 거물이었군. 슈헤이가 말했다.

"아만 제국군이 아니라 그를 없애야 한다고 말씀하셨습니다만, 사실상 비슷한 이야기가 아닌가 싶습니다. 아만 제국의 궁전 지하에서 도사리고 있을 그자를 무슨 수로 죽일 수 있단 말입니까?"

"궁전 '지하'라는 말은 꺼낸 적 없었는데, 아시는군요?"

데이나가 물었다.

슈헤이는 어깨를 으쓱했다.

"시험 때문에 궁전에 잠입한 적이 있습니다. 목적은 이루었지만 그때 궁전 지하에 무언가 거대한 공간이 있다는 것을 알게 되었고, 그곳까지 침투하는 일은 시도도 해보지 못했습니다."

시험자들 사이에서 또다시 감탄이 흘러나왔다. 데이나는 웃으며 고개를 끄덕였다.

"시도하지 않으시길 잘하셨습니다. 그 지하 궁전은 허가받지 않는 한 100만 대군이 쳐들어와도 침입하기 어렵습니다."

"그것 보십시오. 그렇다면 일단은 초점을 아만 제국군과의 전쟁을 어떻게 승리로 이끌 것이냐에 두어야 하지 않겠습니까?"

"옳으신 말씀이지만 카자드가 지하 궁전에서 나온다면 얘기가 달라지겠지요?"

"그곳에서 나온다고 함은, 직접 전쟁을 진두지휘한다는 말씀이십니까?"

"진두지휘까지는 아닌 것 같습니다만, 카자드의 목적지는 예측할 수 있습니다."

이어서 자료 화면에 나온 것은 지도. 갈색산맥과 인근 지역의 지도였다. 내 영지와 오딘의 영지도 보였다.

"심연의 구슬로 그와 대화를 해본 결과, 그는 부활의 의식 중간에 영혼력이 부족한 부작용이 있었고, 그 때문에 엘프들의 생명의 나무를 탐냈습니다."

"그래서 카자드란 놈이 그곳에 나타날 거라는 말씀이시오?"

슈헤이가 아닌 다른 흑인 시험자가 불쑥 물었다.

데이나는 고개를 끄덕였다.

"예."

"그건 장담할 수 없는 일이잖소. 놈이 직접 나타나지 않아도 아랫것들을 시킬 수도 있는 노릇이고."

"영혼을 강하게 탐내고 있다면 분명히 갈색산맥에 나타날 가능성이 높습니다. 그에 대비해서 모든 시험자가 그곳에서 카자드와 맞아 싸울 태세를 갖춘다면 어떨까 싶습니다. 가능성이 높은 쪽에 걸어보는 것입니다."

"단지 카자드 푼 아만 한 사람을 죽이는 일이라면, 많은 시험자가 필요하지 않을 것 같습니다."

슈헤이가 의견을 냈다. 그러고 보니 그는 아만 제국 궁전에 침투한 적도 있다고 했다. 그러면 혹시 마리 요한나처럼 암살자 계통이 아닐까 추측된다. 데이나는 고개를 저었다.

"그렇지 않습니다. 일단 카자드 푼 아만은 아레나 역사상 가장 강력한 흑마법사입니다. 그리고 군대는 물론, 리창위를 비롯한 타락한 시험자들까지도 그쪽으로 합세할 가능성이 높습니다."

"으음, 리창위가 있었군요."

슈헤이가 침음했다.

"제 생각에는 거의 모든 시험자가 이곳에 집결해서 승부를 봐야 한다고 생각합니다."

"말도 안 되는 일이오. 만약 이 점을 노리고서 아만 제국이 다른 지역의 전투에 힘을 준다면 어찌 되겠소?"

흑인 시험자가 다시 이의를 제기했다. 당연한 의견이므로 이에 동의하는 시험자들이 꽤 됐다. 우리가 갈색산맥 인근에 모여 있을 때, 마치 그걸 노렸다는 듯이 카자드와 흑마법사들, 리창위를 위시한 타락한 시험자들이 다른 전장에서 활약해 전쟁을 승리로 이끈다면?

한 번 기울어진 승기는 다시 돌이키려 해봐야 소용없어진다. 시험자들이 아무리 강력하다 해도 수십만이 넘는 거대한 인원이 충돌한 대전쟁의 흐름을 쉽게 바꿀 수 있는 게 아니었다.

'가만……?'

그 순간, 나는 무언가가 떠올랐다.

'그건 상대도 마찬가지잖아?!'

마치 전류가 통한 것처럼 온몸에 전율이 일었다. 잘 만하면 승리를 만들어낼 수 있을 것 같았다.

통신상의 우위. 기동력의 우위. 우리는 리창위도 모르는 아주 강력한 이점을 가지고 있었다.

'이걸 잘만 활용하면!'

나는 흥분을 느꼈다. 그때 내 손에 누군가의 따듯한 온기가 느껴졌다. 차지혜가 내 손을 잡은 것이었다.

"뭔가가 생각나셨습니까?"

묘하군. 나만 그녀의 기분을 잘 알아맞히게 된 게 아닌 듯했다.

"네."

"늘 그랬습니다. 현호 씨는 언제나 시험 클리어를 위한 해답을 본능적으로 찾아내곤 했습니다."

그녀는 더 힘주어 내 손을 쥐었다.

"모두에게 알려주십시오. 시험의 해답을."

나는 나직이 고개를 끄덕였다. 그녀 덕분에 모두가 보는 앞에서 발언을 해야 함에도 부담감이 한층 덜했다. 나는 가만히 손을 들어 발언을 요청했다.

데이나는 그런 나를 보더니 눈에 이채를 띠었다.

"예, 발언하십시오, 김현호 씨."

"김현호?"

"갑자기 툭 튀어나온 한국 랭커."

"역시 저 친구가 김현호였군."

"이곳에 참석할 정도의 거물인데 우리가 얼굴을 모르는 동양인 시험자는 김현호밖에 없지."

시험자들은 물론 아레나 업계 관계자들도 수군거렸다. 시험자가 아닌 관계자들은 아레나어로 진행되는 회의를 시험자들의 통역을 통해 듣느라 정신이 없었다.

나는 차분히 말했다.

"방금 제기하셨던 문제점 말인데, 그건 상대도 마찬가지라고 생각합니다."

"더 구체적으로 말씀해 보시겠습니까?"

데이나가 채근했다.

"우리들이, 그러니까 핵심 시험자들이 전부 전쟁의 최고 격전지에 투입된다면 어떨까요? 아무리 카자드가 생명의 나무를 탐낸다 해도, 거기에 한눈팔려 전쟁이 돌이킬 수 없는 패배로 치닫도록 방관할 정도로 어리석지는 않다고 봅니다."

"그야 그렇지."

"어리석기는커녕 무서울 정도로 똑똑해, 카자드는."

"자기가 수백 년 뒤에 부활할 일까지 계획했을 정도니까."

"근데 그게 뭐 어쨌다는 거지?"

시험자들은 수군거리면서 나의 이어지는 설명을 기다렸다.

내가 말했다.

"아마 우리의 대항마로 리창위를 비롯한 타락한 시험자들,

그리고 흑마법사 전력을 전장에 투입할 겁니다. 그리고 본인은 생명의 나무를 손에 넣기 위해 갈색산맥으로 향하겠지요."

"그렇겠군요. 그럼 우리는 타락한 시험자들과 흑마법사들과 싸우느라 카자드가 갈색산맥을 공략하는 걸 막지 못하게 되겠지요."

데이나가 말했다. 나는 씨익 웃으며 입을 열었다.

"달리 말하자면, 타락한 시험자들과 흑마법사들을 카자드에게서 떨어뜨려 놓을 수 있는 겁니다."

그 말에 데이나도 내 의도를 알아차렸는지 눈을 크게 떴다. 역시 똑똑한 남자로군.

그랬다. 나는 마지막 시험을 승리로 이끌 수 있는 계책이 있었다. 그것은 바로 가공간 스킬을 이용하는 것.

'가공간에 시험자를 이삼십 명쯤은 족히 넣을 수 있겠지.'

가로세로높이가 10미터씩 되는 넓은 가공간이다.

그 커다란 갈큇발 독수리도 10마리나 수납할 수 있는데, 사람쯤이야 백여 명이라도 구겨 넣을 수 있겠지 싶었다. 일단 나를 비롯해 세계 상위 랭킹에 등록된 핵심적인 시험자들이 전쟁의 주요 격전지에 참전한다.

그렇다면 전쟁에서 패배하지 않기 위해서라도, 아만 제국은 흑마법사 무리와 리창위 등의 타락한 시험자들을 투입해 대항하려 들 터. 그리고 그 틈에 카자드 푼 아만은 대륙 전 국가가 전쟁으로 정신없는 틈을 타 갈색산맥으로 향할 게 분명하다. 엘프들이 가진 생명의 나무를 탐내고 있으니 말이다.

우리는 전장에서 싸우다가 카자드가 갈색산맥으로 향했다는 첩보가 입수되었을 때, 즉각 갈색산맥으로 이동한다. 리창위 일행과 흑마법사 무리가 눈치채지 못하도록 은밀하게 말이다. 방법은 바로 시험자들을 내 가공간에 넣는 것. 그리고 나혼자 갈큇발 독수리를 타고 갈색산맥으로 날아가는 것이다. 설사 눈치챘다 해도 그들은 하늘을 나는 나를 따라잡을 수 없다.

카자드를 발견했을 때 비로소 시험자들을 모두 꺼내놓으면, 혼자뿐인 카자드와 시험자들이 한판 붙는 최종 결전의 구도가 그려진다. 카자드가 아무리 괴물이라도, 설마 내로라하는 시험자들이 전부 달려들으면 그자 하나 처치하지 못할까.

'하지만 여기서 설명하기에는 좀 그런데.'

아무리 주요 관계자들만 모였다 해도 이 자리는 사람이 너무 많았다. 결정적인 작전을 공개하기에는 좀 불안했다.

내가 말했다.

"제게 좋은 작전이 하나 있는데 대략 랭킹 상위의 시험자 삼사십여 명이 필요합니다. 구체적인 설명은 작전에 투입될 당사자 외에는 듣지 않는 편이 더 기밀 유지에 좋을 듯합니다."

내 말에 오딘은 고개를 끄덕였다.

"지당하신 말씀입니다. 시험자들은 시험자들끼리, 그 밖에 관계자들은 관계자들끼리 논의할 이야기가 따로 있을 겁니다."

"좋습니다."

"중요한 작전은 이런 자리에서 공개할 일이 아니니까."

그렇게 첫날의 회합은 끝났다. 다음 날은 시험자와 관계자가 각기 따로 모여서 논의를 하기로 했다.

다음 날, 나는 그 자리에 참석한 내로라하는 시험자들에게 작전의 개요를 짤막하게 설명하고 동의를 구했다.

"찬성이오."

"그런 스킬이 있었다니 놀랍군."

"그거라면 확실히 당장 우리에게서 나올 수 있는 가장 좋은 책략이오."

그렇게 뜻을 모은 뒤에 우리는 다음 시험 때 아렌드 왕국에서 모이기로 합의를 보았다. 그렇게 협의를 마치고 우리는 한국으로 돌아가는 비행기에 올랐다. 전용기 안에서는 임철호 소장과 대화를 나눴다. 그는 한국 대표로서 각국의 아레나 관련 기관의 수장들과 대책 회의를 했다.

"일단은 다음 시험을 반드시 클리어해야 한다는 점에서는 모두의 의견이 일치했습니다."

"다행이네요. 마정을 탐내서 모험을 하고 싶어 할 나라가 있을 줄 알았는데."

"정부 입장에서 사회질서 붕괴보다 무서운 건 없으니까요."

"그런데 시험자 지원을 위해 무엇을 해준다던가요?"

"일단은 시험자들에 대한 보상 정책부터 논의했는데, 대부분은 우리 한국 정부와 비슷한 결정을 내린 것 같습니다."

"시험 클리어에 직접적으로 도움 될 만한 부분은 없나요?"

"한 가지 있었습니다."

"뭔데요?"

"김현호 씨도 잘 아시는 일입니다. 바로 노르딕 시험단에 의뢰하셨던 정찰위성 말입니다."

"아!"

그러고 보니 그게 있었지!

내 입장에서는 몇 년이나 지난 일이라 까먹고 있었다.

"김현호 씨의 가공간에 수납될 만한 작은 정찰위성을 개발하는 일인데, 미국의 맥런 연구소에서 지원해 주기로 했습니다."

"그래요?"

"예, 아레나에 정찰위성을 띄우려는 시도도 이미 맥런 연구소에서 해본 바 있었던 탓에 아레나에서 간단히 조립할 수 있는 초소형의 정찰위성 제작 기술이 있다고 합니다."

"얼마나 걸릴까요?"

"노르딕 시험단 연구진과 함께 총력을 기울이기로 했으니 한두 달 안으로 완성할 수 있을 듯합니다."

"잘됐네요. 정찰위성만 있으면 전쟁은 문제없겠어요."

이쪽이 위성을 통해 적의 움직임을 낱낱이 볼 수 있다면 뭐가 두렵겠는가? 정찰위성을 아레나의 상공에 띄운 순간, 전쟁은 이미 승리한 것이나 다름없었다. 다만 문제는 어디까지나 카자드였다. 수백 년 만에 부활한 그 괴물을 처치하는 것이야 말로 시험의 최종 목적이니 말이다.

아무리 강력한 흑마법사라도 고작 한 명뿐이라면 어떻게든 된다고 생각할지도 모르겠다. 하지만 아레나 세계의 인류를 모두 발아래에 두었던 희대의 정복자였다. 율법과 천사가 시험을 만들어 저지하려 할 정도의 괴물이었다. 직면하기 전까지는 함부로 그 힘을 예단할 수 없는 것이었다.

'그래도 어떻게든 되겠지.'

불가능한 시험을 주지는 않았을 것이다. 우리가 극복할 수 있을 정도의 시련만 내렸을 것이다.

한국에 돌아와서 남은 휴식 시간을 한가롭게 보냈다. 예식장을 예약하고 신혼여행 계획도 짜는 등 바쁘지만 한가로운 나날이었다.

결혼식은 친한 몇 사람만 불러놓고 작게 하기로 했다. 친인이 거의 없는 차지혜를 위한 배려였다. 그녀는 정말 여자임에도 결혼식에 대해 아무래도 좋다는 태도였다. 온갖 웨딩드레스를 입어보면서도 아무거나 상관없다는 무심함으로 일관했다. 나는 그녀가 웨딩드레스를 하나씩 입어볼 때마다 너무 예뻐서 박수를 치며 난리법석을 피우는데 말이지. 정말 이 여자는 로맨스 유전자가 전부 퇴화된 게 분명했다.

나와 차지혜뿐만이 아니라 우리 가족 모두 일이 잘 풀렸다. 현지는 진성그룹 제3비서실의 이정식 실장이 적당한 계열사에 취직시켜 주었는데, 잘 다니는 눈치였다. 3년간 말썽 안 피우고 잘 다니면 내가 람보르기니를 뽑아주겠다고 약속했거든.

누나는 차지혜가 소개시켜 준 특수부대 소속 직업군인과 잘 만났다. 우직하고 배짱 있는 모습이 마음에 들었다나? 누나는 자신의 얼음장 같은 눈빛에 맞고도 주눅 들지 않는 남자를 원했으니 딱 취향이었으리라.

자식 셋이 모두 잘되자 엄마도 미련 없이 닭강정 점포를 팔아버렸다. 워낙 매출이 좋은 가게라 인수 경쟁이 치열했다고 한다. 굳이 우리의 도움이 없어도 엄마의 노후는 탄탄해 보였다.

엄마는 그동안 일하느라 못 갔던 해외여행을 다녀올 계획을 세웠다. 본래는 나와 차지혜의 신혼여행을 쫓아갈 참이었는데, 내가 노발대발하는 바람에 유럽일주로 계획을 변경했다. 그렇게 모든 일이 잘 풀리면서 하루하루 마지막 휴식 시간은 줄어들었다.

시험 일주일 전에 노르딕 시험단에서 연락이 왔다.

─완성됐소.

정찰위성이 완성되었다는 소식이었다. 나는 차지혜와 함께 코펜하겐으로 달려가 실물을 확인했다. 노르딕 시험단 본부에 도착해 사람들의 안내를 받아 정찰위성이 있는 지하 연구소로 갔다. 그곳에는 대략 5미터 정도 되는 크기의 인공위성이 있었다.

"이건가요?"

"예, 성능에 비하면 크기가 정말로 작아졌지요."

노르딕 시험단의 연구총책 빌헬름 하인쯔가 자랑스럽게 말했다.

정식 명칭은 어스 3호기. 맥런 연구소로부터 전자신호가 아닌 마력 신호로 위성을 세밀하게 컨트롤하는 기술 등을 지원받은 덕에 간신히 시간 내에 완성했다고 한다.

"이걸 제가 띄울 수가 있나요?"

"그게 가장 큰 문제였습니다만, 시험자들이 이 위성을 띄울 수 있도록 철저하게 계산을 했습니다."

빌헬름이 설명했다.

"그동안 시험자들이 보내준 천체·지리 등에 대한 자료를 토대로 계산해 본 결과, 정확히 이 지점에서 띄운다면 문제없이 위성이 궤도에 정착될 수 있도록 해놨습니다."

그가 가리킨 지도상의 위치는 바로 울펜부르크 백작가 영지의 외곽지역이었다.

"가까운 곳이네요. 근데 이곳이면 되요? 위성이니까 뭔가 더 복잡한 계산이 들어가야 하는 게 아닌지……."

"궤도의 오차 수정은 마법으로 이루어질 겁니다. 물리력과 상관없이 우주에서도 마력으로 자유로운 기동이 가능하다는 점이 큰 장점이지요. 다만 제대로 된 위성 통제 센터도 없고, 마정석의 마력이 대략 2, 3년쯤 뒤에 고갈될 터라 그 이상 오래 사용하기 힘들다는 단점이 있지만요."

"상관없죠. 그 이상 오래 쓸 일은 없으니까요."

마지막 시험에서 써먹고 나면 더 이상 쓸 일이 없어진다. 우주에 띄워놓은 걸 다시 회수할 수도 없고. 참고로 위성의 통제는 노트북으로 이루어진다나? 나는 이 정찰위성 어스 3호기를 가공간에 넣어보았다. 하지만 너무 커서 들어가지 않았다. 내 가공간은 이미 갈큇발 독수리 10마리와 슈퍼카 MSM−2 등으로 꼭 차 있었기 때문이다.

"하는 수 없나."

나는 가공간에서 MSM−2를 꺼냈다. 그러고 나서 다시 시도해 보니, 이번에는 어스 3호기를 가공간 안에 넣을 수 있었다. 나는 드라이브를 몹시 좋아하는 차지혜를 다독거려 주었다.

"미안해요. 이건 놓고 갈 수밖에 없어요."

"괜찮습니다."

"섭섭하시잖아요."

"괜찮습니다. 무엇이 더 중요한지는 자명합니다."

"에이, 섭섭하면서."

난 팔꿈치로 그녀의 옆구리를 쿡쿡 찔렀다. 차지혜는 나를 물끄러미 바라보더니 한숨을 쉬었다.

"또 시작입니까. 그냥 섭섭한 걸로 치겠습니다."

"섭섭하다고 하시니까 제가 위로로 쓰담쓰담 해줄게요."

그러면서 차지혜의 머리를 슥슥 쓰다듬기 시작하자 그녀는 당했다는 표정이 되었다.

오후에는 닐슨도 만났다. 총기제작자 닐슨은 내게 총알을 잔뜩 건네주었다.

"받아라. 내가 지난번 시험 때 제작한 총알이다."

"이거 수작업이에요?"

12개의 탄 박스 안에는 닐슨 R8에 쓸 수 있는 20㎜ 탄환들이 가득 들어 있었다.

내가 물었다.

"고폭탄인가요?"

"아니, 그건 저격용 탄환이다. 탄속과 관통력을 극단적으로 높인 것이지."

"감사합니다."

"뭘, 이런 걸 만드는 게 내 시험인걸."

그러면서 닐슨은 문득 내게 손을 뻗었다.

"뭐죠?"

"악수나 한 번 하자."

요구대로 나는 그와 손을 맞잡고 악수를 했다.

"이제 앞으로 시험 때문에 만날 일은 없겠군."

"사적으로 만나면 되죠."

"사적으로 널 만날 만큼 한가하지는 않다."

나는 피식 웃었다.

"저희 결혼식 참석 안 하시게요?"

"이 총알을 축의금 대신으로 치마."

닐슨은 무거운 목소리로 말을 이었다.

"꼭 시험을 깨다오."

많은 염원이 들어간 목소리. 까마득한 세월을 아레나에서 보내야 했던, 이제는 지친 나이 든 사내의 간절한 바람이었다.

"예, 맡겨주세요. 주신 무기로 반드시 카자드를 없앨게요."

볼일을 마치고 우리는 한국에 돌아왔다. 하염없이 흐르는 휴식 시간 동안 세계 각국에서 최후의 시험에 대한 대비를 하고 있었다. 심지어 소문에 의하면 리창위도 바쁘게 연락처를 돌리며 자신의 뜻에 동조할 타락한 시험자들을 모집하고 있다고 했다. 그는 이제 와서 돌이키기는 글렀다고 판단한 모양이었다.

그렇게 휴식 시간이 모두 끝나 버렸다. 결혼을 하루 앞두고 우리는 마지막 시험에 불려갔다.

최후의 싸움의 시작이었다.

6장

최후의 시험

정신을 차렸을 때, 나는 텅 빈 세상에 서 있었다. 풀도, 나무도, 색깔도 존재하지 않았다. 하늘과 땅이 온통 희었다. 끝없는 지평선이 공백으로 가득했다. 마치 온 세상이 하얗게 탈색이 된 것처럼……

"꿈을 꾸는 것 같은 풍경이죠?"

아기 천사의 목소리. 녀석은 기분 나쁘게 실실 웃으며 말을 이었다.

"꿈인지 현실인지 헷갈리시면 땅에 머리를 박아서 확인해 보셔도 좋아요."

이곳에 불려왔던 첫날의 일을 말하는 것이군. 나는 대꾸대신 중지를 치켜세워 보였다. 아기 천사는 키득키득 웃어댔다.

때마침 차지혜도 나타났다. 우리는 함께 석판을 소환해 시험을 확인했다.

—성명(Name): 김현호
—클래스(Class): 45
—카르마(Karma): +15口
—시험(Mission): 카자드 푼 아만을 처치하라.
—제한 시간(Time limit): ???

"제한 시간이 왜 이래?"

내가 물었다. 아기 천사는 히죽거리며 말했다.

"시험자 김현호에게만은 특별히 가르쳐 드릴까요?"

"가르쳐 줘."

아기 천사는 고사리 같은 조그마한 손가락으로 나를 척 가리켰다.

"시험자 김현호, 당신이 죽을 때까지예요."

"뭐?"

"제한 시간을 무제한으로 하자니 평생 이대로 아레나에 눌러 살려는 시험자도 생길 테고, 그렇다고 제한 시간을 딱 정해 놓자니 카자드가 타락한 시험자들에게서 그 정보를 듣고 제한 시간이 지날 때까지 숨어 있을 수도 있고요."

"그래서 내가 죽을 때까지라고?"

"예, 말씀드렸잖아요. 시험자 김현호가 우리의 마지막 기준

점이라고요."

"그렇긴 하지만……."

"참고로 이 얘기는 어떤 시험자도 모르는 비밀이에요. 그 사실이 밝혀지면 타락한 시험자들이나 카자드가 시험자 김현호 당신을 집중 공격할 우려가 있으니까요."

그래서 물음표로 표시된 것이로군. 문득 내가 물었다.

"내가 시험을 클리어 안 하고 평생 아레나에서 눌러 살려고 한다면?"

"해보세요. 그게 가능하면 말이죠."

빙글빙글 웃으며 말하는 아기 천사였다.

물론 싫다. 내일이면 차지혜랑 결혼해야 한단 말이야. 엄청 비싸고 럭셔리한 호텔 예식장에 예약해 놨거든? 예행연습까지 다 해놨다고. 시험 얼른 클리어하고 결혼해야지.

"문이나 열어."

"예, 예."

아기 천사가 손가락을 딱 튕겼다. 시험의 문이 우리의 눈앞에 나타났다. 우리는 문을 열고 안으로 들어섰다.

그때, 뒤에서 아기 천사의 목소리가 들렸다.

"시험자 김현호."

"왜 인마?"

"제가 많이 좋아했던 것 알죠?"

"꺼져."

아기 천사의 웃음소리가 시끄럽게 울려 퍼진다. 저 재수 없는 새끼가. 하지만 나도 그만 피식 웃고 말았다. 열린 문틈으로 밝은 빛이 쏟아진다. 우리는 손을 잡고 빛을 향해 나아갔다.

아레나에 도착하자마자 가공간에서 교신기를 꺼내 오딘에게 통신을 걸었다.
"여보세요?"
—오셨구려. 시험은 우리의 예상대로였소.
"예, 카자드 푼 아만을 죽이는 거죠."
—그런데 제한 시간이 물음표로 표기되었던데 그쪽도 마찬가지요?
"예."
내가 죽을 때까지라는 사실은 오딘에게도 할 수가 없었다. 비밀은 최대한 적은 사람만 간직할수록 좋았다.
—일단은 이쪽으로 오시오. 다른 시험자들에게 인공근육슈트와 교신기를 나눠주고, 정찰위성도 띄웁시다.
"예, 내일 당장 찾아뵐게요."
그날 하루는 차지혜와 함께 여유롭게 보내며 휴식을 취했다. 그리고 다음 날, 영지의 업무를 수석 집무관 에드워드에게 맡겨놓고 울펜부르크 백작가로 출발했다.
나와 차지혜는 물론 우리 영지에 머무르고 있던 데이나도 함께였다. 독수리를 타고 쉬지 않고 날아서 불과 하루 만에 울펜부르크 백작가의 저택에 도착했다.

"어서 오시오."

"일단 인공근육슈트랑 교신기부터 드릴게요."

"그리하시오. 내 금고에 잘 보관하겠소."

나는 인공근육슈트와 교신기를 잔뜩 꺼내놓았다. 우리와 함께 작전에 참가할 상위 랭킹의 시험자들에게 지급해 줄 물품이었다.

"이제 정찰위성을 띄워봅시다."

"그러죠."

우리는 함께 정찰위성을 발사할 포인트를 향해 이동했다. 정찰위성의 발사체는 마법으로 이루어져 있었기 때문에 우리도 쉽게 띄울 수 있도록 제작되어 있었다. 가공간에서 정찰위성을 꺼내고 정확한 포인트에 세워놓았다. 정찰위성과 연결되어서 컨트롤하는 노트북도 함께 꺼냈다.

오딘과 데이나가 서로 상의하면서 정찰위성을 발사할 준비를 했다. 두 사람은 노르딕 시험단에 머무르면서 연구원들에게 사전 교육을 받은 듯했다.

"이제 발사를 하면 될 겁니다."

데이나는 전원 버튼을 눌러 정찰위성을 작동시키며 말했다.

"좀 물러나야 하지 않을까요?"

"그럴 필요 없습니다. 발사체는 비행 마법으로 작동하니 반발력이 주위에 일어나지 않습니다."

노트북으로 발사 각도를 이리저리 조정한 데이나는 노트북 키보드로 뭐라고 타이핑한 뒤 엔터를 눌렀다. 그러자,

부우우웅!

거대한 정찰위성이 서서히 공중으로 띄워 올려졌다. 천천히 공중에 오르던 정찰위성은 서서히 솟아오르는 속도가 빨라졌다.

파아아아아앗!

급기야는 엄청난 가속도를 내며 우리의 시야에서 사라져 버렸다.

"이제 됐나요?"

"예, 이제 작동이 잘되는지 확인만 하면 됩니다."

데이나는 노트북을 조작하며 정찰위성의 기동을 살폈다. 3D 지도에 정찰위성의 이동경로가 실시간으로 표시되고 있었다. 붉은색 점으로 표시되었던 정찰위성은 마침내 녹색 점으로 바뀌었다.

데이나는 웃으며 말했다.

"본궤도에 올랐군요. 성공입니다."

좋았어! 기쁨에 주먹을 불끈 쥔 나는 데이나에게 말했다.

"한번 정찰이 제대로 이루어지는지 시험해 봐요."

"알겠습니다. 일단은 아만 제국의 궁전 쪽을 정찰해 보죠."

데이나는 노트북으로 정찰위성의 고성능 카메라의 촬영 각도를 조정했다. 그러자 놀랍게도 상공에서 내려다보는 아만 제국 궁전의 풍경이 한눈에 들어왔다. 꽤나 선명한 사진이었다.

"우와!"

나는 감탄을 했다. 데이나는 궁전의 돔 쪽을 확대했다.

"제가 이 돔을 뚫고 나와 도망쳤었습니다. 수리 중인 것이 보이지요?"

정말로 돔의 구멍 난 부분을 몇몇 인부가 붙어서 공사를 하고 있었다.

"아만 제국군도 한번 살펴볼 수 있겠소?"

"일일이 눈으로 살펴며 찾다가는 시간이 너무 오래 걸리고, 일단 어느 지역에 주둔하고 있는지 대략적인 정보라도 알아야 합니다."

"아마 지금쯤 국경 쪽에 배치되어 있을 거요."

"잠시만 기다려 보십시오."

데이나가 노트북을 바쁘게 조작했다. 한참을 조작한 끝에 마침내 한 큰 규모의 무리가 주둔해 있는 풍경 이미지가 화면에 들어왔다. 아만 제국군의 진영이었다.

"됐군!"

오딘이 크게 기뻐했다. 전쟁을 직접 진두지휘해 본 그로서는 정찰위성이 보내주는 이 첩보가 얼마나 큰 역할을 하는지 아주 잘 알고 있었다.

"이제 됐소. 이걸로 전쟁은 우리의 승리나 다름없소."

"그럼 이제는 김현호 씨가 제안한 작전을 실행하는 일만 남았군요."

"그렇소. 리트린 씨가 수고를 해주시오. 아만 제국군의 동향은 물론이고 카자드 푼 아만의 움직임까지 체크해야 하오.

아렌드 왕실은 물론 교신기를 가지고 있는 우리 측 시험자들도 감시하고 있으니 힘을 합하면 정보전에서는 완벽한 승리를 거둘 수 있을 것이오."

"알겠습니다."

시작이 좋았다. 일단 가장 큰 문제였던 정찰위성이 계획대로 되었으니 말이다. 이제 남은 문제는 하나였다.

'카자드 푼 아만이 우리의 예상대로 갈색산맥에 직접 나타날까?'

만약에 나타나지 않고 지하궁전에 틀어박혀 있으면 시험은 예정보다 훨씬 어려워질 터였다. 그때는 전쟁에서 아만 제국군이 패퇴할 때까지 오랜 시간 싸워야 하는 것이다.

우리는 한동안 울펜부르크 백작가에 머물렀다. 데이나가 매일 정찰위성으로 체크하는 적들의 동향도 보고, 이곳에 합류할 시험자들도 기다렸다. 카자드 푼 아만을 처치하는 작전에 참가하는 시험자는 모두 33명. 대부분 카르마 총량 세계 랭킹 50위권 이내에 드는 공인된 강자들이었다.

내가 아는 사람만도 오딘, 마리 요한나, 데이나 리트린, 그리고 차지혜가 있었다. 차지혜의 경우 카르마 총량을 공개하지 않아 랭킹이 낮았지만, 오러 컨트롤 상급 1레벨을 달성해서 오러 마스터가 된 그녀는 이 작전에 낄 자격이 충분했다. 아무튼 일단은 우리들 5명이 울펜부르크 백작가에 있었다.

일주일쯤 지나가 작전 참가 시험자가 하나둘씩 도착했다. 가장 먼저 도착한 사람은 바로 일본의 시험자 나카이 슈헤이였다. 170㎝ 정도의 작은 키에 왜소한 체격을 가졌지만 과묵하고 신중한 인상이 돋보이는 30대 중반의 사내였다.

"잘 오셨어요."

"또 뵙는군요. 잘 부탁드립니다."

우리는 인사를 나누며 터놓고 대화를 하며 서로에 대해 알아갔다. 그는 오러 컨트롤을 상급 2레벨까지 마스터했다고 한다. 그것만 봐서는 차지혜와 그리 큰 차이가 나지 않지만, 그의 전투 방식의 핵심은 바로 암영보라는 보조스킬이었다.

일정 속도 이상으로 달렸을 때 발소리가 사라지며 그림자 속에서 가만히 있을 시 모습을 감출 수 있는 보조스킬로, 그를 최고의 자객으로 만들어준 핵심 노하우였다.

"일단은 인공근육슈트와 교신기를 받으시오. 인공근육슈트는 어서 익숙해지셔야 할 거요."

오딘은 금고에서 두 가지 물품을 슈헤이에게 지급해 주었다. 슈헤이는 완력을 증폭시켜 주는 인공근육슈트의 성능에 놀라면서도 곧바로 저택 내부의 수련장에서 적응 훈련을 시작했다.

시험자가 되기 전, 살아생전에도 유명 검도 도장의 사범이었다는데 과연 성실했다. 그는 이따금씩 오딘, 차지혜 등과 대련도 하면서 시간을 보냈다. 그 밖에도 시험자들이 하나둘 나타나면서 울펜부르크 백작가는 오딘의 중요한 손님들로 득시글거리게 되었다. 오딘의 개인 수련장은 인공근육슈트에 적응하는 훈련을 하는 시험자들로 득시글거리게 되었다.

　　　　　　*　　　　*　　　　*

　지하궁전.

　죽음을 이기고 돌아올 지배자를 위해 마련된 황금권좌.

　황금빛으로 번쩍거리는 화려하기 이를 데 없는 권좌는 그 정당한 주인이 걸터앉아 있었다. 현 아만 제국의 군주인 술탄 사록도 그 황금권좌에 앉은 이의 오른편에 서 있어야 했다. 황금권좌의 주인, 카자드 푼 아만은 오만한 눈빛으로 발아래에 부복해 있는 검은 머리칼의 사내를 바라보았다.

　"리창위라고 했나."

　"예, 폐하!"

　리창위의 음성에 긴장감이 있었다. 술탄 사록을 상대할 때조차 여유 만만했던 리창위도 카자드 앞에서는 특유의 뻔뻔한 태도를 유지할 수가 없었다.

　"이번이 마지막 시험이라고?"

　"예, 시험 내용은 폐하를 처치하는 것이고, 제한 시간은 특이하게도 물음표로 표기되어 있었습니다."

　"물음표라. 제한이 없다는 것인가?"

　"아닙니다. 그러면 무제한이라고 표기되지 물음표로 애매하게 나타나진 않았을 겁니다."

　"무언가 비밀이 있다는 게로군. 뭐, 상관없다."

　카자드는 킬킬거리며 웃었다.

"나는 곧 두 개의 세계를 전부 지배하는 사상초유의 군주가 될 테니까!"

그렇게 최후의 시험의 막이 올랐다.

✻　　　✻　　　✻

갈색산맥에 전운이 감돌았다. 교역소 출입은 베테랑 엘프 전사 몇 명에게만 허용되었고, 갈색산맥 내부에서도 어린 엘프와 여성 엘프는 안전한 마을 인근만 다니도록 하였다.

데릭을 비롯한 베테랑 엘프들은 철통같이 갈색산맥 구석구석을 다니며 정찰을 시작하였다. 헤인스 영지에 교역소가 생기고서 엘프와 인간 간의 활발한 거래가 이루어진 지 2년도 채 지나지 않았다.

비록 짧은 시간이었지만 그동안 갈색산맥의 엘프들은 부흥기를 맞이하였다. 교역소를 통해 인간과 거래하면서 엘프들이 사회적인 영향력을 발휘하게 되었고, 노예로 잡혀 있던 동족 엘프들도 거래를 통해 많이 구하게 되었다.

그렇게 구한 엘프들은 마을 구성원이 되어서 갈색산맥의 엘프들 전력이 크게 확장되었다. 덕분에 갈색산맥은 역사상 가장 많은 숫자의 엘프가 모여 살게 되었다.

세 그루의 생명의 나무에서 뿜어져 나오는 풍성한 대자연의 기운을 받으며, 엘프들은 전성기를 맞이하였다. 엘프들로서는 만들기 어려운, 고도의 열처리 기술과 마법이 적용된 무기류도 인간 상단으로부터 구매하여 전사들에게 지급되었다.

데릭에게도 경량화와 내구도 강화가 적용된 마법검 두 자루가 지급되어서 전보다 훨씬 강한 힘을 발휘하게 되었다. 하지만 이제 평화가 끝나고 다시 시련이 도래하려 하고 있었다.

'부흥도 위기도 모두 인간에게서 비롯되는군.'

데릭은 베테랑 엘프 전사들 몇 명과 함께 정찰을 하며 생각했다. 갈색산맥의 생명의 나무가 세 그루가 된 것은 인간인 킴의 도움이었다. 하지만 이렇게 위협받는 처지에 놓은 것 또한 인간들 때문.

'우리들 엘프는 인간을 어떠한 태도로 받아들어야 하는가?'

인간이지만 엘프들의 친구인 킴은 인간과 교류하라 권했다. 적극적으로 교류하면서 친구가 될 수 있는 인간과 그렇지 않는 인간을 구별하라고 조언했다.

그 말대로 갈색산맥의 엘프들은 킴과 오딘이라는 우방이 생겼고, 수많은 상단과 정기적으로 교류를 하며 필요한 것을 주고받는 사이가 되었다. 그로 인하여 일어난 변화는 분명 좋은 것이었다.

노예로 잡혀 있었던 엘프들이 다수 해방되었고, 마법이 걸린 무기들을 손에 넣으면서 엘프 전사들은 더더욱 강력해졌다. 하지만 그것은 마치……

'우리들도 인간 사회의 구성원이 된 것 같지 않은가.'

누구보다도 긴 세월을 산 엘프라고 자부하는 데릭은 이게 좋은 변화인지 나쁜 변화인지 판단하기가 어려웠다. 그렇게 점점 엘프들의 생활 방식에 인간의 영향이 강해져 가는 것이 낯설었다. 하지만 그것이 엘프들이 이 세상에서 도태되지 않고 살아남을 수 있는 길이라면 받아들여야 한다.

'내가 고민한다고 될 일도 아니고.'

데릭은 쓸데없는 상념을 머릿속에서 지워 버렸다. 엘프가 앞으로 인간 사회의 구성원이 되면서 어떤 변화를 맞이하더라도, 이곳 갈색산맥만은 엘프들만의 성지로서 지켜내야 한다는 사실은 변함이 없었다.

"아직까지는 별다른 징후가 없군."

한 엘프가 말했다. 데릭과 비슷한 연배의 베테랑 엘프 전사였다. 데릭은 고개를 저었다.

"놈들은 징후를 드러내고 찾아오지 않아. 다른 곳으로 가세."

"그러지."

그들은 갈색산맥의 서쪽 끝자락을 향해 빠르게 이동했다.

주기적으로 정령을 소환하여서 주변을 탐색하며 쉬지 않고 달리는 그들. 갈색산맥을 수호하려는 그들의 의지가 얼마나 강력한지 알 수 있는 모습이었다. 장시간에 걸친 살인적인 일정의 정찰이었지만, 날카롭게 벼려진 데릭의 집중력은 한 치의 흐트러짐도 없었다.

그런데 그때였다.

흠칫!

데릭의 발걸음이 우뚝 멎었다. 그 때문에 함께 움직이던 베

태랑 전사들도 덩달아 멈췄다.

"무슨 일인가?"

"왜 그래?"

데릭은 대답 대신 남쪽 방향을 응시했다.

"그쪽에 뭔가가 있는 건가?"

"우리는 못 느꼈는데?"

의문을 표하는 동료들. 데릭이 말했다.

"먼저들 가게. 확인하고 뒤따르지."

"그렇게 하지."

"천천히 따라오라고."

베테랑 엘프들은 먼저 갈 길을 떠났다. 홀로 남겨진 데릭은 미세한 기척이 감지된 남쪽으로 움직였다. 몹시도 미세한, 하지만 불길한 느낌이 드는 어떤 감각. 감각을 매우 예민하게 곤두세우고 있던 데릭만이 간신히 알아차릴 수 있었던 미약한 존재감이었다. 수풀을 헤치고 나아가자 마침내 데릭은 무언가를 발견할 수 있었다.

녹색의 작은 구슬이 허공에 둥실 떠 있었다. 녹색 구슬은 마치 눈알처럼 데릭을 응시했다.

데릭은 녹색 구슬을 똑바로 노려보았다.

"네놈은 누구냐?"

데릭이 물었다. 녹색 구슬은 아무런 대답도 없었다. 하지만 데릭은 상대가 자신의 말을 듣고 있다는 것을 직감했다.

"네놈이 카자드 푼 아만이냐?"

—들켰군.

요사스러운 흑마력으로 울려 퍼지는 음성. 하지만 낭패라기보다는 어쩐지 유쾌해하는 목소리였다. 데릭은 피부로 느껴지는 흑마력의 기척에 눈살을 찌푸렸다.

—나의 탐스러운 양식을 직접 눈으로 보고 싶었는데 말이지. 내 심연의 눈동자의 기척을 알아차리다니 제법 대단한 엘프로군.

"양식?"

—생명이 나무 말이다.

데릭의 얼굴에 노기가 드러났다.

"그것이 너의 양식이란 말이냐?"

—그렇다.

"그것이 우리에게 얼마나 소중한 것인지 알고 있느냐?"

—안다.

"그런데도 그것을 노린단 말이냐?"

—그렇게 됐군.

"그렇다면 본인 스스로가 올바르지 않다는 것은 자각하고 있겠군."

—너희에게 피해가 간다고 해서 그것이 그릇된다는 뜻이 되지는 않지.

"뭐라고?"

—살기 위해 다른 짐승을 잡아먹는다고 그것이 죄가 되지는 않지. 애당초 옳고 그름이라는 것은 기준이 없는 것이니까.

"주절주절 헛소리를 늘어놓는 걸 보니 잘못을 알긴 아는 모양이군. 난 너 같은 궤변론자를 싫어한다."

―…….

"우리의 생명을 너에게 내어줄 것 같으냐? 기필코 네놈을 내 손으로 없애겠다."

―흐흐, 기대하지.

슈칵!

일순간, 데릭의 오른손에서 섬광이 뿜어졌다. 검집에서 마법검이 뽑혀 휘둘려지기까지가 물 흐르듯 해 빛처럼 보였던 것이다. 깔끔하게 토막이 난 심연의 구슬은 가루처럼 소멸되어 버렸다.

"카사."

불의 거인 같은 모습의 카사가 소환되었다. 데릭이 말했다.

"앞서간 동료들에게 돌아오라고 전해다오. 마을로 가야겠다."

고개를 끄덕인 불의 거인은 쏜살같이 서쪽으로 날아갔다. 데릭의 안색이 딱딱하게 굳어 있었다.

'정말 징후를 드러내다니.'

*   *   *

울펜부르크 백작가에서 시험자들과 함께 머무르고 있을 때였다. 아렌드 왕실에서 알세르폰 3세의 어명이 적힌 서신이 도착했다.

아만 제국군이 본국을 향하여 진군을 시작한 바, 이제 전쟁은 피할 수 없는 기정사실이 되었음은 의심할 여지가 없다.

이로 인하여 명하니, 울펜부르크 백작과 그 우방들은 본국을 수호하기 위해 지정된 날짜에 지정된 장소로 집결하라.

우방들이란 시험자들을 뜻하는 말이었다. 알세르폰 3세는 시험자에 대해 정확히는 모르지만, 오딘의 주변에 신비한 강자들이 많이 있다는 것은 알고 있었다.

"이제 슬슬 가야 할 때가 되었구려."

오딘이 말했다. 나는 고개를 끄덕였다.

"예, 작전대로 되기를 기대해야죠."

오딘은 시험자들을 모두 불러 모아 왕의 서신에 대해 알렸다. 다 함께 전쟁에 참여하는 문제는 사전에 동의되었으므로 이제 와서 이견이 생길 일은 없었다.

다들 서신에 적힌 집결지를 향해 출발하기로 했고, 나는 출발에 앞서 교신기를 꺼내 통신을 걸었다. 통신 대상은 바로 내 영지에서 군대를 조련하고 있는 레이먼 준남작이었다.

─킴 백작님?

"예, 교신기 사용법은 많이 익숙해지셨어요?"

─이제 그럭저럭 당황하지 않고 사용할 정도는 되었습니다. 세상에 이런 신기한 물건도 다 있었군요.

"하하, 다행이네요. 아무튼 저희는 전쟁을 치르러 떠나게 되었습니다. 우리가 없는 동안 영지를 잘 부탁드립니다."

─염려 놓으십시오. 짧은 시간이었지만 이제 우리 군대도 슬슬 훈련의 성과가 나타나기 시작했습니다.

"믿음직스럽네요. 그럼 또 연락드리겠습니다."

─예, 백작 각하의 무운을 빌겠습니다.

"고마워요."

연락을 마친 뒤 차지혜와 함께 떠날 차비를 간단하게 마쳤다. 나는 갈큇발 독수리 12마리를 모두 꺼냈다. 본래는 10마리였는데, 2마리를 얼마 전에 추가로 복종시켰다.

마스터 레벨이 되면서 동물조련 스킬로 복종시킬 수 있는 동물은 총 12마리로 늘어났었다. 2마리는 다른 종류의 동물로 길들일까 싶었지만, 고민 끝에 그냥 갈색산맥에서 다 자란 갈큇발 독수리 암수 한 쌍을 잡아 길들였다.

새로운 녀석들은 열한째, 열두째라 이름 지었다. 풀어 놓고 몇 개월간 잘 먹이니 성장촉진 스킬에 의해 덩치가 3배로 커졌다. 아무튼, 갈큇발 독수리 12마리는 전부 꺼내자 시험자들이 2명씩 올라탔다. 나는 차지혜와 함께 첫째 위에 올라탔다. 그러고도 미처 타지 못한 시험자들은 쭈뼛거리며 나에게 다가왔다.

"아, 진짜 꺼림칙한데."

"정말 아무 이상 없는 거지?"

"거기서 숨을 못 쉬거나 하면⋯⋯."

겁먹은 그들의 심정을 내 어찌 이해 못하랴. 나는 한숨을 쉬었다.

"괜찮다니까요. 아까도 시범을 보여드렸고요."

그랬다. 독수리에 타지 못한 이들은 내가 가공간에 넣어서 데려가기로 한 것이었다. 그들은 가공간에 들어간다는 사실에 무척 꺼림칙해했다. 그래서 차지혜를 가공간에 넣었다 꺼내며 시범을 보여줬음에도 여전히 불안해하는 눈치였다.

"자자, 이리들 오세요."

"제길, 어쩔 수 없지."

시험자들이 포기하고 한 명씩 다가왔다. 나는 그들을 차례로 가공간에 넣어버렸다. 그중에는 내심 거부감을 느꼈는지 가공간에 들어가지지 않는 여자 시험자도 있었다. 본인이 거부하면 내가 강제로 가공간에 넣을 수 없기 때문이었다.

하지만 내가 째려보자 백인 여성 시험자는 찔끔했는지 어색하게 웃으며 사과했다. 나는 그녀까지 가공간에 마저 넣었다.

"그럼 출발합시다."

이를 지켜본 오딘이 말했다. 나는 고개를 끄덕이곤 갈큇발 독수리들에게 명령을 내렸다. 12마리의 거대한 맹금류가 일제히 날갯짓을 하며 비상했다.

철새들처럼 쐐기 대형을 이룬 채 우리는 북서쪽으로 날았다. 이동 중에도 데이나는 노트북을 펼쳐놓고 정찰위성을 계속 컨트롤하는 여유를 보였다.

"아만 제국군의 병력이 북부 국경지대에 집중되고 있습니다. 물자 보급도 대대적으로 이루어지는 걸 보아, 확실히 침공이 곧 시작될 것 같습니다."

데이나는 정찰위성으로 확인한 첩보를 우리에게 곧잘 알려 주었다.

"계속 주시하시오. 대병력을 집결시켜 우리의 이목을 쏠리게 한 뒤에 다른 곳을 기습적으로 치는 전략을 구사할지도 모르오."

오딘이 말했다. 오딘은 우리들 중 전쟁을 직접 지휘해 본 유일한 시험자였기에 이번 작전의 리더 역할을 맡았다. 명망이나 실력으로 봐도 부족함이 없었고 말이다.

"알겠습니다."

그렇게 대답한 데이나는 계속해서 노트북으로 정찰위성이 보내는 정보를 분석했다. 비행기 좌석도 아니고 살아 움직이는 갈큇발 독수리의 등 위인데도 저렇게 여유를 부리다니, 확실히 보통 인물은 아니었다.

"아름답습니다."

문득 내 앞에 탄 차지혜가 말했다. 뒤에서 그녀의 허리를 꽉 끌어안고 있던 나는 고개를 갸웃거렸다.

"예? 뭐가요?"

그녀는 묵묵히 서쪽을 가리켰다. 서쪽 하늘로 노을이 붉게 물든 풍경이 눈에 들어왔다.

"……정말이네요."

그 멋진 광경을 보고 있노라니, 어쩐지 먹먹한 기분이 들었다. 앞으로 펼쳐질 유혈과는 전혀 어울리지 않는 풍경이었다.

✳   ✳   ✳

"신 울펜부르크 백작 오딘 외에 32인, 국왕 폐하의 어명을 받들어 이곳에 도착했습니다."

전장에 도착한 우리들 33인의 시험자 일행. 그 대표로 오딘이 앞으로 나서서 예를 갖췄다. 친히 군대를 이끌고 전장에 나선 알세르폰 3세는 흐뭇해하며 고개를 끄덕였다.

"잘 와주었네. 백작을 비롯한 영웅들이 와주었으니 이 전쟁도 승리를 맡아둔 것이나 다름없군."

그의 말에 주변에 있던 다른 귀족들도 웃음을 터뜨리며 호응했다.

이곳은 아렌드 왕국의 북부 국경지대. 아만 제국과 내통하여 반란을 모의했었던 변경백 센델스 백작이 지키던 변경이었다. 센델스 백작은 바로 유지수 팀의 추적에 의해 죄상이 밝혀져 처형당한 그 인물이었다.

아만 제국과 국경을 맞댄데다가 아렌드 왕국 중심부로 통하는 교통로가 이어져 있어, 이번 전쟁의 핵심 격전지가 될 예정이었다. 그 증거로 양측의 병력 태반이 이곳에 집중 배치된 실정이었다.

"먼 길을 오느라 피곤할 텐데 마련된 숙소로 가 쉬도록 하게. 그리고 울펜부르크 백작은 따로 짐을 보세."

"예, 폐하."

오딘은 아마 전쟁에 대한 상의를 하기 위해서인지 알세르폰 3세와 함께 떠났다.

"이쪽으로 저희를 따라오십시오."

우리는 병사들의 안내에 따라 배정된 숙소로 향했다. 요새 내부에 배정된 숙소는 작은 방 한 칸이었다. 전시를 대비한 요새라 그런지 시설은 형편없었지만, 그럭저럭 지내는 데 문제는 없는 거처였다. 전쟁 중이라는 점을 감안하면 이 정도도 감지덕지였다. 부부라고 밝혀서인지 그런지 차지혜도 나와 같은 방에 배정되었다.

"전쟁은 어떻게 진행될까요?"

내 물음에 차지혜가 답했다.

"양측 모두 집결된 병력 규모가 큰 탓에 섣불리 전면전이 벌어지지는 않을 겁니다. 작은 국지전들을 벌이며 상대의 눈치를 살피는 국면이 한동안 이어질 거라 생각합니다."

"그럼 한동안 우리가 활약할 일은 없겠네요."

"꼭 우리가 수동적일 필요는 없다고 생각됩니다."

"그래요?"

"정찰위성이 있습니다. 적의 움직임을 훤히 꿰뚫고 있는데, 이 강점을 그냥 썩혀둘 이유가 없습니다. 오히려 이쪽은 얼마든지 적극적으로 과감한 작전을 펼칠 수 있습니다."

생각해 보니 그렇구나. 이쪽은 상대를 훤히 볼 수 있으니 눈치 싸움 같은 걸 할 필요가 없다.

*　　　*　　　*

데이나는 정찰위성으로 아만 제국이 자국의 육군 전력을 어디에 배치했는지를 소상하게 파악했다. 그걸 전부 지도에 표기한 보고서가 오딘을 통해 알세르폰 3세에게 전해졌다.

그 보고서에는 아만 제국령 내에서 이루어지는 보급부대의 물자 수송까지 파악되어 있어서 알세르폰 3세를 위시한 귀족들을 깜짝 놀라게 했다. 대체 무슨 수로 이렇게 완벽하게 파악할 수 있냐고 물었지만 오딘은 우리들 중에 그런 능력을 가진 시험자가 있다는 식으로 둘러댔다고 한다.

적군의 움직임을 이렇게까지 소상하게 파악할 수 있다는 것은 엄청난 우위. 알세르폰 3세는 이 강점을 십분 활용하고 싶었고, 그래서 논의된 결과…….

"습격이요?"

"그렇소. 꽤나 큰 규모로 군량이 운반되고 있소."

오딘은 나를 찾아와 작전의 개요를 설명했다. 말하자면 아만 제국군의 보급로를 타격하는 것이었다. 정찰위성으로 적의 물자가 운송되고 있는 것을 실시간으로 알 수 있고, 독수리를 타고 빠르게 날아다닐 수도 있으니 습격에는 제격이기 때문이었다.

"대군을 먹여야 하기 때문에 물량이 엄청난데, 그에 비해 지키는 병력은 그리 많지 않소. 전장도 아니고 아만 제국 영토

내에서 이루어지는 수송이라 방심하고 있는 것이지."

"그러니까 저더러 날아가서 이걸 습격해 달라는 거죠?"

"그렇소. 당신은 불의 정령을 다룰 수 있으니 군량을 불태울 수 있지 않겠소? 게다가 싸울 필요도 없이 하늘에서 총을 쏘면 되고."

오딘의 말대로 이 작전을 수행할 적임자는 나였다. 거절할 이유가 없었다. 나는 고개를 끄덕였다.

"좋아요. 제가 한번 나서서 해보죠."

그런데 그때, 옆에서 함께 듣던 차지혜도 덩달아 나섰다.

"저도 함께 가겠습니다."

"굳이 그럴 필요가 있겠소? 단독으로 움직이는 편이 더 신속할 텐데 말이오."

"한 번만 타격을 입히고 끝낼 작전이 아닙니다."

그녀가 설명했다.

"수많은 병력이 각지에 배치된 만큼 물자를 수송하는 보급 부대도 한둘이 아닐 겁니다. 그것을 정찰위성으로 파악한 뒤에 실시간으로 교신기로 지시를 내려주시면 현호 씨와 제가 아만 제국령 내에서 계속 활동하며 광범위한 피해를 입히겠습니다."

그렇군. 생각해 보니 우리에게는 정보력·기동력 외에도 또 다른 강점이 있었다.

바로 통신이었다. 우린 교신기로 얼마나 떨어져 있든 실시간으로 소통할 수 있는 것이었다. 차지혜는 그것까지 이용해서 지속적으로 아만 제국군의 보급에 치명타를 입히는 방향으로 작전을 확대한 것이다.

심각하게 고민한 오딘은 고개를 끄덕였다.

"좋은 작전이군. 미처 거기까지는 생각해 보지 못했소."

현재 아만 제국은 아렌드 왕국뿐만이 아니라 국경을 맞대고 있는 다른 여러 나라와 대치한 상태였다. 아렌드 왕국을 중심으로 동맹을 맺은 나라들이 일제히 군대를 일으켰기에 견제하지 않을 수 없었던 것이다.

즉 병력이 많은 곳에 배치된 만큼 그들에게 가는 군수물자의 수송도 매우 많다는 뜻이었다. 그것들을 전부 공격해 전 보급로에 광범위한 피해를 입혀 버리면 제대로 전투를 해보기도 전에 전쟁을 승리로 장식할 수도 있었다.

물론 그 같은 일은 나 혼자서도 할 수 있었다. 하지만 차지혜가 굳이 따라 나서겠다고 하는 이유는 두 가지였다. 만에 하나 위험한 상황에 처했을 때 나를 보호하는 것. 그리고 장기간에 걸친 작전을 수행하는 동안에는 혼자보다 둘이 함께하는 편이 심리적인 안정감이 있다는 것.

오딘은 그녀의 제안을 다시 알세르폰 3세에게 전달했다.

알세르폰 3세는 쾌히 승낙했다. 잘 만하면 큰 피해 없이 전쟁에서 이길 수 있으니 거절할 이유가 없었다.

"이걸 가져가십시오."

출발하려는 우리에게 데이나가 작은 구슬을 내밀었다.

그는 생긋 웃으며 말했다.

"제 심연의 구슬입니다."

"심연의 구슬? 그걸 왜 굳이 제게?"

"정확한 위치를 알아야 지시를 내리기도 편하니까요."

데이나는 심연의 구슬로 우리의 위치를 실시간으로 파악할 의도인 듯했다. 그래야 우리에게 어디로 얼마나 이동하라고 상세한 지시를 내리기 쉬운 것이다.

"알았어요. 그런데 이 심연의 구슬, 장거리를 유지하려면 마나 소모가 심하지 않나요?"

"문제없습니다. 어차피 정찰위성을 컨트롤하는 일을 맡는 바람에 전투에 투입되지 않으니까요."

그렇게 나는 차지혜와 함께 첫째의 위에 올라탔다.

—들리십니까?

주머니에 넣어둔 심연의 구슬에서 데이나의 목소리가 들렸다.

"예, 잘 들려요."

—예, 그럼 출발하십시오. 남서쪽으로 쭉 가시면 됩니다.

"거리는요?"

—도착할 때 즈음 제가 말씀드리겠습니다.

"알았어요."

내가 발로 툭 치자, 첫째가 괴성과 함께 거대한 날개를 퍼덕거리며 날아올랐다. 차지혜는 첫째의 목을, 나는 그녀의 허리를 꽉 잡았다.

*　　　*　　　*

식량을 가득 실은 짐마차의 행렬이 끝없이 이어지고 있었다. 그리고 말을 탄 기병대가 주변을 살피며 짐마차 행렬을 보호했다. 이 어마어마한 식량은 대륙 정복의 위업을 달성할 전방의 군단들에게 보급될 귀중한 군량이었다.

시간 내에 도착하지 못하면 수십만 대군이 굶는 사태가 벌어지기 때문에 강도 높은 처벌을 피할 수 없게 된다. 때문에 아만 제국군 수송부대는 쉬지 않고 이동했다.

그렇지 않아도 짐마차가 한두 대가 아니었다. 한 대라도 잔고장이 날 때마다 수송 일정에 차질이 빚어졌기 때문에 서두르지 않을 수가 없었다.

"제발 고장 좀 안 났으면 좋겠군."

수송부대의 책임자인 중년의 장교는 한숨을 쉬며 투덜거렸다. 전쟁이 시작되고서 군 기강이 평시와 비교도 안 될 정도로 엄격해졌다. 후방 보급부대에서 조용히 군복무를 하던 그로서는 전역할 나이를 앞두고서 귀찮은 일에 휘말렸다는 생각을 버릴 수 없었다.

'그래도 보급부대라 다행이지.'

국경지대에 있는 아군의 근거지에 군량을 수송하는 간단한 임무였다. 보급로도 아만 제국 영토 내로 한정되어 있어 적습을 받을 염려도 없었다.

'정말 다행인 일이지.'

중년 장교는 그렇게 생각했다. 하지만 10분 뒤, 그 안도감은 쏟아지는 불꽃의 비와 함께 씻은 듯이 사라져 버렸다.

"뭐, 뭐야!"

중년 장교는 자신의 눈을 의심했다. 하늘에서 불꽃의 비가 내리고 있었다. 불덩어리가 비처럼 수없이 쏟아져 내리는 풍경은 상식적으로 납득이 가지 않았다.

화르르르륵!

화르르르—!

불덩어리들은 신기하게도 짐마차에만 골라서 떨어졌다.

그제야 중년 장교는 정신이 번쩍 들었다. 세상에 저런 자연재해가 있을 리가 없지 않은가!

"적습이다! 막아라!"

그렇게 말하면서도 중년 장교는 스스로도 이해할 수 없었다. 대체 무슨 수로 막으라는 것인가? 그러다가 중년 장교는 퍼뜩 중요한 것을 깨달았다.

"구, 군량! 군량을 옮겨! 불을 끄고 군량을 옮겨!"

짐마차와 함께 활활 타오르는 식량들. 병사들이 달려들어서 부랴부랴 식량을 내리려 했지만 화염에 휩싸인 짐마차에 접근하는 것조차 쉽지 않았다.

"적을 찾아라! 적 마법사가 어딘가에 있다!"

불의 정령의 소행일 거라고는 생각지 못한 중년 장교였다.

활을 지닌 궁병들이 두리번거리며 찾아보았지만 적은 보이지 않았다. 수송부대에 마법사도 편성되었더라면 어떻게 대응 방법이 있었을지도 모르겠지만, 애석하게도 그런 고급 인력은 포함되지 않았다.

결국 수십 대의 짐마차는 남김없이 소실되어 버렸다. 불꽃
의 비도 더 이상 내리지 않았다. 불타는 짐마차에서 끄집어낸
식량도 손에 꼽을 정도로 소수.

"이럴 수가……!"

중년 장교는 털썩 자리에 주저앉았다. 전역을 앞두고 전쟁
에 휘말린 그로서는 마른하늘에 떨어진 날벼락이었다.

*　　　*　　　*

"이만하면 됐죠?"

"충분합니다."

짐마차와 식량을 전부 불태웠고, 그러면서도 불필요한 인명
살상도 없었다. 눈에 보이지도 않을 정도로 높은 상공에서 카
사를 소환해 불꽃의 비를 한바탕 쏟았을 뿐인데, 효과가 매우
좋았다.

─성공하셨군요. 수고하셨습니다.

심연의 구슬을 통해서 데이나의 목소리가 들렸다.

"보이세요?"

─예, 위성을 통해 보고 있습니다. 짐마차를 한 대도 남기지
않고 잘 불태우셨습니다.

"그럼 서둘러서 다음 타깃으로 향할게요. 방향을 알려주세
요."

―북동쪽에 병장기를 싣고 가는 수송부대가 있습니다. 한 시간 정도 비행하시면 발견하실 수 있을 겁니다.

"알겠습니다."

나는 첫째에게 마음속으로 지시를 내렸다. 동물조련 스킬에 의해 내 명령을 전달받은 첫째는 북동쪽으로 날기 시작했다.

잠시 후에 데이나로부터 방향을 조금 더 오른쪽으로 틀라는 지시를 받았다. 마나로 연결된 심연의 구슬로 내 위치를 GPS보다 더 정확하게 알고 있었기에 내릴 수 있는 세부적인 지시였다.

'좋아. 이대로라면 수송부대를 하루에 열 개 이상 작살낼 수 있겠어.'

이제 막 시작된 전쟁. 출발은 매우 순조로웠다.

*　　　*　　　*

일주일 남짓에 불과했다. 그 시간 동안 아만 제국군을 송두리째 뒤흔들어 놓은 사태가 발생했다. 대륙 정복을 시작하기 위해 아렌드 왕국 방면을 비롯해 각 국경지대에 배치된 군단들이 보급을 받지 못한 것이다.

일주일도 안 된 시간 동안 무려 13차례의 습격을 받았다.

대륙 정복을 위해 어마어마한 대병력이 동원된 만큼 수송되던 군수물자도 엄청난 수량이었는데, 습격을 받아 송두리째 잃어버렸다. 타지(他地)도 아닌 아만 제국 내에서 벌어진 사건이었다.

"이게 대체 어찌 된 일이냐!"

아만 제국 왕궁의 대전회의. 전쟁을 계획하고 주도한 술탄 사록은 옥좌 팔걸이를 거칠게 내려치며 역정을 냈다.

대소신료들은 몸 둘 바를 몰라 고개를 수그릴 뿐이었다. 그들이라고 어찌 된 영문인지, 어떤 대책을 내야 하는지 알 길이 없었다.

"어째서 놈들이 아군의 보급로를 이토록 정확하게 파악하고 있다는 말이냐!"

혹시나 있을지 모르는 시험자들의 습격에 대비해 보급로를 매번 수송 때마다 변경하곤 했다. 그럼에도 정확한 시간, 정확한 장소에서 절묘하게 습격을 받았다.

더 기가 찬 것은 생존해서 패퇴한 수송부대들의 공통된 증언이었다. 하나같이 적은 보지도 못했고, 하늘에서 불꽃의 비가 내렸다는 것이었다.

동일한 공격 패턴. 한 사람의 소행이라는 뜻이었다.

"설마, 그 배신자 녀석인가?"

짧은 시간 동안 쥐도 새도 모르게 귀신 같이 움직이며 습격한 인물. 술탄 사록은 자연스럽게 부활의 의식을 훼방 놓고 대사제 아프리트를 살해했으며, 자신까지 농락한 데이나 리트린을 떠올릴 수밖에 없었다. 모든 대사제와 리창위의 공격을 뚫고 유유히 달아나 버린 그 엄청난 실력이라면 이런 일도 가능할 지도 몰랐다. 하지만 그러한 추측에 반대하는 인물이 있었다.

"그 녀석은 아니다."

"허억!"

술탄 사록은 화들짝 놀랐다. 대소신료들도 갑자기 대전 한복판에 등장한 노인의 모습에 놀란 눈치였다.

하지만 동요는 곧 멎었다. 이 자리에 모인 사람들은 저 노인이 누구인지 알고 있었기 때문이다. 노인이라고는 믿겨지지 않는 장대한 체격. 몸에 문신처럼 새겨진 마법진이 옷 밖으로 드러난 팔뚝과 목에 한가득했다.

바로 3대 술탄 카자드 푼 아만이었다. 아직 널리 공표되지는 않았지만 술탄 사록을 비롯한 아만 제국의 핵심 인물들에게는 그의 부활이 알려져 있었다.

"서, 선대 폐하, 그것이 무슨 말씀이신지요?"

술탄 사록이 조심스럽게 물었다. 아만 제국의 절대 권력자인 그도 그의 앞에서는 작아질 뿐이었다. 하지만 그럴 수밖에 없는 것이, 카자드는 마음만 먹으면 언제든 마법적 장치로 이루어진 통치 시스템을 조종해 그를 술탄 자리에서 끌어내릴수 있었다. 그토록 철저하고 무서운 안배를 수백 년 전에 미리해 놓은 괴물이었다.

"마법이라면 나라 전체에 깔린 내 감시망을 피하지 못했을 것이다."

아만 제국 곳곳에 뻗어 있는 통치 시스템. 그것을 지배하는 카자드는 아예 통치 시스템 자체를 자신의 오감처럼 자유자재로 활용하고 있었다.

"내가 감지하기 어려운 것이 있다면 바로 정령술이지. 정령술은 인위적이지 않고 자연과 동화되기 때문에 내 이목을 피할 수 있지."

"정령술이라면, 김현호라는 그 시험자 녀석입니까?"

"그럴 거다. 아니면 갈색산맥의 그 나이 든 엘프 전사이거나."

카자드의 말이 이어졌다.

"어쨌거나 상대는 정규군으로 상대하기 어려우니, 우리도 그에 걸맞은 전력으로 응전해야지."

"하지만 선조 폐하께서도 놈의 위치를 알기 어렵다고 하시니 무슨 수로 그 간악한 놈을 처치해야 합니까?"

"아렌드 왕국 방면으로 군량과 물자를 수송해라. 그동안 차질이 빚어왔던 만큼 대량으로 수송한다. 놈이 이를 노리고 접근하면 그때 사냥하면 된다."

"알겠습니다. 그럼 수송부대에 재래 결사대 쪽 전력을 잠복시키겠습니다."

"전부."

"……예?"

놀란 술탄 사룩에게 카자드가 말했다.

"전부 보내란 말이다. 흑마법사들과 우리 편 시험자들까지 전부 전선에 투입해라. 저쪽에서 시험자들이 적극적으로 전쟁에 개입할 의지를 보인 이상, 우리도 가만히 전력을 썩힐 필요가 무엇이 있겠느냐."

"선조 폐하, 하오나 놈들이 선조 폐하를 노리고 침입해 올지도 모릅니다."

"크하하―!!"

카자드가 광소를 터뜨렸다.

"나를 잡으러 이리로 와 준다면야 그것처럼 고마울 데가 있나. 놈들을 전부 죽여서 영혼을 잘근잘근 씹어 삼켜주면 그만 아니냐!"

"그, 그렇긴 합니다만……."

술탄 사룩은 대사제들을 단숨에 몰살시켰던 카자드의 전율적인 강함을 떠올리고는 오싹한 기분을 느꼈다. 누가 감히 저 압도적인 괴물에게 대적할 수 있을까? 대전에 모인 대소신료들의 얼굴색도 공포로 창백하게 물들어 있었다.

현 술탄과 수백 년 전에 죽었다가 부활한 전 술탄의 대화.

대륙 최강국의 대전회의에서 버젓이 오가기에는 너무나 광기에 차 있었다. 이 나라가 대체 어디로 향해 가고 있는 건지 아무도 알 수 없었다.

*　　　*　　　*

―이제 돌아오셔야 할 것 같습니다.

심연의 구슬을 통해 데이나의 목소리가 들렸다.

나는 고개를 갸웃거렸다.

"벌써요?"

―이번에 출발한 수송부대에 흑마법사들과 리창위 일당이 포함되어 있습니다. 일반 병사로 위장을 하고 있긴 합니다만,

리창위를 비롯한 몇몇 타락한 시험자의 얼굴은 안면 인식 프로그램에 등록이 되어 있어서 쉽게 알아차릴 수 있었습니다.

역시 정찰위성이 있으니 이렇게 편하구나.

"절 잡으려고 미끼를 던진 거네요."

하마터면 함정에 빠질 뻔했으니 다행이었다.

―겸사겸사 그동안 보급에 차질을 빚었던 만큼 많은 물자를 수송하고 있었습니다. 이대로 흑마법사들과 리창위 일당이 전선에 투입될 듯합니다.

"계획대로 되어가고 있네요."

―예, 카자드가 갈색산맥을 향해 움직여야 비로소 우리의 계획이 완성되는 것이지만요.

"어쨌든 놈들을 끌어냈으니 이제 돌아갈게요."

―그렇게 하십시오.

"하지만 그 전에 놈들한테 인사나 하고 갈게요."

―다시 당부드리겠습니다만, 가까이 접근하시면 안 됩니다.

"염려 마세요. 가까이 접근할 일은 없으니까요. 수송부대 위치를 불러주세요."

―거기서 북서쪽으로 계속 올라가시면 됩니다.

데이나와 대화를 마치고 나는 첫째를 조종해 북서쪽으로 비행했다.

"어떻게 하실 생각입니까? 위험한데 굳이 적들이 판 함정에 찾아갈 필요가 있겠습니까?"

함께 타고 있던 차지혜가 물었다. 물론 나는 스스로를 위험에 빠뜨려서 스릴을 즐기는 취미 같은 건 없었다.

"먼 거리에서 저격만 몇 번 해줄 거예요. 그럼 오는 내내 언제 있을지 모르는 저격을 경계하느라 피곤할 거 아녜요."

"정신적으로 지치게 만드는 작전입니까. 확실히 나쁘지 않습니다."

"그리고 운 좋게 리창위 같은 월척을 낚으면 더 좋고요."

북서쪽으로 계속 비행하니, 어느덧 데이나가 말했다.

―가까워졌습니다. 지금부터는 조심하십시오.

"대략 거리가 어느 정도인가요?"

―10킬로미터 정도 떨어져 있습니다.

"알겠어요. 무장!"

파앗!

대물 저격소총 닐슨 R3가 소환되었다. 구경 20㎜의 강력한 위력에 탄환보정 스킬과 정령술이 합쳐지면 5, 6킬로미터 거리에서도 능히 시험자를 처치할 수 있는 살상력을 낼 수 있었다. 저격 스코프로 보니 길게 늘어진 수송부대의 행렬이 보였다. 확실히 데이나의 말처럼 어마어마한 물량을 운반하고 있었다.

"실프, 리창위를 향해 겨눠 줄래?"

―냐양.

실프는 살랑거리는 꼬리로 총열을 휘감아 방향을 조정해 주었다. 스코프를 통해 리창위의 모습이 보였다. 먼 거리라 가물가물하긴 하지만 리창위가 확실했다. 일반 병사로 위장한 리창위는 수송부대의 행렬 틈바구니에서 천천히 걸음을 옮기고 있었다.

'좀 더 방심하고 있을 때를 노려볼까.'

나는 먼 거리에서 그들을 계속 지켜보기만 할 뿐, 방아쇠를 당기지는 않았다. 그리고 얼마나 시간이 흘렀을까. 수송부대의 행렬이 정지했다. 병사들은 몇몇만 주변을 경계하고 나머지는 휴식을 취했다. 내가 예의주시하던 리창위 또한 나무에 등을 기댄 채 눈을 붙이는 모습이었다.

'좋아!'

나는 검지를 방아쇠에 가져다 댔다.

"실프, 카사, 준비해."

―냐앙.

―멍.

실프와 함께 새로 소환된 카사도 내 어깨에 앉아 저격을 준비했다. 나는 방아쇠를 당겼다. 실프가 소리를 차단했기 때문에 총성은 없었다.

쉬이익― 파악!

맹렬하게 공기를 찢어발기며 날아간 20㎜ 철갑소이탄. 거의 박격포 수준의 위력을 가진 철갑소이탄이 리창위의 머리를 향해 똑바로 날아들었다. 하지만 스코프를 통해 총알이 무언가 보이지 않는 투명한 막에 부딪친 것이 보였다.

'방어 마법?'

그 바람에 깜짝 놀란 리창위는 벌떡 일어나 주변을 경계했다. 그와 함께 있던 다른 타락한 시험자들도 총알이 보이지 않는 보호막에 적중된 소리에 너도 나도 전투태세를 갖췄다.

'뭐지?'

나는 리창위를 죽이지 못했다는 사실에 의아함을 감추지 못했다. 오러 보호막으로 내 저격을 막는 게 이론적으로 가능하긴 하다. 하지만 내가 언제 어디서 저격해 올지 무슨 수로 안단 말인가? 평소에 24시간 내내 오러 보호막을 펼쳐놓고 지낼 수도 없는 노릇이고. 놀란 리창위의 얼굴을 보면 본인 스스로도 내 저격을 알고 막은 게 아니었다.

"어떻게 됐습니까?"

차지혜가 물었다.

"실패했어요. 방어 마법 같은 게 펼쳐져 있더라고요."

"미리 알고 방어 마법을 펼친 건 아닐 겁니다."

"그렇겠죠. 그래서 더 이상해요. 대체 무슨 수를 쓴 걸까요?"

―아이템일 겁니다.

대답은 데이나가 했다. 주머니에 넣어둔 심연의 구슬에서 데이나의 목소리가 들렸다.

―방어 마법이 새겨진 마법갑옷은 얼마든지 있습니다.

"마법갑옷?"

―예, 하지만 보통은 갑옷을 입고 있는 사람이 직접 시동어를 외쳐야 방어 마법이 펼쳐지는 구조입니다. 공격을 감지하고 자동으로 방어 마법이 발동되는 마법갑옷은 없습니다.

"그럼 저건 뭐죠?"

휴식을 취하고 있던 수송부대에 비상이 떨어져 있었다.

―사람이 만들 수 있는 마법갑옷이 아닙니다. 리창위가 지난번에 대량으로 얻은 카르마로 어떤 보상을 받았는지 대충 짐작이 가는군요.

　그 말에 비로소 나는 대충 사태를 파악할 수 있었다. 일전에 리창위는 중국 시험단을 장악하면서 헤이싱 계열을 몰살시켰다. 타락한 시험들을 대량으로 죽임으로서 자신의 마이너스 카르마를 상쇄하고도 남을 정도의 카르마를 획득했다. 그 카르마로 바로 저 방어 마법이 새겨진 어떤 아이템을 손에 넣은 것이다.

　'나와 싸울 때를 대비한 모양이군.'

　스킬이 아닌 방어를 위한 아이템을 선택하다니. 역시 이러니 저러니 해도 내 저격이 무섭긴 했던 모양이었다.

　"녀석이 골치 아픈 아이템을 손에 넣었네요."

　―그걸 알아낸 것만으로도 큰 소득입니다. 이제 무리하지 말고 돌아오십시오.

　"저도 그럴 생각이에요."

　나는 첫째를 조종해 재빨리 방향을 돌려 달아나기 시작했다. 5킬로미터쯤 떨어진 거리에서 저격하고 바로 도망쳤기 때문에 놈들은 날 쫓아올 수 없었다.

7장

라만 공방전

아만 제국, 라만시.

아렌드 왕국 북부 변경과 국경선을 맞대고 있는 이 도시는 옛날부터 국가 간의 크고 작은 분쟁이 끊이질 않았던 지역이다. 때문에 자연스럽게 일반 백성보다 군인이 더 많이 상주하는 요새가 되었다. 이곳에 사는 백성들도 대부분 상주 군인의 일가족이었다.

다수 병력을 수용할 수 있는 주둔 시설과 요새로서의 뛰어난 방어력이 두루 갖춰져 있어, 정복 전쟁의 전초기지로 선택된 것은 당연한 일이었다. 무려 20만여 명에 달하는 아만 제국군이 이곳에 상주하고 있었고, 언제든 명령만 떨어지면 국경을 넘어 아렌드 왕국령으로 진격할 준비를 갖추고 있었다.

하지만 그 준비는 최근 들어 크게 흔들리고 있었다. 무엇보다도 중요한, 20만 대군을 먹여 살릴 군량이 제때 도착해야 비로소 진격하든 싸우든 할 텐데, 보급선이 크게 흔들리고 있는 것.

군량을 비롯해 보급품이 제때 보급되지 않자 하루에 한두 끼씩 굶주리는 일까지 발생하면서 병사들의 불만이 속출했다. 이대로라면 군 기강이 흔들릴 위험까지 있었다. 그리고 높은 상공에서 궤도를 따라 움직이는 정찰위성은 그런 라만시의 내부 풍경을 면밀히 촬영하고 있었다.

*   *   *

데이나는 정찰위성으로 내려다 본 라만시의 구조의 병력 배치 상태를 소상하게 파악해 지도를 작성했다.

그때, 복도 끝에 있는 그의 비밀 방으로 오딘이 들어왔다.

"어떻게 되어가고 있소?"

"김현호 씨는 무사히 후퇴하고 있습니다."

"지금 보는 건 무엇이오?"

"라만시 내부입니다."

그제야 오딘은 데이나가 제작한 지도를 보았다. 상세한 병력 배치 상태가 표기된 정확한 내부지도였다. 마치, 아군이 라만시를 선제공격할 때를 대비하여 제작한 듯한 것이었다.

"이게 무슨 뜻이오?"

"이쪽은 시험자들이 모두 모여 있습니다. 아만 제국군은 아직 흑마법사들과 리창위 일당이 이곳에 도착하지 않았지요."

"그 틈을 노려 우리가 먼저 공격하자는 거요?"

"그렇습니다."

데이나가 고개를 끄덕이며 말을 이었다.

"김현호 씨가 원거리 저격으로 계속 그들의 발목을 붙들고, 그렇게 시간이 벌린 틈을 타 우리가 라만시를 공격해 타격을 입히면 어떻습니까?"

"이곳에 모인 시험자 전력을 활용하자는 것이군."

"예, 아렌드 왕국군도 전부 총공격에 동원해 이목을 끌고 시험자들이 침투해 타격을 가합니다. 작전에 참여하는 33인 외에도 시험자가 많이 모여 있으니 충분히 가능한 얘기입니다."

그 말에 오딘은 고민에 잠겼다. 확실히 가능한 이야기였다. 위성을 통해 알아낸 정보로 라만시의 방어시설 및 내부 사정을 훤히 파악했다. 이걸 강하고 날랜 시험자들이 이용한다면 심대한 타격을 줄 수 있으리라.

하지만…….

"김현호 씨에게 가중되는 부담이 커지지 않소."

"그렇긴 합니다만 그는 5킬로미터 이상의 거리에서도 저격이 가능합니다. 거기다 정령술은 흑마법으로 탐지할 수가 없습니다."

"으음."

오딘도 김현호의 저격소총이 내는 파괴력을 잘 알고 있었다. 하지만 그렇다고 해도 흑마법사들과 리창위 일당을 상대로 혼자서 시간을 벌 수 있을지는 살짝 우려가 들었다.

'충분히 그럴 만한 역량은 있다고 생각되지만, 그래도 큰 위험을 감수해야 할 텐데.'

오딘은 잠시 고민했지만 이윽고 결심을 굳혔다.

'결국 모두가 위험을 감수해야 한다. 어쩔 수 없다.'

"좋소. 폐하께도 그렇게 말해보리다. 아마 승인될 거요. 지금 폐하께는 내 의견이 잘 먹히니까."

오딘의 장담대로 다음 날부터 알세르폰 3세는 라만시 공격에 대해 영주들과 논의하기 시작했다. 적의 보급이 원활하지 않아 사기가 떨어진 틈을 타 먼저 이쪽에서 먼저 적극적인 행동에 나서서 기선을 제압한다는 내용의 논의였다.

하지만 진실은 시험자들이 라만시에 침투해 타격을 입히는 것이었다. 그리고 아만 제국령에 있는 김현호에게도 데이나가 이 의견을 전달했다.

*   *   *

"좋아요."

─괜찮으시겠습니까?

"예, 해야죠. 제가 듣기에도 좋은 작전인 것 같은데요."

─감사합니다.

데이나와 대화를 마치고 나는 뒤에 앉은 차지혜에게 말을 건넸다.

"들으셨죠?"

"들었습니다."

"일단 제가 둘째를 콜 스킬로 소환할 테니 그걸 타고 먼저 돌아가세요. 저는 남아서 리창위 일당하고 드잡이를……."

"싫습니다."

"싫다고요?"

나는 뜨악해서 물었다.

차지혜는 단호하게 말했다.

"저도 함께 남아 현호 씨를 지키겠습니다."

"마음은 고맙지만 지혜 씨가 활약할 일은 없어요. 계속 원거리에서 저격만 하면서 괴롭히기만 할 건데요."

"흑마법사들도 끼어 있는 이상 어떤 수단으로 공격해 올지 쉬이 예상할 수 없습니다. 만에 하나의 위험을 대비해 제가 경호하는 편이 안전합니다."

"저 혼자인 편이 움직이기도 편해요."

"둘째를 콜하십시오. 전 둘째를 타고 조금 떨어진 거리에서 경호하겠습니다."

아 놔, 이론상 딱딱 맞는 말이라 짜증이 난다. 뭔 여자가 한마디도 안 져! 차지혜와 드잡이를 했을 때의 누나가 이런 기분이었구나.

"그렇게 남편 말 안 들으면 소박맞아요."

"아직 남편 아닙니다만?"

"얼레? 벌써 잊었어요? 아레나에서는 이미 부부잖아요."

"아무튼 싫습니다."

에잉.

일단 위험한 일이니만큼 그녀를 떨어뜨려놓고 싶었는데 무리인 듯했다. 하는 수 없이 알겠다고 하려다가 문득 나는 뭔가가 떠올랐다.

"그렇다면 조건이 있어요."

"말씀하십시오."

"함께 싸우려면 이건 정말로 꼭 지켜주셔야 해요."

"알겠습니다. 말씀하십시오."

"절 오빠라 부르세요."

"알……!"

알겠다고 하려다가 차지혜가 심히 동요하였다.

"제가 잘 못들은 것 같습니다만."

"오빠라 부르라고요."

"싫습니다."

"그럼 돌아가세요. 말했다시피 그걸 들어주지 않으면 함께 싸울 수 없어요."

"나이는 제가 한 살 많으므로 현호 씨를 오빠라 부를 이유도 없을뿐더러, 이 싸움과도 관련이 없어 보입니다."

"관련이 왜 없어요! 원래 남자는 오빠라 불리면 기운이 솟는 법이라고요. 그것도 이해 못하다니, 역시 같이 싸울 수가 없네요. 돌아가세요, 얼른!"

"그건 억지입니다."

차지혜의 목소리에 아주 살짝 억울함이 깃들었다.

"저를 위해 목숨 걸고 싸울 수도 있다면서 고작 그것 하나 해주지 못해요? 아, 이제 지혜 씨의 진심을 불신하게 되었어요. 역시 이런 기분으로는 함께 싸울 수가 없네요. 돌아가세요."

나는 마구 억지를 부렸고, 급기야 둘째를 콜 스킬로 소환했다. 결국 그녀는 당황한 목소리로 말했다.

"제가 아직 군바리 티를 벗지 못해서 오빠라고 부르기에는 말투가 너무 어색합니다."

"대체 전역을 언제 했는데 아직도 군대 물이 덜 빠져요? 역시 저를 위한 노력이 부족한 거예요. 결혼해서 부부로 함께 사는데, 남편이 일하고 집에 돌아오면 부인이 애교 하나 없는 다 나까 말투로 반겨주니 기분이 좋겠어요?"

"죄, 죄송합니다. 앞으로 노력하겠습니다."

"좋아요, 그럼 저도 타협해서 단어를 바꿀게요."

"……?"

"여보라고 불러 봐요."

"……?!"

내 허리를 붙들고 있는 그녀의 양팔에 힘이 꽉 들어갔다. 나는 터지려는 웃음을 참고 뻔뻔스럽게 요구했다.

"자, 어서요. 설마 곧 결혼할 사인데 여보라고는 죽어도 못 부르겠다는 건가요? 파혼으로 받아들이겠어요."

"그, 그게……!"

"어서요. 제가 싫으면 관두고요."

"알겠습니다. 여, 여보."

"잘 못 들었는데. 다시 한 번 말해줄래요?"

"들었잖습니까."

"못 들었다고요."

그렇게 나는 내내 차지혜를 괴롭히면서도, 첫째를 조종해 북서쪽으로 향했다. 리창위 일당과 흑마법사가 섞여 있는 수송부대가 있는 방향이었다. 결국 함께 싸우기로 한 것이다.

비행하면서 계속 차지혜에게 이것저것 짓궂은 요구를 하고 있을 때였다. 문득 주머니에 넣어놓은 심연의 구슬에서 데이나의 목소리가 들렸다.

—꽤 심각한 말씀을 나누는 중에 죄송합니다만, 적과 거리가 가까워지고 계십니다.

"아, 그래요?"

—약 30킬로미터 정도입니다. 슬슬 준비하십시오.

"알겠어요."

나는 옆에서 함께 나란히 날고 있는 둘째를 가리키며 차지혜에게 말했다.

"자, 여보. 이제 저기에 타세요."

"알겠습니다."

"어허!"

"……알겠습니다, 여보."

음, 한층 듣기 좋다. 딱딱한 군인 어투와 부끄러움 가득한 단어가 섞이니까 재미있는 말투가 되었어.

"무장!"

나는 닐슨 R3을 꺼냈다.

"실프, 정찰을 해."

ㅡ냐앙!

소환된 실프가 북서쪽을 향해 날아갔다. 내 머릿속으로 실프가 보고 있는 장면이 전달되었다. 길게 줄지어 움직이는 수많은 짐마차 행렬. 말을 타고 바짝 신경이 곤두선 채 주위를 경계하는 기병대. 그리고 그 틈바구니에 병사로 위장한 채 끼어 있는 리창위 일당. 검은 머리칼과 동양인 피부를 가진 생김새를 가진 병사들은 위장을 한 중국인 시험자들이 분명했다.

'돌아와, 실프.'

나는 스코프로 중국인 시험자로 보이는 자들 중 하나를 겨누었다. 곁으로 돌아온 실프가 정확한 조준을 해주었다. 일단은 눈에 띌까 봐 카사는 소환하지 않았다. 불덩어리인 카사가 하늘에 떠 있으면 멀리서 보일 수 있기 때문이다.

'간다!'

실프로 총성을 죽인 채, 첫 발을 발사했다.

푸슈우우욱ㅡ!!

세차게 공기를 찢고 날아간 20㎜구경짜리 탄환이 중국인 시험자로 의심되는 병사의 머리에 적중했다. 너무나 강력한 대물 저격소총의 위력에, 표현 그대로 머리가 폭발했다.

그 바람에 주위에 있던 병사와 말들이 혼비백산하였다. 나는 계속해서 다음 타깃을 향해 방아쇠를 당겼다. 실프는 재빨리 총구 방향을 타락한 시험자로 의심되는 검은 머리 병사를 향해 조정해 주었다.

푸슉— 퍼억!

이번에는 가슴이 뻥 뚫려 나가며 심장이 있던 자리에서 피가 분수처럼 폭발했다. 그런데 무리 중에서 한 사내가 불쑥 튀어나와 내 쪽을 향해 달려왔다.

리창위였다.

말에서 내려 달린 그는 오러를 활용하는지 엄청난 속도로 질주해 왔다.

"리창위가 와요! 이쯤 하고 후퇴할게요."

"맨 앞에 있는 짐마차 바퀴 하나를 맞추십시오!"

차지혜가 재빨리 말했다.

'아!'

난 그제야 놈들의 행동을 지연시킬 좋은 방법을 깨닫고는 다시 한 번 저격소총을 들고 방아쇠를 당겼다.

슈우욱— 콰아앙!!

실프가 회전력을 더하고 탄약보정으로 위력이 배가 된 탄환은 가장 선두에 있던 짐마차를 거의 반파시켰다. 그리고는 리창위가 가까이 오기 전에 미련 없이 첫째를 조종해 달아났다. 차지혜도 둘째를 타고 뒤따랐다.

—심연의 눈동자가 쫓아올 겁니다.

불쑥 들리는 데이나의 경고. 아차, 그렇지! 흑마법사들이 날 그냥 보낼 리가 없지. 데이나의 지적에 따라, 나는 실프에게 소리쳤다.

"실프, 심연의 눈동자가 쫓아오는 게 보이면 전부 파괴해 버려!"

―냐아앙!

실프는 내 말이 끝나기가 무섭게 바람의 칼날을 수차례 날렸다. 실프가 난사한 바람의 칼날이 허공에 떠 있던 무언가를 잇달아 격추시켰다. 데이나의 지적은 정확했던 것이다. 그렇게 흑마법사들의 추적까지 뿌리친 후에 나는 차지혜와 함께 그들에게서 멀어졌다.

타앙―

한밤에 울려 퍼진 한 발의 총성. 그리고 짐마차의 오른쪽 바퀴와 함께, 거기에 등을 기대어 잠들던 병사의 육체도 산산조각이 났다.

"적이다!"

"제기랄, 또 시작이야!"

"피해 상황을 보고하고 주위를 경계해라!"

혼비백산한 아만 제국군 수송부대는 또 전투준비를 하며 자다 말고 드잡이를 했다. 멀리서 실프를 통해 그 광경을 확인한 나는 미련 없이 첫째를 타고 달아났다. 실프는 천천히 뒤따라오며 쫓아오는 적이 있나 확인한 뒤에 돌아왔다.

"오셨습니까."

침낭 안에 들어가 잠을 청하던 차지혜가 나를 반겼다. 모닥불을 피우면 적에게 위치가 노출되므로 그녀는 줄곧 어둠 속에 있었다. 내가 돌아올 때까지 자지 않고 기다린 모양이었다.

"다녀왔어요."

"어서 주무십시오. 또 일찍 일어나서 움직여야 합니다."

"네."

나는 닐슨 R3를 소환해제하고 침낭 안으로 기어 들어갔다.

"······여긴 현호 씨 침낭이 아닙니다만?"

"아, 착각했네요."

"보통 그런 착각이 가능합니까?"

"실은 혼자 자다가 얼어 죽을까 봐 그런 거예요."

난 그녀를 꼭 끌어안고 잠을 청했다. 조금 움찔거리던 그녀는 이내 포기했는지 한숨을 쉬고는 잠을 청했다.

'이걸로 벌써 나흘째네.'

라만시로 향하는 아만 제국 수송부대와 싸움을 시작한 지도 이걸로 나흘째. 그동안 나는 타락한 시험자를 4명 사살하는 전과를 올렸다. 또한 짐마차는 10대 파괴했다.

일방적인 공격이라 쉬운 싸움 같지만, 적들의 정찰 범위가 점점 넓어지고 있어 접근하기가 어려웠다. 말을 타고 정찰을 다니는 병사들 중에 타락한 시험자가 섞여 있을지도 모르기 때문이었다.

되도록 타락한 시험자를 더 처치하고 싶었지만, 놈들의 위장은 점점 철저해지고 있었다. 상대방도 나름대로 내 저격에 대비한 모습이었다. 특히 중국인 시험자의 경우 검은 머리카락이 노출되지 않도록 매우 조심하는 기색이었다.

나는 작전을 바꿔서 실프를 통해 '시험자', '시험', '카르마' 등의 단어를 사용하는 사람을 찾아내 저격하는 전략을 썼다.

하지만 그걸로 처치한 것도 3명 정도밖에 되지 않았다. 2명은 타락한 시험자, 1명은 재래 결사대의 흑마법사로 보였다. 그 뒤로는 일절 그런 단어를 쓰지 않아서 일반 병사들과 구분하기 어려웠다.

리창위야 내놓고 자기 정체를 드러내고 다니고 있었지만, 저 녀석은 매우 성능이 좋은 마법 아이템으로 무장하고 있어서 저격으로 성과를 거두기 어려웠다.

무엇보다도 리창위는 나를 만난 적 있었다. 길잡이 스킬을 최소 초급 1레벨이라도 익혀놨을 테니 내 방향을 모를 리 없는 것이다. 지금가지 나를 경계하는 적들의 정찰 방향이 정확한 점을 감안하면 분명했다.

'뭔가 좋은 방법이 없을까?

지금도 충분히 내 역할을 잘해내고 있었지만, 그래도 점점 접근하기가 힘들어지고 있었다. 주위를 감시하는 심연의 눈동자도 점점 많아지고 있었고 말이다.

나도 점점 저격 거리를 늘려서 지금은 거의 7킬로미터 바깥에서 저격을 하는 실정이었다. 그만큼 접근하기가 어렵다는 증거였다.

'라만시의 전투는 어떻게 됐을지 모르겠네.'

데이나의 말로는 이틀 전에 아렌드 왕국군이 진군해 라만시 앞에 진을 쳤다고 한다. 그리고 어제부터 시험자들이 침투 작전을 준비했다는데, 좀 더 연락을 기다려 봐야겠다. 성공했든 실패했든 결과가 나오면 나에게 연락이 왔을 게 아닌가.

그때, 문득 차지혜의 허리를 감싸고 있던 내 손에 어떤 감촉이 느껴졌다. 차지혜가 내 손등을 가볍게 문지르며 말했다.

"어서 주무십시오."

"내가 잠 안 자는 지 어떻게 알았어요? 난 코골이도 없는데."

"숨소리가 다릅니다."

함께 지낸 지 꽤 시간이 흘러서 그런가. 눈치도 빨라. 나는 얌전히 눈을 붙이고 잠을 청했다.

*　　　*　　　*

리창위는 바위 위에 걸터앉은 채 새벽의 어둠을 온몸으로 받아들였다. 고요한 침묵 속에서 그는 눈을 감고 정신을 집중했다.

김현호의 방향은 북서쪽. 방향에 변동이 없는 걸로 보아 지금은 어딘가에 숨어 잠을 자는 모양이다. 야간 기습을 생각해 보았지만, 귀신같이 알고 미리 달아나 오히려 저격으로 반격하는 걸로 보아 정령으로 경계를 세워놓는 듯했다.

'뜸하게 두세 시간씩 자는 걸 보니 용의주도하군. 정령을 소환할 수 있는 제한 시간이 있을 테니 그 점을 고려해서 움직이는 거겠지.'

리창위도 용의주도하기는 마찬가지. 시험자와 재래 결사대 소속만이 알 수 있는 단어를 일체 사용하지 말라고 모두에게 지시해 뒀다. 뿐만 아니라 김현호의 취침 및 활동 시간을 계산해서, 그의 정령 소환 시간이 대략 10시간 내외라는 것까지 유추해 냈다.

유추해 낸 사실을 토대로 정찰 및 경계를 시행했고, 그 결과 시간이 흐를수록 피해가 최소화되고 있었다. 5킬로미터 바깥에서도 백발백중으로 적중시킬 수 있는 무서운 저격 능력을 가능 상대라는 점을 감안하면 훌륭한 성과였다.

심지어 이쪽은 변변한 장거리 공격 수단도 없지 않은가. 하지만 그럼에도 불구하고 수송부대의 행군이 예정보다 지연되고 있음은 부정할 수 없었다. 김현호도 점차 타락한 시험자나 흑마법사보다 타격하기 쉬운 짐마차를 노리기 시작했고 말이다.

'이런 점으로 보아 김현호의 목적은 확실하게 시간을 끄는 것이다.'

보급을 늦춰서 아군을 유리하게 할 생각일까? 하지만 그렇다고 하기에는 지나치게 이쪽에만 집중하고 있다.

현재 다른 수송부대도 슬슬 움직이기 시작했다. 또 습격받을 것에 대비해 작은 단위로 끊어서 소규모 물량의 운송이 잦아졌다.

하지만 보급로의 교란이 유도라면 타락한 시험자와 흑마법사가 잔뜩 포진한 이쪽에만 집중한다는 건 문제가 있다.

'그럼 목적이 뭐냐.'

무슨 수단을 쓰는지는 모르겠으나, 김현호는 정말 많은 정보를 가지고 있었다. 다른 시험자와 접촉하는 것도 아닌 듯한데, 기이할 정도로 아만 제국군의 움직임을 소상하게 파악했다. 수송부대가 언제 어디로 향하는지도 정확하게 알고 습격한 점이 이상할 정도였다.

'인공위성을 쓸 수 있는 것도 아니니 마법적인 어떤 장치겠지.'

설마 정말로 상공에 정찰위성어 떠서 전부 내려다보고 있다고는 상상도 하지 못한 리창위였다. 어찌 되었든 간에, 김현호의 목적은 이제 단순한 보급로 교란이 아니었다.

'어떤 구조의 정보체계인지는 몰라도, 이 수송부대에 우리들이 위장해 있다는 걸 미리 알아차렸다. 그래서 처음부터 정령술이 아닌 저격으로 공격해 왔고.'

처음부터 자신을 역으로 사냥하기 위한 막강한 전력이 이곳에 있다는 걸 알면서도 공격을 시도했다면. 그렇다면 그 목적은…….

리창위는 자리에서 일어섰다. 그리고 장교로 위장해 있는 중년의 흑마법사를 깨웠다.

"끄응, 무슨 일이오?"

중년의 흑마법사는 부스스 눈을 뜨며 피로에 찬 목소리로 물었다.

"이대로 가면 일을 전부 그르칠 거요."

"갑자기 그게 무슨 소리요?"

"놈의 목적이 군수물자 조달을 늦추는 게 아니라 우리의 발목을 붙잡는 거라면 어떻겠소?"

"뭐요?"

리창위는 쉽게 말뜻을 알아듣지 못하는 둔한 이 중년 흑마법사의 모가지를 비틀어버리고 싶었다.

"우리가 라만시에 도착하는 걸 지연시키려고 무리한 싸움을 하는 거요, 놈은."

"그러니까 군수물자가 아니라 우리들의 도착을 막고 있는 거다?"

"그렇소."

"대체 그 이유가 뭐요?"

"이쯤 말하면 좀 알아들어야 할 게 아니오. 아렌드 왕국 놈들이 라만시를 공격하려는 게 당연하잖소."

"아……."

그 지적에 겸연쩍었는지 얼굴을 붉힌 중년 흑마법사는 더듬거리며 말했다.

"그렇다고는 해도 우리가 술탄 폐하께 받은 어명은 수송부대를 무사히 라만시에 도착케 하는 것이오. 지금처럼 이동하는 것 외에 달리 무슨 행동을 한단 말이오?"

"정령술을 막을 수 있는 최소한의 흑마법사만 수송부대에 남겨놓고 나머지는 빠르게 라만시로 달려가는 것이오."

"그럴 순 없소! 그렇게 전력이 빠지면 결국 이 수송부대가 놈에게 당하고 말 거요. 지금 운반하는 물량이 얼마나 막대한 지 모르시오?"

'답답하군.'

리창위는 살심을 억누르며 반박했다.

"이보시오. 말했잖소? 놈의 목적은 군수물자가 아니라 우리를 막는 거라고. 목적인 우리가 라만시로 달려가면 놈도 이곳에서 수송부대와 드잡이를 할 수 없을 거요. 우릴 쫓아올 거란 말이오."

"하지만 그건 어디까지나 막연한 추측이잖소?"

"막연하다고?"

"아무튼 나는 폐하의 어명을 따를 뿐이오."

"우리가 따로 떨어져 나와 라만시로 강행하는 것이 오히려 놈으로부터 수송부대를 지키는 일이오. 이해 못하시겠소?"

"말뜻은 이해했소. 아니까 반대하는 거요."

화가 머리끝까지 났지만 리창위는 주먹만 불끈 쥔 채 그냥 물러났다. 열 받아도 재래 결사대의 고위급 흑마법사를 죽일 수는 없었다. 저자를 살해하면 이곳에 있는 다른 흑마법사들을 적대하게 되어서 일을 더 그르치게 될 테니까.

'흑마법사들은 그냥 놔두고 중국 시험단만이라도 데리고

먼저 갈까? 아닌데, 흑마법의 지원이 필요한데…….'

그렇게 고심을 하고 있을 때였다.

타앙—

멀리서부터 들리는 지긋지긋한 총성! 그리고 그 총성과 동시에,

퍼억!

하고 누군가의 머리통이 피분수를 뿜으며 끔찍하게 산산조각이 나고 말았다.

'놈이 깨어났나! 방향은 그대로였는데!'

리창위는 놀라서 저격당한 사람을 바라보았다.

……방금 전까지 대화를 나눴던 그 중년 흑마법사였다.

공교로운 우연? 아니었다. 리창위는 대략 사태를 파악했다.

'놈도 내 길잡이 스킬을 인지하고 있군. 영악한 녀석.'

총알이 날아온 방향은 김현호가 있는 북서쪽이 아니었다.

아마도 정령에게 총을 들려주고 다른 곳으로 보내서 저격을 시킨 모양이었다.

'나 때문에 죽었군.'

아마 실프를 통해 이곳을 몰래 감시하면서 '시험자' 등의 단어를 쓰고 있는 사람을 포착했을 것이다.

'하지만 그게 나라는 걸 봤겠지.'

리창위에게 저격을 막을 수 있는 방어수단이 있다는 걸 알고, 타깃을 함께 대화를 나누던 상대로 바꾼 것. 결국 대화를 마치고 리창위가 떨어지자마자 중년 흑마법사를 처치해 버렸다.

'심연의 눈동자들까지 전부 따돌려 버렸군. 점점 똑똑해지고 있어.'

하지만 리창위는 웃었다. 도리어 김현호에게 감사하고 싶은 심정이었다.

'고맙군. 말이 안 통하는 상대였는데 나를 대신해서 제거해 주었어.'

리창위는 빠르게 상황을 정리한 뒤, 시험자들과 흑마법사들을 은밀히 불러 모아 상의를 했다. 그 꽉 막히고 둔한 중년 흑마법사가 사라진 탓에 대화가 잘 통했다.

"마법사 셋과 나만 이곳에 남고 나머지는 먼저 목적지로 이동하시오. 마법으로 몸을 은신하고 움직이면 놈의 이목을 속일 수 있을 거요."

"놈을 속일 수 있겠습니까? 이쪽을 주시하고 있는데요."

"놈의 이목은 내게 집중되어 있소. 내가 이곳에 있으면 알아차리지 못하오."

리창위가 길잡이 스킬을 쓰듯, 김현호도 길잡이 스킬로 리창위를 주목하고 있었다. 방금 전의 저격으로 리창위는 더욱 확신을 가졌다.

'놈은 얼굴을 알고 있는 유일한 사람인 나를 중심으로 감시를 하고 있다. 내가 움직이지 않으면 놈도 속을 것이다.'

상대의 심리를 꿰뚫는 무서운 통찰력이었다. 그렇게 리창위의 말대로, 그와 흑마법사 셋을 제외한 모두가 투명 마법으로 몸을 숨긴 채 먼저 이동했다. 야음을 틈탄 강행군이었다.

                    *   *   *

　김현호와 차지혜가 라만시로 향하는 아만 제국군 수송부대
의 행군을 지연시키는 동안, 라만시는 한바탕 공방전이 벌어
졌다. 아렌드 왕국군의 대병력이 나타났을 때만 해도, 라만시
를 지키는 아만 제국군은 그다지 긴장을 느끼지 않았다.

　어디까지나 이번 전쟁에 있어서 침공하는 쪽은 아만 제국이
었다. 침공을 준비한 쪽도 아만 제국군이고, 병력 규모 면에서
도 불리한 아렌드 왕국이 먼저 선제공격을 하리라고는 생각이
들지 않았다.

　무엇보다도 라만시는 매우 방어 시설이 잘 갖춰진 요새였
다. 설사 이곳이 공격받는다고 해서 절대로 함락되지 않는다
는 믿음이 있었다. 하지만,

　"와아아아—!!"

　"쳐라!"

　대치 상태에만 있던 아렌드 왕국군 병사들이 일제히 라만시
의 성벽을 향해 달려오기 시작했다. 투석기로 바위를 날리고,
사다리를 걸쳐서 성벽을 올랐다.

　"저놈들이 미쳤나!"

　"화살을 쏴라!"

　양측에서 서로를 향해 화살이 치열하게 빗발치기 시작했다.
사방에서 유혈과 비명이 난무했다. 예상 못한 아렌드 왕국군

의 정면 공격에 잠시 당황했지만, 아만 제국군은 곧 정상적으로 대응하기 시작했다.

높은 성벽을 오르면서 아렌드 왕국군의 피해가 속출하기 시작했다. 그러는 와중에, 한 무리의 병력이 사다리를 들고 나타났다.

"간다!"

앞장서고 있는 병사가 소리쳤다. 따르는 병사들은 묵묵히 고개를 끄덕였다.

앞장선 병사는 바로 오딘. 뒤따르는 병사들도 시험자들이었다. 그들은 일반 병사로 위장해서 라만시를 공격할 계획을 실행에 옮기고 있었다.

그들은 강력한 시험자들의 힘을 이용해 라만시를 타격할 수 있는 여러 가지 공격 수단을 구상해 보았다. 하지만 라만시에 타격을 가할 수 있는 방법은 정면 공격이라고 판단을 내렸다.

'인공근육슈트로 20배 증폭된 힘을 발휘하면 성벽을 넘고서 성문까지 열 수 있다.'

성문을 열고 아렌드 왕국군을 라만시 안으로 밀고 들어가게 해서 시가전까지 유도한다. 라만시 내부에서 난전이 벌어지면서 혼란에 휩싸인 아만 제국군에게 막대한 타격을 줄 수 있을 것이다. 잘 만하면 라만시를 점령할 수도 있고 말이다.

"간다!!"

앞장선 오딘이 사다리를 들고 달려들었다. 성벽에 걸치고 오를 수 있는 사다리임에도 불구하고, 오딘은 그것을 혼자서 들고 달려갔다. 오러를 쓰지 않아도 인공근육슈트로 증폭된 근력으로 한 손으로도 쉽게 들 수 있었다.

"차하!"

오딘은 있는 힘껏 사다리를 던져 성벽에 걸쳤다. 뒤따르는 시험자들도 사다리들을 잇달아 걸쳤다.

"죽여 버려!"

"싹 쓸어버려!"

"저깟 놈들 따위!"

시험자들이 힘찬 기세로 오르기 시작했다. 그들은 사다리를 디디며 달려 올라갔다. 사다리를 평지처럼 전력질주로 올라간 오딘은 검을 뽑아 들었다.

파아아앙!

검신에 피어오르는 오러 블레이드! 비장한 표정으로 성벽 위를 지키던 아만 제국군 병사들의 얼굴에 공포가 어렸다.

"오러 블레이드?!"

"오, 오러 마스터다!"

"설마……!"

오러 마스터는 일반 병사들이 아무리 용을 써도 일방적인 살육을 면치 못하는 강자였다.

"피, 피해야……!"

오딘이 비호처럼 뛰어들어서 오러 블레이드를 휘둘렀다.

콰지지직—

"크아악!"

"끄아악!"

"커헉!"

오러 블레이드가 지나간 범위 내에 있던 병사들이 전부 토막이 나버렸다. 오딘은 계속해서 좌우로 검을 휘둘러 주변에 있는 살아 있는 적병을 전부 사살해 버렸다. 그가 한바탕 쓸고 지나간 후에 뒤따라 올라온 시험자들이 잇달아 도착했다.

오딘이 소리쳤다.

"바로 성루로!"

시험자들이 성문이 있는 성루 쪽으로 달려갔다.

"막아라! 막아야 돼!"

아만 제국군 측에서 지휘관으로 보이는 사내가 절규를 하듯이 소리쳤다. 하지만 이윽고 단검이 날아와 지휘관의 목에 정확히 꽂혔다. 힘없이 풀썩 쓰러져 절명한 지휘관. 그리고 그 자리에 불쑥 나타난 금발의 여인, 마리 요한나가 목에서 단검을 뽑았다. 그녀는 다시 마법처럼 스르륵 모습을 감췄다.

오러 마스터 오딘. 그리고 세계 랭커 시험자들.

라만시 도처에 깔린 수십만의 아만 제국군도 그들의 기습적인 돌파를 막아낼 수 없었다. 성문을 놓고 한바탕 전투가 벌어졌지만, 오딘을 위시한 시험자들에게 불나방처럼 달려들어 희생당하는 아만 제국군 병사들의 시신만 산을 이루었다.

쿠우우우웅!

도개교가 내려지고 성문이 열렸다.

"와아아아아!"

"열렸다!"

"돌격!"

아렌드 왕국군이 노도처럼 열린 성문으로 밀려들어오기 시작했다.

"이제 됐소. 우리도 싸웁시다. 마리와 슈헤이 씨는 고위 장교들을 찾아 최대한 많이 암살하시오."

"그럽시다."

라만시 안으로 밀려들어오는 아렌드 왕국군은 시가지에서 아만 제국군과 충돌했다. 사방에서 크고 작은 전투가 산발적으로 벌어지는 난전이었다.

질서 없이 사방에서 벌어지는 혼전에서 아만 제국군의 대병력도 소용이 없었다. 그 혼란의 틈바구니에서 시험자들은 맹활약을 했다. 그렇게 라만시는 아렌드 왕국군의 손아귀에 떨어지나 싶었다.

*　　　*　　　*

모든 시험자가 최종 시험 클리어를 위해 싸우고 있었다.

특히 김현호는 라만시로 향하는 수송부대와 그 속에 위장해 있는 흑마법사들, 타락한 시험자들을 상대로 홀로 분투를 벌이고 있었다.

차지혜도 함께 있었기 때문에 외롭지는 않겠지만 분명 적지 한복판에서 고생하고 있을 터였다. 하지만 사실 누구보다도 과중한 역할을 무리할 정도로 떠맡은 사람이 있었다.

바로 데이나 리트린이었다. 정찰위성을 운용하는 기술적인 문제는 물론이고, 심연의 구슬까지 2개나 컨트롤하고 있었다.

싸움에는 직접 참여하지 않았지만, 심연의 구슬을 이같이 초장거리까지 컨트롤할 수 있는 사람은 아레나 세계의 마법사들과 시험자를 통틀어 데이나 리트린이 유일했다.

심연의 구슬은 각각 김현호의 서포트, 또 하나는 아만 제국 왕궁의 감시에 이용되고 있었다.

2개가 모두 장거리까지 날려 보내 컨트롤하고 있으니, 그것만으로도 더는 다른 일을 할 여유가 없는 게 정상이었다. 데이나가 마법사로서 정신이 고도로 단련되어 있지 않았으면 불가능했을 것이었다.

'언제 움직이는 것이냐.'

데이나가 가장 신경 쓰는 것은 카자드 푼 아만이었다. 마지막 시험의 최종 목적인 카자드가 갈색산맥으로 움직여야 이번 작전은 성립되는 것이었다.

라만시를 공격해 타격을 입히는 일은 어디까지나 부수적인 싸움이었다. 극단적으로 말해서 전쟁에서 져도 상관없다. 카자드만 죽일 수 있다면, 시험은 클리어되는 것이다. 그렇게 모든 시험이 종료되면, 그 후의 아레나의 국제 정세 따윈 알게 뭐란 말인가.

―리트린 씨, 그쪽은 어때요?

문득 김현호의 목소리가 심연의 구슬을 통해 전달되었다.

"지금쯤 한참 싸우고 있을 겁니다. 아마 라만시 안으로 진입하는 데 성공했을 테지요. 그쪽은 어떻습니까? 몇 시간 전에 실프에게 명령을 내리시는 소리를 들은 것 같았습니다만."

─아, 예. 누군가가 리창위와 '시험자'와 관련한 대화를 나누는 걸 발견해서 그자를 처치했어요. 카르마가 오르지 않은 걸 보니, 타락한 시험자가 아니라 흑마법사였을 거예요.

"좋은 전과를 올리셨군요. 이런저런 더러운 일을 맡기는 하수인에 불과했습니다만, 리창위는 재래 결사대 내에서 낮은 위치가 아니었습니다. 그런 리창위와 상의를 했다면 보통 위치의 흑마법사가 아니었을 테지요."

─그래요? 아무튼 이쪽은 상황이 그리 녹록치 않네요.

"무슨 말씀이십니까?"

─리창위 자식이 우리 라만시 공략 작전을 눈치챈 모양이에요. 수송부대를 놔두고 시험자들과 흑마법사들이 라만시 방면으로 달려갔어요.

"수송부대를 공격하시면 어떻습니까? 싣고 이동하는 군량과 물자를 포기할 리는 없습니다."

─지금 리창위와 흑마법사 두 명이 나를 견제하고 있어요. 리창위의 길잡이 스킬을 이용해서 심연의 눈동자가 집요하게 저를 쫓아다녀요.

그 말에 데이나는 잠시 눈을 감고 생각에 잠겼다.

잠시 후, 그가 입을 열었다.

"이제 그만하면 현호 씨의 역할은 다 하셨습니다. 일단 리창위 일당을 상대하지 말고 그대로 이곳에 돌아오십시오."

─이제 괜찮겠어요?

"예, 어차피 그들을 이곳에 끌어들이는 건 예정대로 아니겠습니까."

─그럼 그렇게 할게요.

"아, 그리고 가지고 계시는 심연의 구슬은 주머니에서 꺼내 던져주십시오."

─예?

"현호 씨는 이제 돌아오실 테니 심연의 구슬은 다른 곳에 쓸 참입니다. 필요한 연락은 이제 교신기로 하지요."

─알겠어요. 그럼 지금 던지죠.

그리고 김현호의 주머니에서 꺼내진 심연의 구슬을 통해서 그곳의 상황이 데이나에게 전달되었다. 김현호가 심연의 구슬을 던졌다. 데이나는 정신을 집중하여 심연의 구슬을 조종했다.

심연의 구슬은 똑바로 아만 제국 왕궁을 향해 날아갔다. 이미 또 하나의 심연의 구슬이 왕궁을 감시하고 있었지만, 왕궁 주위를 조심스럽게 배회할 뿐이었다. 외부에서 보는 왕궁의 모습이야 이미 정찰위성으로도 충분히 촬영할 수 있었기 때문에 별 의미가 없었다.

중요한 것은 왕궁 내부. 더 정확하게는 지하궁전에 있을 카자드였다.

'지하궁전에 들어가면 분명히 들키고 말 것이다.'

카자드 푼 아만은 네크로맨시의 창시자격인 괴물 흑마법사였다. 이쪽의 심연의 구슬이 지하미궁 안으로 들어오면 곧바로 알아차릴 것이다. 바로 파괴되면 차라리 다행이다. 자칫 조금이라도 시간을 주면 술식을 역산해서 이쪽의 위치까지 알아 버린다.

'어차피 이곳의 위치는 들켜도 상관없어.'

심연의 구슬이 아만 제국 왕궁에 도착했다. 2개의 구슬이 왕궁의 주변을 배회했다.

'간다!'

데이나는 그중 하나를 왕궁 안으로 침투시켰다. 최대한 눈에 띄지 않도록 조심스럽게 비행해 안으로 들어섰다. 재래 결사대의 고위급 간부들만 알고 있는 통로를 따라 지하미궁에 진입했다. 지하미궁에 이르러서는 더욱 컨트롤이 조심스러워졌다. 식은땀이 나왔다.

정찰위성으로는 라만시 전투 현장을 감시하고 있으면서도, 온 정신은 구슬에 집중되고 있었다. 비록 구슬을 통해서이지만, 카자드를 다시 한 번 보게 된다는 것은 무서운 일이었다.

—흐으으으…….

어디선가 들리는 신음. 잊을 수 없는 목소리. 카자드 푼 아만의 것이었다.

'가자.'

들킨다 해도 그의 상태가 어떤지 확인하는 것만으로도 큰 수확이었다.

—크으으…… 괴롭구나.

구슬이 점점 목소리가 들리는 쪽으로 접근했다.

—불완전한 채로 살아 있다는 것은 너무 괴로운 일이다.

"……."

—그렇지 않으냐? 데이나 리트린.

"……동의합니다. 당신처럼 오래 살지는 못했지만요."

—흐흐흐…….

초췌한 장신의 노인의 모습이 보였다. 벗은 상반신에 문신처럼 새겨진 마법진들이 기괴하게 보였다. 데이나는 심연의 구슬을 노인에게로 가까이 다가갔다. 카자드는 구슬을, 구슬 너머로 데이나를 똑바로 바라보았다.

—모든 욕망을 초월해야 했는데. 그러지 못했다.

"그래 보입니다."

—흐흐흐, 목마르구나.

카자드는 몸을 일으켰다. 벗어놓은 망토를 몸에 두르며 말을 잇는다.

—더는 참을 수가 없어!

욕망에 타오르는 카자드의 눈빛을 데이나는 분명 보았다.

파삭!

카자드는 심연의 구슬을 손아귀에 쥐어 터뜨려 버렸다. 하지만 데이나는 거기까지 본 것만으로도 충분했다.

*   *   *

라만시는 전화(戰火)에 휩싸였다. 거리마다 산발적으로 양
측의 병사들이 충돌하여 유혈을 흘렸다. 라만시의 민간인들은
집에 들어가 문을 걸어 잠근 채 공포에 떨었다.

애당초 라만시의 내부 구조를 잘 알고 있는 아만 제국군이
었다. 병력상으로도 우위에 있었기 때문에 금방 아렌드 왕국
군을 밖으로 몰아냈어야 정상이지만, 지금은 큰 문제가 있었
다.

오딘을 위시한 시험자들이 암약하면서 아만 제국군을 격파
하고 다녔기 때문이다. 암살자 스타일의 시험자인 슈헤이와
마리도 부지런히 다니며 장교들을 암살해 지휘계통을 마비시
켰다. 그 같은 암약에 힘입어 정말로 아렌드 왕국군은 라만시
를 점거하기 직전까지 이르렀다. 하지만 그때, 변수가 발생했
다.

"목표는 시험자다!"

"그놈들만 없애 버리면 돼!"

타락한 시험자들이었다. 그들 대부분은 중국 시험단의 리창
위 계파 소속. 이미 리창위는 공산당의 통제에서 벗어나 아레
나 사업의 이익을 자신의 것으로 돌렸다. 공산당은 리창위가
두려워 건드리지 못했다. 그를 견제할 수 있는 헤이싱이 죽은
이상 도리가 없었다.

리창위를 추종하는 시험자들은 최종 시험에서도 그를 따르
기로 했다. 그는 잔인하고 탐욕스러운 인간이지만, 적어도 이

익을 아랫사람들에게 나눠주는 지혜가 있었다.

그들은 리창위를 따르면서 이미 공산당의 눈 밖에 났다. 시험과 함께 시험자로서 가지고 있던 스킬들도 사라져 버리면, 중국에서 공산당에게 찍힌 그들은 살아남을 도리가 없었다. 중국 시험자뿐만 아니라 세계 곳곳에서 리창위의 포섭을 받고 모여든 타락한 시험자들도 처지가 비슷했다. 뿐만 아니라 타락하지 않았음에도 그들의 편으로 돌아선 시험자들도 있었다.

그들은 더 이상 시험자로서의 지위를 잃고 보잘것없는 평범한 인간으로 돌아가는 것을 두려워했다. 아레나와 지구가 하나로 합쳐지는 대사태가 벌어지면, 그러한 세상에서 힘을 가진 자신들 시험자는 더더욱 높고 특별한 존재로 오롯이 설 수 있다고 믿었다.

어쨌거나 최종 시험 클리어를 저지하겠다는 확고한 목적을 가진 그들의 타깃은 바로 공략파 시험자들.

"시험자를 찾아!"

"전쟁 따윈 아무래도 좋아. 중요한 건 시험자를 찾아 없애는 거야!"

아렌드 왕국군 따위는 거들떠도 보지 않았다. 그들은 굶주린 맹수 같은 눈빛으로 라만시를 배회하며 공략파 시험자들을 찾아다녔다.

*　　　*　　　*

리창위는 라만시로 진입하지 않고 멀리 떨어진 곳에 있었다. 흑마법사 2인이 그와 함께 있으면서 심연의 눈동자를 운용하고 있었다.

"이렇게 가만히 있어도 되는 것이오? 라만시의 아군 상황이 좋지 않아 보이는데 말이오."

흑마법사 한 명이 물었다.

이에 리창위가 답했다.

"말했다시피 김현호 그놈이 합류하면 더 골치가 아파지오. 혼잡한 전투 속에서는 멀리서 저격하는 놈의 공격을 더 막기 힘들어지지 않소. 차라리 내와 당신들이 함께 여기서 놈을 막는 게 낫소."

그랬다. 리창위는 오직 김현호를 견제하는 데 시간을 보내고 있었다. 리창위 같은 강자가 합류한다면 라만시를 지키는 데 큰 힘이 되겠지만, 반면 김현호도 덩달아 합류하면서 더더욱 골치 아픈 상황이 벌어진다.

김현호는 저 혼잡한 전투 속에서도 정령을 부려 시험자 등을 찾아낸 뒤에 족족이 저격할 것이다. 상식을 넘어서는 파괴력을 가진 그의 저격은 저런 혼란 속에서 대응할 수 있는 것이 아니었다.

차라리 리창위 자신이 전력에서 빠지는 패널티를 감수해서라도 김현호를 이 싸움에서 배제하는 편이 옳았다. 두 흑마법사는 리창위가 길잡이 스킬로 알아낸 김현호의 방향을 향해 심연의 눈동자를 날리며 경계를 했다.

그 감시 범위 안에 들어오면 리창위가 즉시 달려가 공격할 생각이었다. 김현호도 그걸 알기에 섣불리 접근해 오지 못하고 있었다. 수송부대와 함께 행군할 때부터 지금까지 긴 시간을 싸웠음에도, 아직 한 번도 서로를 직접 마주보지 못한 기묘한 대치였다.

*　　　*　　　*

"어디 보자. 일단 길잡이 스킬은 확실히 초급 1레벨 정도가 분명해요."

"동의합니다. 상대는 지금껏 방향만 어렴풋이 감지했으니 그 수준에서 크게 벗어나지 않았을 겁니다."

"그리고 흑마법사 2명과 함께 있는데, 심연의 눈동자를 운용할 정도면 뛰어난 수준이라고 봐야겠죠. 전투가 발생하면 다양한 수단으로 리창위를 보조할 거예요."

"무엇보다도 리창위가 가진 방어 아이템이 걸림돌입니다."

나는 차지혜와 머리를 맞대고 고민에 잠겼다. 이런 상황이 될 줄은 꿈에도 몰랐다. 리창위는 흑마법사 둘과 함께 라만시와 우리 사이를 가로막고 있었다. 길잡이 스킬을 이용해 내가 어느 방향에 있는지 알기 때문에 가능한 일이었다.

독수리를 타고 아주 높이 날아서 건너뛰면 되지 않을까 싶었지만, 흑마법사가 둘이나 있는데 리창위를 하늘로 날게 할 수단쯤 하나 없을까 하는 생각에 관뒀다.

하지만 내가 생각하는 이쪽의 이점도 하나 있었다. 바로 놈들은 차지혜의 존재를 모른다는 점. 내가 차지혜와 함께 있다는 걸 모르고 있고, 그녀가 오러 컨트롤 상급 1레벨의 마스터라는 사실도 모른다. 그렇게 이쪽의 전력을 간과한 점을 이용하면 싸움이 충분히 되지 않을까?

'……라고 안일하게 생각할 수는 없지. 우리도 리창위가 가진 마법 아이템의 방어 효과가 어느 정도인지 아직 잘 몰라.'

뭐, 라만시에는 오딘을 비롯하여 세계 랭킹 최상위의 강자가 즐비했다. 가장 위협적인 리창위가 빠진다면 충분히 이길 수 있는 싸움이 될 것이다.

그런데 그때, 품에 넣어 놓고 있던 교신기가 진동했다. 교신기를 꺼내 확인해 보니 통신을 건 상대는 바로 데이나 리트린이었다.

"여보세요?"

―슬슬 시작입니다.

"예? 뭐가요?"

―카자드 푼 아만이 곧 움직입니다.

"예?!"

화들짝 놀란 나에게 데이나의 목소리가 계속 전해졌다.

―제가 직접 심연의 구슬로 확인했습니다. 그는 더 이상 욕망을 참지 못하는 것 같았습니다. 부족한 영혼을 채우기 위해 움직일 겁니다.

그리고 목적지는 우리가 예상하고 있는 갈색산맥이 되리라.

생명의 나무 세 그루는 물론이고, 새롭게 각성한 작은 생명의 나무까지 있는 엘프들의 보금자리, 갈색산맥! 갈증에 시달린 사람이 발견한 오아시스로 달려가듯이, 카자드는 갈색산맥에 나타나리라.

—작전을 실행해야 합니다. 지금 현호 씨 상황은 어떻습니까?

"리창위가 우리를 가로막고 있어서 라만시로 가지 못하고 있어요. 흑마법사 두 명도 함께 있고요."

—지체되어서는 안 됩니다. 그냥 강행돌파 하십시오. 싸워 물리치려 하지 말고 뿌리치고 달아난다는 느낌으로 돌파한다면 가능할 겁니다.

"알았어요."

—그리고 아무리 훌륭한 마법 아이템이라도 한계는 있습니다. 제 생각에 리창위가 가진 아이템은 신체에 위해를 가할 수 있는 타격이 있을 시 방어 마법이 발동되는 것 같습니다.

"그래서요?"

—타격이 아닌 다른 종류의 공격이라면 통할 거라고 생각합니다.

"타격이 아닌 다른 종류의 공격?"

—타격이 아니고 그저 어깨에 가볍게 손을 얹으려 했을 뿐인데 방어 마법이 일일이 발동되지는 않겠지요.

"아!"

그제야 나는 데이나가 말하고자 하는 바를 깨달았다. 타격기가 아닌 관절기처럼 잡고 꺾거나 던지는 공격이라면 가능할지도 모른다. 물론 그렇게 리창위에게 가까이 접근하는 것 자체가 매우 위험한 일이지만, 난 굳이 그럴 필요가 없다.

실프를 이용하면 되니 말이다. 실프의 힘으로 바람으로 이루어진 손바닥을 여러 개 만들어 놈을 집어 던지거나 하는 공격은 가능하다. 물론 리창위도 가만히 있지는 않을 테니 치열한 공방이 될 테지만, 적어도 내 쪽으로 접근 못하게 견제할 수는 있는 것이다. 그사이에 나는 차지혜와 함께 갈큇발 독수리를 타고 달아나 버리면 그만이고 말이다.

"가죠!"

교신을 마치고 나는 차지혜와 함께 독수리에 올라탔다.

"삐이익—!"

갈큇발 독수리는 우렁찬 울음과 함께 날갯짓하며 날아올랐다.

"실프."

—냥?

실프가 허공중에 소환되었다. 14시간밖에 안 되는 소환 시간을 아끼기 위해 소환해제 시켜놓고 있었다.

"지금부터 심연의 눈동자가 보이면 즉각 알려줘."

—냥!

독수리를 타고 높은 상공을 비행하면서, 나는 닐슨 R3를 꺼내 무장했다.

잠시 후 실프가 냥 하고 소리쳤고, 나는 즉각 방아쇠를 당겼다. 발사 직전에 실프가 꼬리로 총구의 방향을 조정했다.

타앙!

—냐앙!

또 하나 있다는 뜻이렷다. 나는 또 한 발 갈겼다.

타아앙!

아마 심연의 눈동자 두 개는 모두 박살 났을 터였다. 이제 리창위 측도 우리가 움직였다는 걸 알았을 터.

'지금부터로군.'

나는 실프에게 의념을 전달했다. 내 마음을 전달받은 실프가 바람으로 이루어진 손바닥 다섯 개를 만들었다.

얼마나 날았을까. 마침내 나는 적과 조우했다.

"왔나, 김현호!"

리창위가 히죽 웃으며 소리쳐 나를 맞이했다. 놈은 아마도 흑마력이라고 생각되는 에너지로 이루어진 한 쌍의 날개를 등에 달고 있었다. 이제 병사로 위장하지 않고 있는 리창위는 웬 흑색 갑옷을 입고 있었다.

타앙— 터엉!

내가 쏜 총알이 리창위를 순식간에 감싼 방어막에 막혀 버렸다. 리창위는 씨익 웃이 보였다.

"갑옷이 좋아 보이네?"

"큰 맘 먹고 쇼핑했지. 이걸 산 이유의 반 이상은 너 때문이니 자랑스러워해도 좋아."

리창위의 시선이 내 뒤에 있는 차지혜에게 옮겨갔다.

"호오, 커플이 함께 있었군?"

"부럽냐?"

"크하하, 부럽고말고! 얼마나 뜨거운 여자인지 나도 잘 알거든!"

그러면서 리창위가 흑색 날개를 흔들며 나에게 쏜살같이 날아들었다.

"가!"

내가 실프에게 소리쳤다. 만들어두었던 바람의 손바닥 다섯 개가 일제히 리창위를 덮쳤다. 동시에, 나는 리창위의 흑색 날개를 노리고 총을 발사했다.

타앙!

날개 한 쪽이 총알에 맞고 흩어지면서 리창위는 크게 휘청거렸지만, 이윽고 흑색 날개는 다시 돋아났다. 아마도 지상에 있는 흑마법사들이 저 날개를 유지시켜 주는 모양이었다.

촤촤촤촤촤악!

리창위는 검을 꺼내어 전광석화처럼 휘둘렀다. 오러 블레이드가 실린 검은 바람의 손바닥들을 순식간에 흩어뜨렸다.

리창위가 점점 가까워지자 나는 닐슨 R3를 실프에게 넘기고 닐슨 H2 두 자루를 꺼내 양손에 쥐었다. 차지혜도 쌍곡도를 뽑아 들고 태세를 갖췄다.

그런데 바로 그때였다.

갑자기 리창위의 등 뒤에 돋아나 있던 흑색 날개가 사라져 버렸다.

"무슨?!"

리창위는 놀란 얼굴이 되었다. 날개 잃은 리창위는 그대로 지상으로 추락하였다. 물론 여기서 떨어졌다고 추락사하리라는 기대는 할 수 없었지만 말이다. 리창위가 아래로 떨어져 보이지 않게 되자 나는 고개를 갸웃거리며 차지혜에게 물었다.

"무슨 일일까요?"

"날개가 사라진 걸 보면 흑마법사들에게 어떤 문제가 생겼으리라 생각됩니다."

시험자들 중 누군가가 우릴 도와준 건가? 나는 작전에 참여한 시험자 31인을 전부 떠올려보았다. 길잡이 스킬로 확인해 보니 그들은 모두 라만시 쪽에 있었다.

'그럼 누구지?'

아무튼 길이 쉽게 열렸으니 다행이군. 우리는 리창위에게서 신경을 끄고 계속 비행해서 라만시를 향했다.

*　　　*　　　*

높은 상공에서 추락한 리창위는 지면과 충돌하는 순간, 오러로 신체를 보호했다.

쿠우웅!

굉음과 함께 그가 추락한 지면이 움푹 들어갔다. 흙먼지를 헤치며 나온 리창위는 날카로운 시선으로 정면을 주시했다.

"어떤 놈이냐?"

흙먼지가 흩어지고서 마침내 눈앞의 광경이 보였다. 살해당한 채 널브러진 흑마법사 두 명. 그리고 그 범인으로 여겨지는 남녀 한 쌍…….

"……?!"

리창위의 얼굴이 경악으로 물들었다. 놀랍게도 헤이싱과 그의 측근인 여자 시험자였다. 죽은 줄만 알았던, 실제로 죽은 두 사람이 오직 적개심만이 가득한 눈빛으로 리창위를 주시하고 있었다.

'분명히 현실에서 죽은 시체를 내가 확인했는데?'

리창위는 헤이싱과 여자 시험자를 보며 의문을 느꼈다. 아레나에서 죽어 시체가 없어져도 현실 세계에서는 시험자의 시체가 고스란히 남아 있다.

리창위는 헤이싱이 죽었다는 것을 알자마자 해적군도에서 헤이싱 계파를 몰살시켰다. 그리고 현실 세계에서도 그들의 시체까지 확인하는 철저함을 보였다.

'그런데 뭔가 느낌이 이상한데?'

헤이싱도 여자 시험자도 아무런 말이 없었다. 그저 적개심만 깃든 눈빛으로 노려볼 뿐이었다.

"오랜만이군?"

리창위가 말을 건넸다.

헤이싱은 대꾸가 없었다. 대신 두 주먹을 불끈 쥐고 전투태세를 갖춘다. 여자 시험자도 이것저것 보조 마법을 헤이싱에게 걸어주며 싸울 준비를 마친다. 그제야 리창위는 어찌 된 상황인지 알 수 있었다.

"빌어먹을, 대사제 한 놈이 가짜 영혼의 구슬로 살렸구나."

해적군도에서 김현호에게 살해된 대사제가 있다는 걸 기억해 낸 리창위였다. 그 대사제가 저 둘을 부활시킨 것이리라.

'영혼의 구슬이 상당량이 들어갔나. 자아는 구축되지 못했지만 이성은 남아 있군.'

헤이싱과 여자 시험자가 살아생전에 가장 적대한 사람은 김현호도 누구도 아닌 바로 리창위. 그런데도 진즉에 공격하지 않고 지금까지 기다렸다는 것은 절호의 기회를 계속 엿볼 정도의 판단력이 남아 있다는 뜻이었다.

리창위가 김현호에게 정신 팔린 틈을 타서 흑마법사들부터 처치한 것 또한 절묘한 판단력이었다.

"하지만 안되셨군. 네놈의 어떤 공격도 나에게는 통하지 않는다."

리창위는 냉소를 지었다. 그가 입고 있는 흑색 갑주의 이름은 용린갑. 그 자체로 풍부한 마나가 응축되어 있다는 드래곤의 비늘로 만든 갑주였다. 헤이싱 계파를 몰살시키고서 엄청난 카르마를 손에 넣은 리창위는 이 용린갑을 카르마 보상으로 구매했다. 권법을 토대로 하는 헤이싱의 공격은 모조리 용린갑에 깃든 방어 마법에 막힌다.

'하필이면 이런 때에 발목이 잡혀서 짜증은 나지만, 차라리 지금 마주쳐서 다행이군. 하마터면 후환을 남겨놓을 뻔했으니 말이야.'

결정적인 순간에 습격을 받았더라면 더 곤란할 뻔했다. 리창위는 눈앞의 두 사람을 이 세상에서 완전히 지워 버리고 라만시로 가기로 했다.

파앗!

마침내 헤이싱이 덤벼들었다. 리창위도 거침없이 정면으로 쏘아져 나갔다. 두 사람의 신형이 그 중간에서 만났다. 헤이싱이 오러가 응축된 주먹을 내질렀다.

그 순간 헤이싱은 오른손에 쥔 검을 휘두르는 것을 한 템포 늦췄다. 일단 용린갑의 방어 마법으로 헤이싱의 공격을 튕겨 낸 뒤, 그 빈틈을 노려 일격을 선사할 의도였다.

쩌어엉!

헤이싱의 오러 피스트가 용린갑이 발동한 방어 마법을 깨부쉈다. 오러 마스터의 일격을 막을 정도의 방어력은 되지 않던 것이다. 하지만 방어 마법이 한 차례 공격을 받아내면서 벌어준 약간의 시간 차!

그것은 오러 마스터들의 싸움에서는 매우 긴 시간이었다. 여유 있게 헤이싱의 일권(一拳)을 피해낸 리창위는 마침내 검을 휘둘렀다.

촤아아악!

오러 블레이드가 허공을 거칠게 가르고 지나갔다. 공격을 펼친 직후라 방어할 틈이 없었지만, 헤이싱은 디딤 발로 오러를 발출해 단숨에 뛰어올라 피했다. 공중에서 반 바퀴 회전하며, 헤이싱은 오러를 오른발에 실어 리창위를 후려쳤다.

쩌어어엉!!

이번에도 용린갑의 방어 마법이 이를 막았다. 그 틈에 리창위는 여유 있게 뒤로 한 보폭 물러났다.

"놈, 소용없다."

리창위는 냉소를 지으며 검으로 찌르기 자세를 취했다. 간격이 벌어짐으로서 무기를 가진 리창위에게 유리한 거리가 되었다.

촤촤촤촤악— 촤촤촤악!

속사포 같은 찌르기가 눈에 보이지 않을 정도의 스피드로 펼쳐졌다. 헤이싱도 초고속으로 회피하면서 신형이 여러 개로 보일 지경이었다. 송곳처럼 날카로운 검풍이 공기를 찢으며 사방으로 비산했다.

공방이 계속해서 이어졌다. 용린갑의 성능에 힘입어 리창위가 유리한 위치를 차지했지만, 그 또한 타이밍 좋게 마법으로 보조하는 여자 시험자 때문에 번번이 승부를 결정지을 기회를 놓치곤 했다.

생각보다 싸움이 길어져서 리창위가 불쾌감을 느낄 때였다. 번자권 특유의 빠른 펀치로 일관하던 헤이싱의 움직임에 변화가 생겼다.

속사포 같은 주먹질로 위협해 리창위의 시선을 잡아끌더니, 돌연 빠른 스피드로 달려와 밀착될 정도로 가까이 접근한 것이었다. 놀란 리창위는 급히 뒤로 한 발짝 물러섰다.

그때, 헤이싱의 오른손이 움직였다. 놀랍게도 그 오른손은 방어 마법에 막히지 않고 리창위의 용린갑 어깨 쪽 표면에 접촉됐다. 방어 마법이 발동되지 않자 놀란 리창위.

그리고…….

뻐어어억!

일순간 강한 힘이 오른쪽 어깨에 전달되었다.

"끄헉!"

리창위의 신형이 뒤로 붕 떴다. 어깨가 끊어질 것 같은 고통의 와중에도 간신히 균형 감각을 발휘해 착지했지만, 리창위의 얼굴은 잔뜩 일그러져 있었다.

"침투경?"

충격을 내부로 전달하는 무술의 요령이었다. 용린갑의 방어 마법이 발동되지 않은 이유는 간단했다. 용린갑 표면에 접촉할 때까지는 위력이 실리지 않은, 해가 될 만한 공격이 아니었기 때문이다.

하지만 접촉 순간 침투경을 발휘해 리창위에게 충격을 입혔다. 이미 살아 있는 않은 남자. 비록 자아를 잃었지만 생전의 무술 실력은 사라지지 않은 헤이싱이었다.

"이놈이!"

리창위의 얼굴이 분노로 차올랐다. 그러거나 말거나, 헤이싱은 잠시 자신의 오른손을 바라보았다.

묵직한 손맛, 그리고 일순간 고통에 차올랐던 리창위의 얼굴 표정. 헤이싱의 눈빛이 독사처럼 스산해졌다. 놈을 죽일 방법을 알아냈다는 표정이었다.

"오딘 씨, 리트린 씨로부터 얘기는 들었나요?"

나는 라만시로 날아가면서 교신기로 오딘에게 연락했다.

—경황이 없어 못 들었소. 타락한 시험자들이 도착했다는 소식이라면 이미 우리도 알고 있소만?

"그게 아니에요. 카자드가 움직였어요!"

—뭐요?!

오딘의 목소리에 경악이 어렸다.

"타락한 시험자들과 싸우지 말고 바로 멤버들 데리고 라만 시에서 빠져나오세요. 놈들은 작전에 참여하지 않는 다른 시험자들에게 맡기고요!"

—알겠소!

연락을 마치고 나는 첫째를 조종해 비행 속도를 높였다. 혼돈에 휩싸인 라만시의 정경이 아래로 내려다보였다.

"실프, 작전 멤버들 중에 싸우고 있는 시험자가 있나 찾아 봐!"

—냐앙!

명령을 받은 실프가 라만시로 하강했다. 지금쯤 오딘의 지시에 따라 작전에 참석하는 31인은 라만시에서 철수하고 있을 터.

그럼에도 여전히 싸우고 있는 시험자가 있다면, 타락한 시험자들에게 발목이 잡혀 어쩔 수 없이 싸우고 있는 경우뿐이었다. 혹은 타락한 시험자만큼 강한 아만 제국군 소속의 무인이라든지 말이다.

─냥!

실프가 돌아와 앙칼지게 소리쳤다. 발견했다는 뜻이었다. 나는 대물 저격소총 닐슨 R3를 소환해 조준했다. 실프가 꼬리로 총구를 움직여 정밀한 조준을 해주었다.

저격 스코프를 통해 싸우고 있는 두 사람의 모습이 보였다.

한 명은 덩치가 큰 동남아인. 내가 아는 멤버의 얼굴이 아닌 걸로 보아, 동남아 쪽의 타락한 시험자로 보였다.

그 상대는 공교롭게도 마리 요한나였다. 동남아인은 옆구리에 깊은 자상을 입었는지 피를 흘리고 있었으나 처절하게 싸우고 있었다. 아마도 암습에 실패해 완전히 숨통을 끊지 못한 건지, 마리는 이리 저리 움직이며 상대의 공격을 피하기 바빴다.

스코프의 십자선이 동남아인의 머리에 고정되었다. 싸움 중이라 격렬히 움직이는 동남아인이었지만, 그 움직임에 따라 실프도 조준 방향을 수정하고 있었다.

타아앙!

우렁찬 총성과 함께 동남아인의 머리가 폭발해 버렸다. 머리를 잃고도 모자라 사지가 뜯겨 나간 몸뚱이가 땅바닥에 힘없이 뒹굴었다.

이에 깜짝 놀란 마리였지만, 이내 내 도움인 걸 알아챘는지

하늘을 향해 키스를 보냈다. 피식 웃은 나는 계속해서 싸우는 작전 멤버들을 도와 타락한 시험자와 강력한 아만 제국의 기사를 다섯이나 처치했다.

내 저격에 의하여 피해를 입자 타락한 시험자들 측의 움직임이 멎었다. 내 존재를 알아챈 그들은 으슥한 곳에 숨기 바빴다. 사실 그러라고 일부러 총성을 차단하지 않은 것이다.

잠시 후 오딘의 교신을 받았다.

—모두 빠져나왔소. 라만시의 동쪽 1킬로미터 지점에서 봅시다!

"네, 빠진 사람은 없나요?"

—피해는 없소. 31명 모두 무사하오.

다행이다.

작전은 차질이 없군. 타락한 시험자 놈들도 내 저격 탓에 움직임이 위축됐으니, 이 틈을 타서 비밀리 갈색산맥으로 이동하면 될 듯했다.

라만시에서 동쪽으로 1킬로미터 떨어진 지점에 작전 멤버들이 보였다. 오딘, 마리, 그리고 정찰위성을 컨트롤하던 데이나까지 포함된 총 31명이었다. 그들도 하늘에서 점차 하강하고 있는 우리를 발견했다.

"꽉 잡아요!"

지금부터는 곡예비행을 할 거거든!

"염려 마십시오."

차지혜는 양팔로 내 허리를 꽉 두른 채 바짝 밀착했다.

나는 그대로 멤버들을 향해 하강했다. 오딘이 먼저 움직였다. 나를 향해 훌쩍 도약한 것이다. 오러 마스터인 그의 도약력은 단숨에 우리가 있는 상공까지 이르기에 충분했다.

그대로 날아온 오딘이 나를 향해 손을 뻗었다. 나는 오딘과 하이파이브를 했다. 짝, 하고 손이 마주친 순간 오딘이 사라져 버렸다. 내 가공간 안으로 들어간 것.

이윽고 다른 시험자들도 저마다 한 명씩 점프해서 나와 손을 마주쳤다. 그때마다 시험자들이 하나씩 가공간에 수납되었다. 그런 도약력이 없는 마법사형 시험자들은 비행 마법 등으로 날아서 같은 방식으로 가공간으로 들어갔다.

"안녕, 현호!"

그 와중에 마리는 손을 마주치는 대신 내 목을 끌어안는 장난기를 보였다.

마지막은 데이나. 비행 마법으로 날아온 데이나는 내가 손을 내밀자 고개를 저었다.

"독수리를 한 마리 더 내주십시오. 함께 비행해서 가겠습니다."

"왜요?"

"카자드가 먼저 우리를 발견할지도 모릅니다. 카자드의 기습 공격에 대응할 만한 수준의 마법을 구사할 수 있는 사람은 저밖에 없습니다."

"아, 듣고 보니 그러네요. 좋아요."

나는 가공간에서 둘째를 꺼냈다. 둘째는 내 지시에 따라 데이나를 등에 태웠다. 예전에는 내 갈큇발 독수리들이 데이나를 꺼려하는 모습을 보인 바 있었다.

그런데 지금은 그런 거부감을 표하지 않았다. 지금 생각해 보니 그때 그 거부감의 원인은 바로 흑마력이었던 듯했다. 이젠 데이나에게 흑마력이 조금도 남아 있지 않으니 더 이상 꺼리지 않는 것이었다.

"꽤나 강행군이 될 거예요."

갈색산맥까지 쉬지 않고 날아야 하므로 내가 경고했다.

"염려 마십시오."

데이나는 아무렇지 않아 했다. 하긴, 누굴 걱정하겠는가. 세계 랭킹 1위의 궁극의 시험자인데.

"우리가 빠졌는데 이쪽의 전쟁은 이제 어떻게 되는 걸까요?"

"아만 제국군의 모든 병력과 군수물자의 동향과 배치 상태가 요약된 정보를 아렌드 왕국 측에 넘겼습니다. 그걸 갖고도 전쟁에서 이기지 못한다면 그건 그들의 운명이겠지요."

"그러네요. 자, 그럼 가죠!"

우리는 그 길로 곧장 갈색산맥을 향해 날기 시작했다. 피로 물든 라만시의 정경이 점점 시야에서 멀어져 갔다.

8장

최종 결전

갈색산맥은 전운이 감돈 지 오래였다. 갈색산맥의 모든 엘프를 통틀어 최고 연장자이자 최강의 전사인 데릭이 비상령을 선포한 까닭이다.

평상시에는 어머니들의 회의로 이끌어지는 엘프 사회였으나, 데릭이 비상령을 선포한 순간 모두가 따를 수밖에 없었다.

최고 전사인 데릭이 비상령을 선포했다면 그건 무조건 엘프들의 생존과 직결되어 있기 때문이었다.

여자와 어린 엘프들은 마을 밖으로 나갈 수 없게 통제되었고, 네 마을의 남자들이 전부 모여서 방어선을 구축했다.

강도 높은 정찰 체계를 구축해 갈색산맥 구석구석을 통제하에 놓았고, 그렇게 갈색산맥은 숨 막히는 긴장감 속에서 하루하루가 흘러갔다.

"이보게 데릭, 너무 이르게 비상령을 선포한 게 아닌가? 비상체계를 너무 오랫동안 유지하면 긴장감이 풀어지게 돼."

연배가 비슷한 전사들이 이의를 제기했다. 데릭은 고개를 저었다.

"언제가 되었든 반드시 온다. 이제 곧, 조만간이야."

"인간들 측도 카자드 푼 아만인가 하는 놈이 출발한 건 직접 목격한 건 아니지 않은가."

"보지 않아도 아는 거겠지."

"그게 무슨……."

"믿게. 나도 같은 느낌을 받았으니까."

데릭은 일전에 마주쳤던 심연의 눈동자를 떠올렸다.

심연의 눈동자를 통해 들려왔던 그 목소리! 그 목소리와 그 안에 서린 사악한 기운은 매우 음습하고 불길했다. 데릭은 대번에 자신의 전 생에 걸쳐 최대의 적을 만났다는 사실을 깨달았다.

"지금은 비상령만 내려지고 적은 안 나타나서 젊은 녀석들이 조금 의아해하겠지. 하지만 킴 일행이 도착하면 분위기가 또 바뀔 테니 염려 놓게."

"뭐, 그렇다면야. 데릭 자네 의견에 따라야지."

"우리야 지금껏 그랬듯 자네 판단을 믿지."

데릭은 자신의 오랜 친우인 베테랑 전사들을 보며 웃음을 지었다.

그런데 바로 그때였다.

"누가 오는군?"

데릭이 앞을 보며 말했다. 아니나 다를까, 몇 분 후에 한 젊은 엘프가 헐레벌떡 달려와 수풀을 헤치고 그들 앞에 나타났다.

"단풍나무 마을의 오르가입니다. 적이 출현했습니다!"

"카자드 푼 아만이냐?"

단풍나무 마을의 젊은 전사 오르가는 고개를 저었다.

"아니요, 언데드 군세입니다. 아주 많습니다!"

"뭣?"

베테랑 전사들이 각자 무기를 꺼내 들었다. 데릭은 고개를 끄덕였다.

"시작은 이건가. 뭐, 온다고 예고해 준 셈이니 오히려 감사할 따름이군. 위치는 어디냐?"

"단풍나무 마을 북서쪽 30킬로미터쯤입니다."

"알겠다. 그쪽으로 합류하겠다."

"예!"

오르가가 떠나고서 데릭이 친우들에게 말했다.

"양동일지 모르니 만에 하나를 대비해 최소한의 인원만 마을 방어에 남겨놓고 나머지는 모두 가지."

"그러겠네."

베테랑 전사들이 전사들을 불러 모으기 위해 각자 정령을 불러 퍼뜨렸다.

곧 엘프들이 데릭에게 집결하기 시작했다. 십여 명씩 모이고 또 모여서 금세 수백여 명의 인원이 되었다. 그동안 갈색산맥이 번성을 이루어서 전사의 숫자가 많아진 엘프들이었다.

데릭은 쌍검을 뽑으며 소리쳤다.

"가자!"

"예!"

데릭이 앞장서서 달렸다. 그 뒤를 엘프 전사들이 뒤따랐다. 매우 빠른 속도였다.

*   *   *

"이것을 보십시오."

갈큇발 독수리를 타고 날아가는 와중에도 노트북을 조작하고 있던 데이나가 문득 내게 말했다.

"뭔데요? 줘보세요."

데이나가 노트북을 내게 던졌고, 실프가 그것을 날렵하게 받아 내게 건네주었다. 노트북 모니터의 영상에 개미 떼처럼 징그럽게 몰려가는 언데드 군대가 보였다.

그런데 그 언데드 군대는 일전에 보았던 저급한 좀비들과 달랐다. 골격밖에 남지 않은 해골 병사들. 그러나 갑옷과 투구와 장창으로 철저하게 무장을 한 정예 병력이었다. 보폭도 일정하고 행렬이 칼같이 일치하는 절도 있는 진군.

"스켈레톤입니다. 매우 오래전에 죽어 해골밖에 남지 않은 이를 되살려내는 네크로맨시죠."

"그게 가능한가요?"

"신경도, 두뇌도, 활용 가능한 장기 부위가 아무것도 없으니 순전히 조종하는 네크로맨서가 흑마력으로 간단한 행동강령을 입력시켜야 합니다. 저렇게 질서 정연하게 행군시키는 것은 불가능에 가깝지요. 이족보행 로봇 만들기가 얼마나 어려운지를 생각해 보시면 될 것 같습니다."

"근데 저렇게 많다는 건……."

"그게 가능한 사람은 아마 세상에 한 사람뿐이지요."

나는 침음을 삼켰다.

"저 언데드 군세는 엘프들에게 맡기고 우리는 카자드가 나타날 때까지 기다리는 게 좋을 것 같습니다."

"네, 그렇게 하죠."

갈색산맥에 이르러서 느티나무 마을에 도착했다. 바로 연장자 어머니가 있는 갈색산맥 엘프들의 중심 마을이었다. 하늘까지 닿을 듯한 거대한 생명의 나무가 싱그러운 기운을 풍기며 우리를 맞이했다.

"킴!"

내 교신을 받고 마중을 나와 있던 어머니들이 우리를 반겼다.

"그동안 잘 지내셨죠?"

"그렇다마다."

"다 킴 네 덕이야."

"이런 일만 안 생겼으면 더 잘 지냈겠지."

어머니들은 너도 나도 재잘재잘 떠들기 시작했다. 나는 가공간에서 시험자들을 잔뜩 꺼내놓기 시작했다.

"엇?"

"여긴 갈색산맥인가?"

"벌써?"

"방금 하이파이브를 했는데, 정말 신기하네."

가공간에서 나온 시험자들이 굉장히 신기하다는 표정으로 주위를 둘러보았다. 그들 입장에서는 나와 하이파이브를 하자마자 갈색산맥에 도착한 셈이니 말이다.

엘프들 또한 허공에서 쑥쑥 나타나는 사람들을 보며 신기해했다. 어린 엘프들은 눈을 반짝거리는 것이, 여자들의 제지만 아니었으면 이쪽으로 달려와 어떻게 한 거냐고 물어볼 기세였다.

"도착했구려."

오딘이 나에게 다가왔다.

"네, 지금 카자드가 부리는 언데드 군단과 엘프 전사들이 싸우고 있어요."

"카자드는 아직 안 나났소?"

"예, 그래서 카자드가 출현할 때까지는 우리는 이곳에 대기하는 걸로 정했는데, 어떻게 생각하세요?"

"그게 좋겠소. 언데드들과 뒤엉켜 싸우다가 공격을 받으면 형세가 불리해지니 말이오."

그때 연장자 어머니가 걱정스럽게 내게 물었다.

"킴, 우리 그이는 괜찮을까? 한번 알아봐 주지 않을래?"

그녀는 남편인 데릭이 언데드 군단과 싸워서 무사할 수 있을지 우려가 되는 모양이었다. 늘 남편의 강함을 굳게 믿고 있던 연장자 어머니의 평소 태도를 생각하면 이례적이었다.

"그렇게 할게요. 리트린 씨?"

"예, 지금 형세를 계속 지켜보고 있습니다."

데이나는 노트북을 통해 정찰위성이 밝혀주는 갈색산맥의 전투 현황을 보여주었다. 울창한 나무에 가려서 잘 보이지는 않았지만, 득시글거리는 언데드 군단들 진군이 어딘가에서 멈췄다는 건 알 수 있었다. 그리고 폭발과 폭풍과 해일이 난무했다. 엘프 전사들이 부리는 정령의 위력이었다.

"제 착각인가요? 생각보다 언데드들이 없어지는 속도가 더딘 것 같은데."

내가 의문을 표했다. 일전의 좀비 떼를 일격에 몰살시켰던 데릭의 힘을 떠올리면 지금은 너무 더뎠다.

"다른 자도 아닌 카자드가 부리는 언데드 군단입니다. 지금껏 보았던 언데드들과는 차원이 다르지요."

"그, 그럼 지금 우리가 지고 있는 거니?"

연장자 어머니가 물었다. 다른 어머니들도 웅성거렸다.

나는 고민 끝에 말했다.

"어차피 이대로 엘프 전사들이 밀려 버리면 더 큰일인데요. 우리도 참전을 해야겠어요."

"으음…… 아무래도 그래야겠군. 엘프들의 방어선이 와해되면 언데드 놈들이 각 마을을 덮칠 거요. 그땐 네 개의 마을을 모두 지키기 위해 우리도 분산되어야 하고……."

오딘이 침음을 흘리며 말했다. 그렇게 우리는 언데드 군단과의 싸움에 참전하기로 했다.

나는 일단 가공간에서 갈퀴발 독수리들을 모조리 꺼냈다.

총 12마리. 갈퀴바람과 발톱강화 두 가지 특수스킬 레벨을 마스터까지 올린 녀석들이었다. 하늘을 날며 폭격기처럼 칼바람을 무한대로 날려 공격할 수 있으니, 이런 대규모 전투에서는 상당히 도움이 될 터였다.

역시 여기다가 카르마를 투자하길 잘했다. 일단 독수리들부터 먼저 날려 보내 엘프들을 돕게 했고, 우리도 다함께 이동하기 시작했다.

함께 이동하면서 데이나가 내게 말했다.

"미리 양해 말씀을 부탁드리겠습니다. 저는 카자드가 나타나지 전까지는 되도록 힘을 아껴야 합니다."

"하긴, 카자드를 상대할 만한 마법사는 데이나밖에 없죠."

"단지 수준 문제만이 아니고, 제 특수스킬에 대해서는 말씀드린 적이 있었지요?"

"네, 듀얼서클이라고 하셨죠? 한 몸에 두 가지 에너지를 다룰 수 있다는……."

"예, 그중 저는 흑마력을 송두리째 포기하고 대신 영혼력을 얻었습니다. 그 영혼력과 마나를 융합하니 흑마력과 상극이 되는 효과가 발휘되더군요."

데이나의 설명에 따르면, 죽은 카자드를 보관하고 있던 석관(石棺)은 엄청난 방어 장치가 겹겹이 새겨져 있었는데, 데이나의 그 듀얼서클에 격렬히 반응했었다고 한다.

그걸 보고서 데이나는 자신의 듀얼서클이 카자드를 쓰러뜨릴 유일한 무기라고 판단했다는 것이었다.

나는 고개를 끄덕였다.

"알았어요. 카자드가 나타날 때까지는 힘을 쓰지 마세요. 제가 경호를 해드리죠."

"감사합니다."

전투 현장에 도착했다.

콰르르릉!

콰아앙! 퍼엉!

정령들이 일으키는 요란한 굉음이 사방에서 들려왔다. 엘프 전사들은 정령들과 함께 밀려드는 언데드 군단과 사투를 벌이고 있었다. 정찰위성의 사진으로 보았지만, 실제로 보니 섬뜩하기 이를 데 없는 놈들이었다.

"가자! 놈들을 해치우는 것보다는 방어선이 밀리지 않는 게 더 중요하다!"

오딘이 소리쳐 지시했다. 시험자들이 일제히 엘프들을 도와 싸우기 시작했다.

그리고 하늘에서는,

"삐이익—!"

"삐이이익!!"

12마리의 갈큇발 독수리가 선회하면서 공격을 퍼부었다.

퍼퍼퍼퍼펑!

콰지직! 파직—!

발톱을 할퀼 때마다 날카로운 갈퀴바람이 쏘아져 나가 언데드들을 한 마리씩 격퇴했다. 그렇게 12마리가 일제히 갈퀴바람을 쏘며 언데드 군단을 쓰러뜨리고 있었다.

그건 현대전의 폭격기와 같은 역할이라, 언데드 군단의 대열을 흐트러뜨려 혼란을 주었다. 마스터까지 레벨을 올린 까닭에 독수리들은 무제한으로 갈퀴바람을 퍼부었다.

나는 데이나를 보호하기 위해 앞에 서서 쌍권총을 양손에 들었다. 무차별로 쌍권총을 난사하며 가까이 접근하는 스켈레톤들을 파괴했다.

총알이 발사될 때마다 두개골이 박살 나며 스켈레톤들이 쓰러졌다. 탄약보정 스킬 덕에 위력이 강해진 총알은 스켈레톤의 두개골을 두 마리씩 꿰뚫었다.

몰려오는 스켈레톤들의 숫자는 내가 쌍권총을 쏘는 속도를 압도했다. 차지혜까지 쌍곡도로 마구 베어 넘기며 나를 보조해 주었다.

그렇게 얼마나 시간이 흘렀을까. 체력소모는 최대한 아꼈지만 단순하게 반복되는 전투가 정신력을 조금씩 갉아먹을 즈음이었다. 우리의 참전 덕에 흔들리던 엘프 전사들의 방어선은 비로소 안정을 되찾았다.

그런데 그때,

"북서쪽으로 약 1.5킬로미터!"

가만히 있던 데이나가 뜬금없이 소리쳤다.

"예?"

"전 흑마법을 다뤄봤던 터라 언데드 군단을 조종하는 흑마력의 흐름을 역추적할 수 있었습니다."

"아……!"

"흑마력의 흐름의 중심은 북서쪽 1.5킬로미터 부근에 있었습니다."

데이나는 보기 드물게 식은땀을 흘렸다.

"제가 흑마력의 흐름을 거슬러 올라 추적했다는 사실을 그자도 눈치챘습니다. 역시 괴물입니다."

그는 두려움을 느끼고 있었다.

"이곳으로 옵니다."

카자드 푼 아만이 오고 있었다.

이제 최종 결전이었다.

카자드는 조용히 등장했다.

"위!"

데이나가 소리쳐 경고하고 나서야 나를 비롯한 모두가 그의 등장을 알아차렸다. 깡마르고 큰 키의 노인이 하늘에 붕 떠 있었다.

로브 밖으로 나온 얇은 팔과 목에 문신처럼 잔뜩 새겨져 있는 마법진이 기이하기 이를 데 없었다. 그것만 빼면 어딜 봐도 볼품없는 노인이었건만, 이상한 박력이 느껴졌다. 서늘한 눈빛. 어떤 감정도 담지 않은 눈길로, 신이 피조물을 내려다보듯이 우리를 바라보았다.

"귀찮구나."

노인이 우리를 향해 손을 뻗었다.

흑마력이 주먹만 한 크기로 그의 손에 맺혔다. 겉보기에는 그다지 막대한 기운 같지 않았는데, 데이나가 보기에는 그렇지 않았던 모양이었다.

"큭!"

데이나도 급히 두 손으로 수인을 맺었다. 푸른 기운과 하얀 기운이 하나로 섞이기 시작했다. 저게 바로 마나와 영혼력의 듀얼서클인 모양이었다.

노인, 카자드의 손에서 시작된 작은 흑마력 덩어리가 이윽고 점점 확장되기 시작했다. 이윽고 흑마력 덩어리에 의하여 공간이 일그러지더니, 마치 시험의 문처럼 허공에 통로가 생겨났다.

'저거 전에 해적군도의 그 대사제랑 싸울 때 본 적 있는데?!'

그때도 저런 통로를 열더니, 그 안에서 괴물들을 잔뜩 쏟아냈던 기억이 있었다. 카자드도 저 안에서 무언가를 꺼내려는 모양이었다.

아마도 잡다한 언데드 괴물을 잔뜩 꺼냈던 대사제와는 비교도 안 되리라.

내 예상대로였다. 검은 통로에서 무언가가 나오기 시작했다. 머리부터 천천히 나오는 그것은 사람이었다. 머리서부터 발끝까지 온통 은색의 두꺼운 갑주로 무장한 기사였다. 금속처럼 광채가 흐르는 붉은 망토까지도 범상치가 않았다.

'엄청 강한 놈이겠지? 카자드가 꺼낸 놈이니까……'

나는 침을 꿀꺽 삼킨 채 쌍권총으로 카자드를 겨누며 경계했다. 은색의 기사가 상반신을 막 꺼냈을 때였다.

"웃기지 마라! 가만히 지켜볼 것 같으냐?!"

데릭이었다. 최고의 베테랑 엘프 전사답게, 모두가 놀라고 있을 때 즉각 무기를 들고 나선 것이다.

"카사!"

화르르르르!

데릭이 마침내 자신의 본 실력을 드러냈다. 카사와 융합된 데릭이 두 자루의 검에서 불꽃을 미친 듯이 쏟아내기 시작했다.

화르르르! 콰르릉—!

불길이 은색의 기사와 카자드를 한꺼번에 덮쳤다. 나는 카자드에게 전혀 압도되지 않은 데릭의 용맹에 감탄했다.

카자드는 다른 손을 앞으로 내밀었다.

콰르르르르!

검은 불꽃이 손에서 튀어나와 카사의 불꽃과 충돌했다. 하지만 은색의 기사는 카사의 불길을 방어하지 못하고 그대로 불에 휩싸였다.

—크어어어!

은색의 기사가 괴로움에 찬 비명을 지르며 허리춤에서 검을 뽑아 휘둘렀다. 카사의 불길이 검에서 폭사되어 나온 오러 블레이드에 의하여 갈아져 버렸다. 맙소사, 오러 마스터였다.

오러 블레이드를 본 데릭은 놀라 일단 한 걸음 물러섰다. 하지만 전혀 겁먹지 않은 듯, 다시 한 번 쌍검을 꼬나 쥐고 달려들 준비를 했다.

데릭의 용맹에 감명을 느낄 때, 데이나가 소리쳤다.

"비키십시오!"

데이나가 카자드와 은색의 기사를 향해 날아들고 있었다. 데릭은 공격을 하지 않고 잠시 멈췄다. 은색의 기사는 이제 다리도 하나 통로 밖으로 꺼내진 상태였다. 데이나는 마나와 영혼력이 융합된 에너지를 은색의 기사를 향해 던졌다.

번쩌억—!

눈부신 빛이 주위를 온통 휘감았다.

—끄아아아아!

방금 전과는 비교도 되지 않는 처절한 비명 소리. 은색의 기사에게서 기이한 검은 연기가 새어 나왔다. 이를 본 카자드는 신속하게 검은 통로를 열던 왼손을 휘저었다.

파앗!

은색의 기사가 통로 안으로 사라지고, 통로는 닫혀 사라져 버렸다. 데이나는 연이어 한 번 더 듀얼서클을 펼쳐, 융합된 에너지를 눈앞에 있는 카자드를 향해 휘갈겼다.

카자드도 이번에는 여유를 차리지 못하고, 두 손을 모아 흑마력을 일으켰다.

파아아아아앗!

눈부신 백색 섬광과 시커먼 흑마력의 충돌!

빛과 어둠이 얼기설기 혼재된 기상천외한 상황이었다.

데이나의 듀얼서클이 만든 백색 섬광은 주변에 있던 스켈레톤들을 순식간에 녹여 버렸다. 스켈레톤들은 빛에 닿을 때마다 몸에서 검은 연기가 빠져나가더니 와르르 뼈 조각이 되어 무너졌다.

눈부시게 밝기도 하고 앞이 캄캄할 정도로 어둡기도 한 기이한 충돌이 멎어들고, 데이나는 지면에 착지했다. 카자드 또한 멀쩡한 모습 그대로 공중에 떠 있었다.

"내가 꽤나 아끼는 라피린 경을 단번에 격퇴하다니, 역시 내가 눈여겨볼 만한 자로구나."

"라피린이라고?!"

오딘이 경악에 찬 얼굴로 반응했다. 왜 저렇게 반응하지? 뭔가 유명한 이름인가? 궁금해하는 내 마음을 귀신같이 눈치챈 차지혜가 옆에서 설명했다.

"대륙 정복에 앞장섰다는 전설의 무장입니다. 용맹과 지혜와 충성을 두루 갖춘 가신의 모범으로 추앙됩니다."

"자기 충신을 언데드로 만들었다고? 저런 미친!"

내가 욕지거리를 하자 카자드가 어깨를 으쓱했다.

"본인의 동의를 받아 육신만 썼지. 육신이나마 죽은 뒤에도 충성하고 싶다는 본인의 의사였다."

휴우, 가짜 영혼의 구슬을 불어넣어서 헤이싱 때처럼 부활시켰나 보군.

카자드는 데이나를 응시했다.

"하나의 몸에 두 가지 기운이라. 역설을 몸소 실현하다니, 정말 재미있구나. 그것은 죽어야 할 자가 살아난 것만큼이나 불가능한 일이거늘."

"저는 시험자이니까요."

"그래, 나는 섭리를 거역했지만 넌 율법의 허락을 받았지."

카자드의 눈빛에 기이한 광채가 서렸다.

"한 번에 두 가지 기운을 지닐 수 있다, 라……."

"……"

괴물 카자드의 지대한 관심에 부담스러울 만도 하건만, 데이나는 침착함을 유지하고 있었다.

"그렇군, 그런 방법이 있었군."

"무엇이 말입니까?"

"이 모든 문제를 해결할 수 있는 방안이 떠올랐다."

"문제의 원인이 무엇인지 자각은 있으신지요?"

데이나의 물음에 카자드는 고개를 끄덕였다.

"알고말고. 나를 보아라. 괴물이 된 이 실패작을 보아라! 얼간이 같은 후손 녀석이 말귀도 못 알아듣고 내 대계를 이따위로 망쳐놓았어. 내가 무엇이 문제인지도 알지 못할까?!"

놀라운 일이었다. 카자드는 스스로가 잘못되었음을 알고 있었고, 그것에 분노하고 있었다.

"공정하며 정의로우며 영원불멸한 세상의 지배자이자 영원한 세상의 율법이 되고자 하였다. 그렇게 인간을 고통으로부터 구원하고 싶었고, 오직 나만이 할 수 있는 일이었다."

"아무도 할 수 없는 일이었습니다."

"아니, 아직 딱 한 사람은 더 그럴 자질을 가지고 있지."

"방금 전에 스스로를 실패작이라 일컫지 않으셨습니까?"

"내가 아니다."

"그럼……."

거기까지 말하다가 데이나는 말을 멈췄다. 그의 안색이 딱딱하게 굳었다. 그런 그의 반응을 보며 카자드는 씨익 웃었다.

"역시 총명하구나. 어떠냐? 나의 후계자가 되지 않겠느냐?"

'뭐?!'

나는 기겁을 했다. 이 자리에 있던 모두가 놀랐다.

카자드가 말을 이었다.

"내가 너에게 모든 힘과 지혜와 지식과 경험과 지위를 물려주겠다. 나는 비록 이렇게 실패하였으나, 한 몸에 두 가지 기운이 허락된 너라면 성공할 수 있을 것이다."

"저더러 영원불멸한 이 세상의 왕이 되라는 겁니까?"

"그렇다."

"웃기지 마라—!!"

고함을 터뜨린 것은 오딘이었다.

"그래!"

"어디서 수작을!"

다른 시험자들 역시 적개심 어린 얼굴로 무기를 고쳐 쥐었다. 저 작자가 지금 우리가 빤히 보는 앞에서 데이나를 포섭하려 드는 것이다!

그런데 의외의 말이 이어졌다.

"내 모든 걸 물려받고, 나를 죽여라. 그럼 너희는 시험을 이룰 수 있고, 나도 너를 통해 뜻을 이룰 수 있고, 너로 인하여 이 세상도 평화를 맞이할 것이다."

금방이라도 카자드에게 덤벼들 것 같았던 시험자들은 움찔했다. 뜻을 위해 스스로 죽음을 택하겠다니? 그 말대로라면 정말로 모든 문제가 해결되는 것이었다. 괴물 같았던 카자드는 생각보다 더 냉정하고 이성적이었다.

"······그게 진심이십니까?"

"그렇다. 어떠냐? 결코 쉬운 길은 아닐 것이다. 하지만 너로 인하여 모두가 행복한 결말을 맺겠지."

영원불멸의 지배자. 나더러 그런 걸 해보겠냐고 묻는다면 거절할 것이다. 그런 삶은 그다지 행복해 보이지 않았다.

죽음이 두려워 시험자가 되길 선택했지만, 역설적으로 죽음이라는 끝이 존재하지 않는 무한한 생애도 원하지 않았다.

당연히도, 데이나도 그런 것을 원하지는 않을 터였다.

하지만 데이나는 쉬이 거절하지 못하였다. 자신이 희생하여 저 제안을 받아들인다면, 정말로 그를 제외한 모두가 행복해

지게 되는 것이었다.

"어떠냐? 선택해라."

"저는……."

잠시 말끝을 흐린 데이나가 이윽고 큰 결심을 했는지 고개를 끄덕이며 말을 이었다.

"받아들이겠습니다."

"현명한 선택이다."

카자드는 흐뭇하게 웃으며 손을 뻗었다.

파아아아앗!

그의 손에 막대한 양의 흑마력이 뭉쳐지기 시작했다. 아까 전과는 비교도 되지 않을 정도로 많은 양이었다.

"자, 이리로 와라. 이건 내 모든 것을 담은 것이다. 넌 두 가지 기운을 겸비할 수 있으니 가진 하나를 버리고 이걸 받아라."

"함정일 수도 있어요!"

내가 경고했다. 그제야 오딘과 몇몇 시험자가 만에 하나를 대비해 전투태세를 취했다.

데이나는 고개를 끄덕였다.

"염려 마십시오."

내 염려를 뒤로하고, 그는 카자드를 향해 날아갔다. 데이나의 오른손에 막대한 푸른 에너지가 뭉쳤다. 저 푸른 기운은 바로 마나였다.

"마나를 포기하려고? 그래, 현명하다. 마법을 버리고 영혼력을 지니고 있는 편이 좋지. 내가 물려줄 흑마력과 합쳐지면 영원불멸을 더 쉽게 완성할 수 있을 테니까."

"그렇습니다."

"자, 와서 이것을 받아라."

"그렇게 하겠습니다."

카자드는 손에 흑마력을, 데이나는 손에 마나를 모은 채 서로에게 다가갔다. 두 사람의 거리가 점점 가까워졌다.

나는 쌍권총을 카자드를 향해 겨눈 채 긴장했다. 어떤 결과가 이어질지 알 수 없어 숨 막힐 것 같았다. 지척에 이르렀을 때, 두 사람의 눈이 서로 마주쳤다.

그리고……

화르르르르—

카자드의 반대편 손에 검은 불꽃이 해일처럼 일어났다.

"크하하!"

검은 불꽃이 데이나를 덮쳤다. 하지만 동시에, 데이나 역시 반대편 손으로 영혼력을 일으켜 두 에너지를 융합시켰다.

"그럴 줄 알았다!"

번쩌억—!!

검은 불꽃과 듀얼서클의 섬광이 충돌했다.

"살아 있다는 것이 얼마나 귀한 것인데 이렇게 포기하란 말이냐!! 크하하하!"

카자드는 내밀었던 흑마력을 다시 회수하고는 검은 불꽃에 더욱 힘을 가했다.

콰르르르르!!

데이나의 빛이 밀리기 시작했다. 그의 얼굴에 범벅이 된 땀이 이를 증명했다.

"공격하세요!"

내가 소리치며 쌍권총을 휘갈기기 시작했다.

"공격!"

오딘도 오러 블레이드를 카자드를 향해 휘둘렀다. 시험자들도 저마다 공격을 가하였다. 데릭까지 카사의 불꽃으로 합류했다.

총공세였다.

"크아아아! 걸리적거리지 마라!"

카자드가 이성을 잃고 고함을 지르며 다른 손을 휘저었다. 검은색 장막이 그를 둘러쌌다. 모든 공격이 그 장막을 뚫지 못하고 가로막혔다.

"크윽!"

데이나의 입에서 신음이 튀어나왔다.

'위험하다!'

직감적으로 위기를 느낀 나는 실프에게 소리쳤다.

"실프, 융합!"

―냥!

나는 데릭이 카사와 융합했듯, 실프와 융합했다. 뿐만 아니라,

"바람의 가호!"

특수스킬 바람의 가호로 실프의 힘을 몇 배로 증폭시켰다.

나는 그대로 데이나를 향해 달려갔다. 데이나의 빛은 점점 힘을 잃어가고 있었다. 검은 불꽃이 금방이라도 그를 잡아먹을 듯했다. 나는 회오리를 몸에 두르고 검은 불길을 돌파했다.

콰아아아아!

불길을 뚫고 들어와 회오리를 확장해 데이나까지 보호했다. 나는 그대로 데이나를 부축하고 지상으로 도망쳤다. 검은 불꽃이 쫓아왔지만 위력이 증폭된 실프의 회오리로 막아냈다.

"큭!"

나는 신음을 삼켰다. 어마어마한 압력이었다. 이윽고 검은 불꽃이 멎어들었다. 시험자들과 데릭 또한 공격을 잠시 중단하고 숨 고르기에 들어갔다. 카자드로서도 쉬운 공방이 아니었는지 지친 표정이었다.

"잘 알아차렸구나."

"그렇게 자기 뜻을 관철할 의지력이 남아있었다면, 진작 스스로 목숨을 끊으셨겠지요."

데이나의 대꾸에 카자드는 힘없이 고개를 끄덕였다.

"그래, 그렇지……. 나는 끝내 그러지 못하고 이 지경이 되었지……. 나는 결국 이 결여된 영혼을 끝없이 채우려는 괴물 같은 욕망에 잡아먹혔다."

"……."

"네 가능성을 보고 잠시 이성이 돌아왔었는데…… 이제 다 끝내고 싶구나."

지친 그의 표정은 아마도 그의 심경을 나타낸 것이리라 싶었다. 하지만 그와 비슷하게 데이나의 표정 또한 그다지 좋지 않았다.

"왜 그래요?"

내가 묻자 데이나가 나직이 말했다.

"낭패군요."

그는 쓴웃음을 지었다.

"방금 영혼력을 거의 소진했습니다. 목숨을 걸고 도전한 일격이었는데, 결국 실패했군요."

소강상태가 끝나고 다시 치열한 싸움이 전개되고 있었다.

모든 시험자가 집중적으로 공격을 퍼부었고, 카자드가 흑마법을 부릴 때면 데릭이 거대한 불길을 일으켜 대항했다.

나는 데이나를 부축하며 물었다.

"그럼 이제 어쩌죠?"

"남은 영혼력을 쥐어짜면 한 차례 더 공격을 할 수 있습니다."

하지만 방금 전에 엄청난 일격을 퍼부었음에도 카자드에게 큰 타격을 입히지 못했다. 남은 영혼력을 쥐어짠다고 치명타를 줄 수 있을 것 같지는 않았다.

……라고 생각하고 있을 때, 데이나의 말이 이어졌다.

"대자연의 기운인 정령술도 섭리를 거스르고 부활한 카자드에게는 충분히 위협적입니다. 제가 빈틈을 만들 테니 현호 씨가 해치우십시오."

"예, 그 방법밖에 없네요."

다행히도 나는 정령술을 많이 아껴두고 있었다. 바람의 가호와 불꽃의 가호 등으로 정령술의 위력을 증폭시킬 수도 있다. 온 힘을 다하면 카자드를 쓰러뜨릴 수 있을 것이다.

"제가 신호를 하겠습니다."

"예."

데이나는 두 가지 기운을 양손에 모으기 시작했다.

격전에 난전이었다. 엘프 전사들과 언데드 군단이 뒤엉키고, 하늘에서는 갈큇발 독수리들이 갈퀴바람으로 치열하게 폭격을 해댔다.

카사와 융합하여 불꽃을 아낌없이 퍼붓는 데릭을 필두로 시험자들은 카자드에게 공격을 퍼부었다. 하지만 검은 장막으로 몸을 두른 카자드의 방어는 깨지지 않았다.

오히려 카자드가 다른 손으로 펼치는 검은 불꽃이 시험자들을 위협하고 있었다. 마법사 시험자들이 방어 마법을 펼쳐 원조했지만 감당하기 벅차 보였다. 역시 혼자서 카자드와 공방을 벌인 데이나가 대단한 것이었다.

"지금입니다!"

데이나가 소리치며 하늘로 날아올랐다. 나도 함께 도약해 융합된 실프의 힘을 발휘했다. 쌍권총을 집어넣고, 무려 10미터에 달하는 거대한 바람의 검을 만들어 오른손에 쥐었다. 이걸로 일격을 가할 생각이었다.

데이나의 듀얼서클이 카자드를 둘러싸고 있는 검은 장막에 펼쳐졌다.

번쩌억!!

눈부신 빛이 주위를 뒤덮었다.

빛에 닿은 스켈레톤들이 풀썩풀썩 무너져 버렸고, 카자드의 검은 장막 또한 분해되었다.

방어가 해체됐다. 데이나가 최후의 영혼력을 쥐어짜 만들어 준 절호의 찬스였다.

"죽어—!"

나는 거대한 바람의 검을 카자드를 향해 내려쳤다. 카자드 가 검은 불꽃을 조종했다. 불꽃이 뭉쳐서 방패 같은 모양을 이루더니 바람의 검을 가로막았다.

쿠아아아아앙!

엄청난 충돌! 충돌의 여파로 부서져 나간 검은 불꽃과 바람 의 검의 일부가 사방으로 흩날렸다.

'실프, 좀 더 힘을 내자!'

나는 바람의 검에 힘을 주었다.

콰콰콰콰콰!

바람의 검이 조금씩 검은 불꽃 방패를 파고들기 시작했다.

검은 불꽃으로 이루어진 방패가 내 바람의 검에 의해 갈라 져 버렸다. 하지만 아슬아슬한 타이밍으로 카자드가 다시 흑 마력을 일으켜 검은 장막을 펼쳤다.

쩌저저적!

장막은 내 공격에도 꿈쩍도 하지 않았다.

'이런 제길!'

데이나가 최후의 영혼력으로 만들어준 기회는 결국 수포로 돌아간 것이었다. 하지만 여기서 멈출 수는 없었다. 지금껏 습득했던 모든 스킬을 총동원해야 한다. 나는 실프와 융합을 해제하고 대신 카사를 소환했다.

"카사, 융합!"

—멍!

카사가 내 몸에 뛰어들었다.

화르르!

내 몸에서 불꽃이 흘러나왔다.

"불꽃의 가호!"

화르르르!

몸에서 흘러나오는 불꽃이 더욱 강해졌다. 불꽃의 가호로 카사의 힘이 몇 배나 증폭된 현상이었다. 그뿐만이 아니었다. 나는 대물 저격소총 닐슨 R3를 소환해 실프에게 던져주었다.

"실프, 카자드를 쉬지 않고 계속 쏴! 총알에 네 힘을 아낌없이 실어 날려!"

—냥!

실프가 자기보다 몇 배나 큰 거대한 총을 들고 카자드를 조준했다. 탄약보정 마스터로 강화된 위력에, 실프가 탄환에 강한 회전력을 부여해 관통력을 극대화한다! 그야말로 내가 가진 모든 능력을 총동원하는 셈이었다.

"가자!"

—냥!

실프가 뒤에서 지원 사격을 해주었다.

타앙! 투아앙! 타아앙!

육중한 20㎜ 철갑소이탄이 날아가 카자드의 검은 장막을 두 들겼다. 이와 동시에 나는 탄도를 피해 우회하여 반대편에서 검은 장막을 두들겼다.

콰르르릉! 콰아아앙!

내가 주먹질을 할 때마다 카사의 불꽃에 의해 폭발이 일어 났다. 나는 강천성과 리창위 등을 흉내 내어서 익힌 번자권의 묘리를 활용해 주먹질을 속사포처럼 퍼부었다. 한 나무에서 여러 나뭇가지가 갈라져 나오듯, 내 오른팔이 펀치를 연속으 로 퍼부었다.

콰콰콰콰콰콰콰콰쾅!

일대격전!

다른 시험자들도 합세해 오러와 마법으로 두들겨 댔다.

효과가 아예 없는 건 아니라고 확신이 들었다.

저 카자드가 검은 장막의 방어력만 유지하고 있을 뿐 달리 반격을 하지 못하고 있으니까. 방어에 모든 힘을 쏟고 있기 때 문이라고 추측된다. 하지만 우리도 언제까지고 이런 힘을 유 지할 수는 없었다.

우리도 서서히 힘이 소모되고 있었고, 엘프 전사들 또한 끝 없는 스켈레톤의 물량공세에 밀려나고 있었다.

갈큇발 독수리 12마리가 발톱강화 스킬로 인해 오러가 서린 것처럼 강해진 발톱으로 육탄공세까지 벌였지만, 언데드 군단의 진군은 끝없었다.

데이나는 간간히 마법을 펼쳐 보조해 주고 있었으나, 그의 듀얼서클이 아니면 효과가 그다지 없었다.

……이렇게 지는 걸까? 그런 생각이 들었다.

'아직이야!'

아직 난 내 모든 걸 다 펼치지 못했다. 아직 활용 못한 스킬이 남아 있을 거야! 그러다가 문득 내 뇌리로 스쳐 지나가는 생각이 있었다.

—생명의 불꽃(합성스킬): 생명의 불꽃을 불어넣어 생명력을 북돋습니다. 하루 2회만 사용 가능합니다.

＊중급 4레벨: 원기회복, 노화방지, 질병 및 저주 치료에 효과.

정령의 힘과 비슷한 대자연의 생명력, 저주 치료에도 효과가 있는 부가적인 옵션.

'이거라면!'

나는 한 손으로 생명의 불꽃을 만들었다. 푸른 불덩어리가 만들어졌다.

"리트린 씨!"

나는 그것을 데이나에게 던졌다. 그는 내가 던진 생명의 불꽃을 받아 들었다. 데이나는 의아해했지만 곧 내 의도를 알아차렸는지 미소를 지었다. 그는 생명의 불꽃을 흡수했다.

그리고는……!

파아아앗! 파앗!

한 손에는 푸른 빛깔의 마나를, 다른 손에는 생명의 불꽃의 푸른 불덩어리를 들었다.

듀얼서클!

그가 생명의 불꽃에 담겨 있는 에너지를 영혼력을 대체할 또 하나의 기운으로 선택하는 데 성공한 것이다. 데이나는 양 손을 합쳐 두 기운을 하나로 융합했다.

파아아아앗!

마나와 생명의 불꽃이 합쳐지자 기이한 빛을 내기 시작했다. 데이나가 카자드를 향해 날아들었다. 카자드를 철통 같이 보호하는 검은 장막을 향해 양손에 모든 빛을 발사했다.

번쩌억!!

"크윽!"

카자드의 입에서 신음이 나왔다. 검은 장막에 균열이 갔다. 아주 조금의 균열!

'실프!'

실프는 내 기대를 저버리지 않았다. 그 조그마한 균열 틈바구니로 총을 발사한 것이다.

타아아앙!

퍼억!

"끄허억!"

카자드의 복부가 터지면서 피가 분수처럼 흩뿌려졌다.

'저 괴물 같은 놈이!'

20㎜짜리 총알에 맞으면 보통 저 정도로 끝나지 않는다. 몸뚱이가 산산조각 나는 게 정상이다. 하물며 탄약보정과 실프의 힘 등으로 위력까지 증폭됐는데 저 정도라니!

"크으으으, 이놈!!"

카자드가 내게 손을 뻗었다. 검은 불꽃이 수백 발의 화살 모양으로 생성되었다. 저걸 모조리 내게 쏠 참인 듯했다.

'와봐!'

나는 겁먹지 않았다.

쉬쉬쉬쉬쉬쉬쉬쉭—!

검은 불꽃의 화살들이 일제히 내게 쏟아졌다. 그 순간, 나는 또 다른 스킬을 펼쳤다.

"투과!"

ㅡ투과(합성스킬): 날아오는 작은 물체를 신체에 지장 없이 투과시킬 수 있습니다.

＊마스터: 하루 2ㅁㅁ초

검은 불꽃의 화살들이 내 몸을 그대로 통과해 버렸다. 나는 화살을 무시하고 계속 카자드에게 불길이 담긴 주먹을 퍼부었다.

콰아앙! 콰르르릉! 콰콰콰콰쾅!

검은 장막의 균열이 점점 커졌다. 하지만 반대로 심각했던 카자드의 총상은 점점 아물어 가고 있었다.

'영원불멸의 지배자라더니 정말로 불사신이냐!'

나는 오싹함을 느꼈다. 간신히 얻은 찬스다. 카자드에게 중상을 입힌 지금이 아니면 놈을 이길 수 없다는 생각이 들었다.

"현호 씨!"

데이나가 소리쳤다. 더 듣지 않아도 무슨 뜻인지 나는 알아들을 수 있었다. 나는 생명의 불꽃을 하나 더 만들어서 데이나에게 던져주었다. 하루 2개. 이제 생명의 불꽃은 이걸로 끝이었다.

파아아아앗!

데이나가 그걸 흡수해서 마나와 융합하였다. 그리고 카자드를 향해 빛을 쏘았다.

"크으으으!!"

카자드의 신음이 점점 더 격렬해졌다.

"지금이다!"

"씨발, 죽어라 좀!"

시험자들도 일제히 사력을 다해 총공세를 펼쳤다.

쩌저적! 쩌어억!

검은 장막에 균열이 점점 깊어졌다. 그리고…….

콰아아아아앙!

"크윽!"

실프가 쏜 탄환에 의해 검은 장막이 부서져 버렸다. 그냥 탄환이 아니라, 실프의 힘까지 실린 일격이었다.

"카자드!"

나는 고함을 지르며 카자드에게 돌진했다. 카자드의 얼굴이 딱딱하게 굳었다. 나는 카자드를 와락 끌어안았다. 빠져나갈 수 없도록 강하게 붙들었다.

"……이제야 끝이 났구나."

내 귓가로 잠시 온전한 이성이 돌아온 카자드의 목소리가 들렸다. 나는 이를 악물었다.

화르르르르르르륵—!!

융합된 카사의 힘으로 불꽃을 있는 대로 일으켰다. 남은 소환 시간을 모조리 퍼부은 최후의 공격이었다. 불길이 카자드와 나를 휘감았다. 불기둥이 생명의 나무처럼 하늘까지 뻗어 올라갔다. 우리는 함께 끝없이 타올랐다. 영원할 것처럼 긴 시간 동안, 그렇게 나는 불타올랐다.

＊　　　＊　　　＊

"이 독한 연놈들!"

라만시에서 조금 떨어진 곳. 만신창이가 된 리창위는 치를 떨며 눈앞의 남녀를 노려보았다. 헤이싱과 여자 시험자 또한 적개심에 타오르는 표정이었다. 헤이싱 또한 만신창이인 것은 마찬가지였다.

리창위는 헤이싱의 침투경에 연속으로 얻어맞아 체내 장기가 뒤틀리는 듯한 내상을 입었고, 헤이싱은 아예 왼팔이 잘려

나간 채였다.

하지만 차이점은 명확했다. 리창위는 고통과 죽음에 대한 두려움이 있었다. 헤이싱은 그게 없었다.

그오오오오!

헤이싱은 남은 오른편 주먹에 모든 오러를 전부 실었다. 극도로 집약된 오러 피스트가 리창위를 섬뜩하게 했다.

'저런 미친, 이러다 죽는다!'

이미 죽은 사람이라서 그런 걸까? 헤이싱은 방어를 전혀 하지 않고 오직 공격만 했다. 여자 시험자의 보조 마법이 없었으면 침착한 리창위의 반격에 벌써 쓰러졌을 터였다.

하지만 그렇기에, 헤이싱은 마지막까지 망설이지 않고 함께 죽는 극단적인 동귀어진을 택할 수 있었다. 리창위는 공포를 느꼈다.

'다시는 죽고 싶지 않단 말이다!'

리창위는 어린 시절부터 무술을 연마했고, 그 재간을 갱단의 깡패 노릇으로 활용했다. 너무나도 가난하게 살았던 탓에, 돈을 벌기 위해서는 영혼도 팔 수 있었다.

하지만 그렇게 악착같이 돈을 모았지만, 끝내 총을 맞아 허망하게 죽고 말았다. 지난 삶이 전부 수포로 돌아가 버린 비참한 말로였다.

때문에 리창위는 천사의 제안에 따라 시험자가 되었다. 자신의 노력을 비웃는 듯한 인생의 허망함과 절망, 그것을 다시는 느끼고 싶지 않았다.

"난 죽을 수 없단 말이다! 두 번씩이나 뒈진 너희 같은 연놈들과 달리 말이다!"

그 외침을 신호로 헤이싱이 뛰어왔다. 거의 몸을 던진 듯한 최후의 공격이었다.

리창위는 악에 받쳤다.

'반드시 살아남을 것이다. 반드시! 반드시!'

그리고 기적이 일어났다.

파앗!

옆에 생성된 낡은 문. 그것은 시험의 문이었다. 갑자기 나타난 시험의 문을 본 리창위는 정신이 멍해졌지만, 피부를 따갑게 찌르는 헤이싱의 살기(殺氣)에 퍼뜩 정신을 차리고는 문 안으로 뛰어들었다. 시험의 문이 사라지고, 헤이싱의 주먹은 허공을 갈랐다.

종장

싸움 후에

정신을 차려 보니 텅 빈 하얀 공간이었다.

'어떻게 된 거지?'

나는 영문을 알 수 없어서 멍하니 주위를 둘러봐야 했다. 다행히 반가운 얼굴이 아주 가까이에 있었다.

"깨어나셨습니까."

차지혜는 정말 가까이에 있었다. 내가 그녀의 무릎을 베고 누워 있었거든.

"지혜 씨?"

"이제 다 끝났습니다."

차지혜는 그렇게 말하며 다정하게 내 머리를 쓰다듬어주었다. 마법처럼, 그녀의 온기가 이마를 매만지니 안심이 들었다.

그와 함께 의식을 잃기 전의 상황이 떠올랐다.

'그래, 카자드!'

그랬다. 난 카자드를 끌어안고 융합된 카사의 힘으로 함께 불타올랐다. 불사신에 가까운 내구력과 재생력을 가진 카자드의 육체를 태우기가 쉽지 않았다.

흑마력으로 저항하는 카자드를 해치우기 위해 나는 실프를 소환해제 시킨 채, 모든 힘을 그를 불태우는 데 집중했다.

어마어마하게 긴 싸움이었다. 카사가 소환해제 될 때까지 계속 타올랐으니까. 그런데 결말이 기억나지 않는다.

"싸움은 어떻게 됐어요?"

"우리가 이겼습니다. 카자드는 죽었습니다."

"그럼 전 왜 정신을 잃었죠?"

"카자드의 영혼이 육체를 빠져나갈 때 그 영향을 받아 현호 씨의 영혼도 불안정한 상황이었습니다."

"엥?"

그게 뭔 소리지?

"카자드가 워낙에 많은 영혼력을 가지고 있어서 주변의 다른 생명체에게까지 영향을 줄 수 있었다고 합니다."

"그럼 전……."

"시험의 문이 나타나자마자 현호 씨와 함께 통과했습니다."

시험의 문을 통과하니 모든 게 회복된 셈이군. 가만, 그렇다면……!

"우, 우리 시험 클리어한 거예요?"

"물론입니다."

"그럼 이제 더 이상 시험을 치르지 않아도 되는 거죠?"

"그렇습니다."

"그럼 이제 두 번 다시 아레나에 가지 않아도……."

거기까지 말하고 나니, 퍼뜩 떠오르는 생각들이 있었다. 나는 벌떡 몸을 일으켰다.

"어?!"

"왜 그러십니까?"

"그, 그럼 전 누구하고도 작별 인사를 하지 못한 거잖아요! 엘프들도, 내 영지 사람들도, 독수리들도…… 이제 두 번 다시 만날 수 없는데!!"

그러자 차지혜는 날 잡아당겨 다시 무릎을 베고 눕게 했다. 그리고는 차분하게 말한다.

"그걸로 된 겁니다."

다시 내 머리를 매만져 주니, 터질 것처럼 뛰던 가슴이 다시 진정된다.

"두 번 다시 갈 수 없는 곳입니다. 그냥 모두 꿈이었던 것처럼, 모든 기억을 그곳에 남겨놓고, 잊어버리면 되는 겁니다."

"하지만…… 너무 슬프잖아요."

아레나에서 있었던 모든 일이 주마등처럼 스쳐 지나갔다.

이혜수, 이준호, 강천성…….

죽은 그들이 잠든 그 숲에도 이제 두 번 다시 갈 수 없었다.

"제가 잊을 수 있을까요?"

눈물이 날 것만 같았다.

"잊을 수 있습니다. 세월이 지나면 다시 떠올리더라도, 모두 꿈이었던 것처럼 느껴질 겁니다."

"꿈……."

나는 너무나 허망한 나머지, 풀썩 웃고 말았다.

"정말 지독하게 생생한 꿈이었네요."

"동감입니다."

그런데 그때, 익숙한 소리가 들려왔다.

"이야, 많이 아쉽나 봐요?"

퍼덕퍼덕—

닭처럼 날개를 요란하게 퍼덕거리며, 아기 천사가 다가왔다. 나는 즉시 코앞까지 다가오려는 아기 천사를 제지했다.

"멈춰. 부담스러우니까 더 가까이 오지 마."

"네네."

어디다 대고 그 작고 볼품없는 번데기를 눈앞에 들이미는 거야. 덕분에 내 마음을 아련하게 만들던 수많은 회한이 씻은 듯이 사라진다. 하여간 분위기 파악을 못 하는 자식이다.

"정말로 해냈네요? 꼼짝 없이 죽을 줄 알았는데 말이죠."

"당연하지. 여기까지 와서 허무하게 죽을까 보냐?"

"아무튼, 정말로 축하드려요."

웬일인지 아기 천사 자식은 내게 웃어 보였다. 평소의 그 재수 없는 웃음이 아니었다.

"이제 우린 어떻게 되는 거야?"

"그렇지 않아도 그걸 발표하려고 댁이 깨어날 때까지 기다렸다고요. 뭐, 벼락으로 짜릿하게 깨워줄 수도 있었지만 참았죠. 천사에 대해 안 좋은 감정이 생길 것 같아서요."

"이미 너 때문에 충분히 안 좋아졌거든?"

"칭찬으로 듣죠. 자자, 그럼 발표할 테니 다들 이리 모여보세요! 여긴 시장 바닥 아니니까 다들 주둥이는 꾹 다물기!"

뭐래는 거야? 여긴 지금 나와 차지혜 둘밖에 없는…….

'어?!'

나는 화들짝 놀랐다. 어느새 우리의 주위에 시험자들이 우글거리고 있었다. 족히 천 명은 될 것 같았다.

"엇?!"

"어, 언제!"

시험자들도 서로를 보며 화들짝 놀라는 분위기였다. 번데기 아기 천사 뿐만이 아니라, 수많은 천사가 날아다니고 있었다.

"시끄럽다고요. 한 번만 더 떠들면 벼락을 맞게 될 겁니다!"

아기 천사가 아니꼬운 어조로 모두를 협박했다. 시험자들의 표정도 안 좋아졌다.

"저 새끼 지금 뭐래?"

"방금 우리 협박한 거야?"

"내가 누구 때문에 여태껏 싸웠는데!"

아기 천사는 전혀 기죽지 않고 어깨를 으쓱했다.

"이젠 제 일도 끝났고 댁들과도 다시는 볼 일이 없어서 걸릴 게 없거든요. 아주 신나게 벼락 맞게 해줄 테니 각오들 하시는 게 좋을 걸요?"

"재, 재수 없는 자식."

"아니꼬운 놈."

"싸가지가 제 놈 거시기만큼이나 없군."

시험자들의 험담을 자장가처럼 기분 좋게 듣는 아기 천사였다. 어찌 되었든 협박이 먹혔는지 천여 명이나 모인 시험자들이 조용해졌다.

"자, 발표합니다! 시험은 끝났어요. 이제 더 이상 시험을 볼 일도, 아레나에 갈 일도 없을 거예요."

모두의 얼굴에 기쁨이 어렸다. 아기 천사의 말이 이어졌다.

"그리고 모두가 궁금해하는 점이 있지요? 바로 보유한 스킬과 아이템은 어떻게 되느냐는 점 말이죠. 시험이 끝났으니 스킬과 아이템도 전부 사라지는 거냐고 묻고 싶은 분이 많을 거예요."

시험자들은 잔뜩 긴장한 채 이어질 아기 천사의 말을 기다렸다.

아기 천사가 말했다.

"전부 사라집니다."

"아아!"

"씨발!"

"전부?!"

시험자들의 탄식.

그런데 아기 천사가 계속 말했다.

"자자, 조용조용. 천사 말은 끝까지 듣는 거예요, 미천한 인간 놈들아."

"저 새끼 방금 뭐랬어?!"

"다신 볼 사이 아니라고 막말을 하네?"

"싸가지 없는 놈!"

"뭐 저딴 천사가 다 있어!"

파지직! 파직! 파지지지직!

"끄악!"

"으악, 씨발!"

"지, 진짜 벼락을 떨어뜨렸어, 저 자식!"

"저 새끼가 카자드보다 더 나쁘잖아!"

아기 천사는 정말로 벼락을 무차별로 떨어뜨려서 시험자들을 진압했다. 비로소 조용해지자 아기 천사는 입을 열었다.

"마지막 시험을 클리어했는데 보상은 없고 잔뜩 잃기만 하면 많이 아쉽겠죠?"

"……."

"그래서 준비했습니다. 다들 석판을 확인해 보세요."

시험자들이 저마다 석판을 소환했다.

나 또한 석판을 소환해 내용을 확인해 보았다.

─성명(Name): 김현호

─클래스(Class): ─

─카르마(Karma): +81,000

―시험(mission): 마지막 카르마 보상을 받으세요.

―제한 시간(Time limit): 1일.

―제한 시간이 지나면 잔여 카르마와 석판이 영원히 사라집니다.

'8만을 넘겼군.'

타락한 시험자를 많이 저격한 덕분이었다. 카자드를 상대로 마무리한 것도 나고 말이다.

'근데 스킬도 아이템도 전부 사라진다는데 이제 이 카르마가 무슨 소용이지?'

아마 다들 비슷한 의문을 품고 있을 터였다. 아기 천사가 말했다.

"시험자의 신분에서 벗어나면 스킬과 아이템이 전부 사라져요. 하지만 그 잔여 카르마로 스킬과 아이템을 다시 습득한다면, 그건 사라지지 않고 죽을 때까지 여러분의 것이 됩니다."

"뭐?!"

"그러니까 이번에 받은 카르마만큼만 보유할 수 있다는 뜻이지?"

"제길! 난 요번에 제대로 활약을 못했는데!"

"망했어! 이번 시험에서는 3천밖에 못 받았단 말이야!"

"이럴 줄 알았으면 안전한 곳에 숨어 있는 게 아니었는데."

시험자들의 탄식과 아우성으로 아수라장이 되었다.

그런데 그때였다.

"그럼 난 어떻게 되는 거냐—!!"

유독 한 남자가 고함을 질렀다. 아기 천사를 비롯해 모두의 시선이 그 남자에게로 향했다.

'헐.'

나는 혀를 내두를 수밖에 없었다. 바로 리창위였다! 저놈도 살아남았구나. 질긴 놈.

"물론 마이너스 카르마를 지니신 시험자에 대해서도 따로 보상이 주어집니다."

"보상?"

"아, 대가라고 해야 하나요?"

아기 천사가 히죽 웃었다. 리창위는 잔뜩 긴장했다. 저놈이 저렇게 겁먹은 모습은 처음 본다.

"앞으로 남은 수명 동안 인생을 살면서 마이너스 카르마만큼의 불이익을 겪으실 겁니다."

"그, 그게 무슨 뜻이야?"

리창위는 물론이고 수많은 시험자 틈바구니에 끼어 있는 타락한 시험자들도 움찔했다.

아기 천사는 어깨를 으쓱했다.

"뭐긴 뭐예요. 마이너스 카르마만큼 불행할 거란 소리죠. 누적된 마이너스 카르마만큼의 불행을 다 겪지 못하면, 불행은 다음 생으로, 또 다음 생으로 이어질 겁니다. 대가를 전부 받을 때까지요."

"그, 그런……!"

리창위의 안색이 창백하게 질렸다.

"저희 천사들은 딱히 착한 일 해라, 나쁜 짓 하지 마라, 라고 말하지는 않았죠. 무엇이 나쁘고 무엇이 옳은지 저희는 가르지 않으니까요."

"이제 난 어떻게……!"

"다만 누누이 말했죠? 뭐든 그에 합당한 대가를 받을 거라고요. 그러게 좀 착하게 살지 그러셨어요? 쯧쯧."

아기 천사는 혀를 차며 핀잔을 했다.

"아아, 아…… 아아아악! 안 돼―!!"

리창위는 절규했다.

비슷한 행태를 보이는 시험자들도 보였다. 리창위와 마찬가지로 타락한 시험자들이리라. 정말 나쁜 짓을 많이 한 놈이긴 한데, 저 꼴을 보니 조금 불쌍해졌다. 앞으로 살면서 무슨 꼴을 겪을지 내가 다 오싹해질 지경이었다.

파앗!

시험의 문들이 사방에 생겨났다. 아기 천사는 씨익 웃었다.

"그동안 수고 많으셨습니다. 안녕히 가세요."

시험자들이 하나둘 시험의 문을 통과해 현실로 돌아가기 시작했다. 시험의 문이 상당히 많아서 그 많던 시험자가 쭉쭉 빠져나갔다.

차지혜와 나는 서두르지 않고 차분히 기다렸다.

그런데 그때, 아기 천사에 우리에게로 다가온다.

"시험자 김현호, 댁도 얼른 안 가고 뭐하세요?"

"보면 모르냐? 순서 기다리고 있지."

"저랑 작별하는 게 아쉬워서 못 떠나는 게 아니고요?"

"확 그냥!"

난 펀치를 날렸고, 아기 천사는 가볍게 피했다. 아기 천사는 키득거렸다. 마지막이라서 그런지 이제 녀석의 아니꼬움이 싫지 않았다.

"나중에 죽어서 저승에 오시면 다시 뵐지도 모르겠네요. 제가 보고 싶다고 너무 일찍 오진 마세요."

"절대 안 죽는다. 불로장생할 거야."

"뭐, 언데드만 되지 않으신다면야 저희가 딱히 제지할 일은 없죠. 오래 살아서 벽에 똥칠하세요."

"……잘 있어라."

난 차지혜와 손을 잡고 시험의 문을 향해 걸었다.

그런데 그때, 등 뒤에서 아기 천사의 목소리가 들렸다.

"보상은 만족스러우신가요?"

만족스럽냐고? 나는 걸음을 멈췄다. 그리고는 피식 웃었다.

"응, 최고의 보상을 받았지."

나는 차지혜를 끌어안고 불쑥 키스를 했다. 갑작스런 입맞춤이었지만 그녀는 놀라지 않고 받아들였다. 돌아가면 우린 이제 결혼식이다. 드디어 부부가 된단 말이지!

에필로그

현실로 돌아온 뒤, 불과 며칠간 수많은 일이 있었다.

일단 세상이 바뀌었다. 마정과 마정응용기술이 공개된 것이다.

이미 정재계의 웬만한 핵심 인사들은 다 아는 일이었지만, 일반인들에게는 충격이 컸던 모양인지 말이 많았다.

특정 돌연변이 동물의 몸에서 추출되는 에너지원이라고 발표가 되었는데, 이는 순식간에 모두의 관심을 불러 모으는 화젯거리가 되었다.

그 마정을 지닌 동물을 확보하는 게 무엇보다도 중요한 문제가 되었는데, 한국은 나와 정부, 진성그룹이 합작한 목장이 있으니 미래 경제도 문제가 없어 보였다.

그런데 그 문제 때문에 나는 살짝 난처한 지경을 겪어야 했다.

딱히 초대할 사람도 없고 해서 작고 조용하게 치르려 했던 결혼식에 엄청난 인파가 바글바글 찾아온 것이다!

오딘과 마리를 비롯한 노르딕 시험단 사람들. 데이나 리트린 등을 비롯하여 작전에 참여했던 시험자들. 참고로 작전에 참여한 33인은 결정적 활약으로 가장 높은 카르마를 받았기에 지금도 여전히 최상위권의 시험자들로 남았다. 이 순위는 이제 앞으로 영원히 변하지 않을 터였다.

어쨌든 시험자들까지는 좋다 이거다.

그런데 박진성 회장과 청와대의 비서실장은 물론이고, 왜 초대도 안 한 세계 각국의 정재계 거물들이 내 결혼식을 찾아오느냔 말이다!

물론 이해는 간다.

난 최종 시험에서 데이나보다도 많은 카르마를 받은, 현존하는 최고의 시험자이니까. 뿐만 아니라 목장에서 기르는 내 소유의 젖소들은 마정을 생산하는 유전(油田) 같은 예쁜 녀석들이었다.

차후 내 예쁜 젖소들이 새끼를 많이 낳으면 암수 한 쌍만 달라고 애걸할 국가가 너무나도 많은 것이었다. 덕분에 후딱 끝내려 했던 결혼식이 며칠씩 이어지는 성대한 파티가 되었다.

결혼식 예약했던 호텔의 경영자가 박진성 회장의 딸이라서 쉽게 협조를 얻을 수 있었다.

생각 같아서는 차지혜와 함께 후딱 신혼여행을 떠나버리고 싶었는데, 정부 관계자들이 국제 관계의 중요성에 대해 설파하면서 애걸하는 바람에 이렇게 되어버렸다.

국제적 거물들로 가득 차 버린 결혼 연회에서 가여운 전 닭강정 가게 사장님, 우리 엄마는 잔뜩 겁먹어 버렸지만.

대신 누나는 늘 그렇듯 얼음장 같은 포커페이스로 거물들을 잘 상대했고, 아예 머리에 개념이 없는 여동생 현지는 그중 젊고 잘생긴 외국 남자를 찾아 이리저리 찝쩍대며 물 만난 물고기가 되었다.

아무튼 그 바람에 나는 갑작스럽게 전 세계 언론의 주목까지 받으며 마정 사업과 관련된 신비 인물이 되어버렸다.

정부가 내 신상 정보를 보호해 주었기 때문에, 언론에서는 나를 무슨 재벌 가문의 3세쯤으로 여기는 모양이었다.

뭐, 아무렴 어떠랴. 이제 다 잘됐는데.

어찌 되었든 이제 남은 내 삶은 사랑하는 여자와 함께 평화만이 가득할 것이다.

*　　　　*　　　　*

우리는 전용기를 타고 신혼여행을 떠났다. 참고로 이 전용기는 당연히 가장 만만한 재벌 할아버지, 박진성 회장에게 빌린 것이었다.

"아직도 카르마 보상을 다 못 받으신 겁니까?"

옆자리에서 차지혜가 물었다. 나는 한숨을 쉬며 고개를 끄덕였다.

"예."

참고로 그녀는 카르마 보상으로 오러 컨트롤 중급 1레벨과 체력보정 마스터를 찍음으로서 세상에서 가장 튼튼한 마누라가 되었다.

내가 최종 시험에서 획득한 카르마는 무려 81,000! 일단은 정령술부터 상급 1레벨까지 올려서 36,500카르마를 소모했다.

비록 시험은 끝났지만 현실세계가 마냥 평화로운 건 아니었기 때문이다.

내가 마정 사업과 관련하여 중요한 인물이 된 탓에, 더더욱 나 자신을 지킬 힘이 필요했다. 그리고 사실 내 귀염둥이 실프, 카사 등과 헤어지고 싶지가 않았다.

또한 마정 사업을 위하여 보조스킬 동물조련과 특수스킬 성장촉진을 각각 5,500카르마씩 투자해 마스터했다. 그리고 나니 남은 카르마는 33,900카르마였다.

"흐음, 뭐가 좋을까요?"

"삶의 행복을 위해 쓰시는 게 좋겠습니다."

차지혜가 나직이 말했다.

"행복이라……."

"건강하게 잘 살면 행복한 것 아닙니까."

"그건 그렇겠네요."

나는 곰곰이 생각하다가 스킬을 습득하기 시작했다.

"일단 나와 가족 모두의 건강을 위해서."

—생명의 불꽃(합성스킬): 생명의 불꽃을 불어넣어 생명력을 북돋
습니다. 하루 2회만 사용 가능합니다.

＊중급 1레벨: 원기회복, 노화방지, 질병 및 저주 치료에 효과.

"그리고 내 건강을 위해서."

—체력보정(보조스킬): 체력을 비약적으로 강화합니다.

＊중급 5레벨: 엘프의 한계 수준의 체력을 얻습니다.

"이 정도로도 충분하지만, 뭐 생활의 편의를 위한 스킬들도
습득하자."

—가공간(합성스킬): 가상의 공간을 만들어 물건을 수납합니다.
'넣어', '꺼내' 명령어로 수납이 가능합니다.

＊마스터: 1,□□□×1,□□□×1,□□□cm, 전자기기와 생명체의 수납
및 반입이 가능해집니다.

—운동신경(합성스킬): 몸을 움직이는 요령이 향상됩니다.

＊마스터: 몸을 쓰는 모든 일의 달인이 됩니다.

이러고 나니 딱 1만 카르마가 남았다. 이걸로 뭘 할까 생각하다가 나는 아주 좋은 스킬이 떠올랐다.

"길잡이를 마스터까지 습득하겠다!"

—길잡이(보조스킬): 특정 장소, 사람, 물건의 위치를 알 수 있는 육감을 얻습니다.

＊마스터: 직접 보지 않은 장소, 사람, 물건의 위치를 상세히 알 수 있습니다. (—5,500)

—마스터까지 올리는 데 5,500카르마가 소모됩니다.

—잔여 카르마: +4,500

"길잡이를 올리셨습니까?"

차지혜가 의외라는 듯이 물었다.

"네, 나중에 마누라가 나 싫다고 도망가면 추격하려고요."

"그럴 일은 없을 것 같습니다만, 훗날 집 나간 아이를 찾을 땐 유용해 보입니다."

"……벌써부터 그런 암울한 미래는 상정하지 말자고요."

"현호 씨가 먼저 시작했습니다."

"또 한마디도 안 져주죠? 말투는 여전히 군바리 말투에…… 쳇."

"죄, 죄송합니다."

내가 삐친 체하자 차지혜는 몹시 당황했다. 음, 여전히 놀리는 재미가 쏠쏠하군.

나는 남은 카르마를 중급 1레벨까지 올렸던 생명의 불꽃을 마스터까지 찍는 데 투자했다.

거기에 3,600카르마가 더 들었고, 이제 900카르마밖에 남지 않았다.

얼마 남지 않았기 때문에 나는 100카르마짜리 아이템백 9개를 사버렸다. 이제 지구에서 다시는 구할 수 없는 물건이기 때문이다.

그렇게 모든 카르마를 소진했을 때였다. 불쑥 내 눈앞에 석판이 나타났다.

—성명(Name): 김현호
—클래스(Class): —
—카르마(Karma): —
—시험(Mission): 마지막 카르마 보상을 받으세요. (달성)
—제한 시간(Time limit): 4일 12시간 12분.

"달성했다고 나오네요."

석판의 글씨가 꿈틀거리며 변했다.

—카르마를 모두 소진하셨습니다. 시험을 종료하실 수 있습니다.

—시험이 종료되면 다시는 석판을 소환할 수 없으며, 카르마 보상도 받을 수 없습니다. 아이템을 카르마로 환불받는 일 또한 불가능합니다.

—시험을 종료하시겠습니까?

나는 미소를 지었다.

"종료한다."

—시험을 종료합니다.

—그동안 수고 많으셨습니다. 다시 뵙게 될 그날까지 안녕히.

『아레나, 이계사냥기』 완결

가프 장편 소설

관상왕의
1번룸

FUSION FANTASTIC STORY

거대한 도시의 그늘에서 벌어지는
짜릿하고 통쾌한 이야기!

『관상왕의 1번룸』

텐프로의 진상 처리 담당, 홍 부장.
절망적인 삶의 끝에서 만난 남국의 바다는
그를 새로운 인생으로 인도하는데······.

쾌락을 원하는 거부, 성공에 목마른 사업가,
그리고 실패로 절망한 사람들이여.

여기, 관상왕의 1번룸으로 오라!

Book Publishing CHUNGEORAM

유행이 아닌 자유추구 -
WWW.chungeoram.com

현대 소환술사

THE MODERN SUMMONER

FUSION FANTASTIC STORY

현윤 퓨전 판타지 소설

하늘이 무너져도 솟아날 구멍은 있다!

드래곤의 실험으로 모진 고난을 겪어야 했던 레비로스!
우여곡절 끝에 소환술사가 되어 최강의 자리에 오르지만
운명은 그를 나락으로 떨어뜨린다.

『현대 소환술사』

다시 한 번 주어진 삶!
그러나 그마저도 암울하기 그지없는데……

소환술사 레비로스의
인생 역전이 시작된다!

Book Publishing CHUNGEORAM